귀한 종마

셜록 홈스 2세

프리마 발레리나

불교 승려

"나는 이런 본능들을
타고났거든……."

탑 속의 공주

싸구려 통속소설
작가

증권 중개인

오성장군

관 만드는 사람의 딸

보조 사서

의사
진정제를 먹은 소
애벌레
우체국장의 딸
산속의 은둔자
비밀 요원
놀란 토끼
사자
갱도에 갇힌 광부
치즈 만드는 사람의 조카

싸구려 통속소설 작가

프리마 발레리나

관 만드는 사람의 딸

의사

비밀 요원

증권 중개인

갱도에 갇힌 광부

탑 속의 공주

우체국장의 딸

애벌레

아이비 포켓만 아니면 돼
ANYONE BUT
Ivy Pocket

아이비 포켓만 아니면 돼
ANYONE BUT
Ivy Pocket
케일럽 크리스프 장편소설
이원열 옮김
나무옆의자

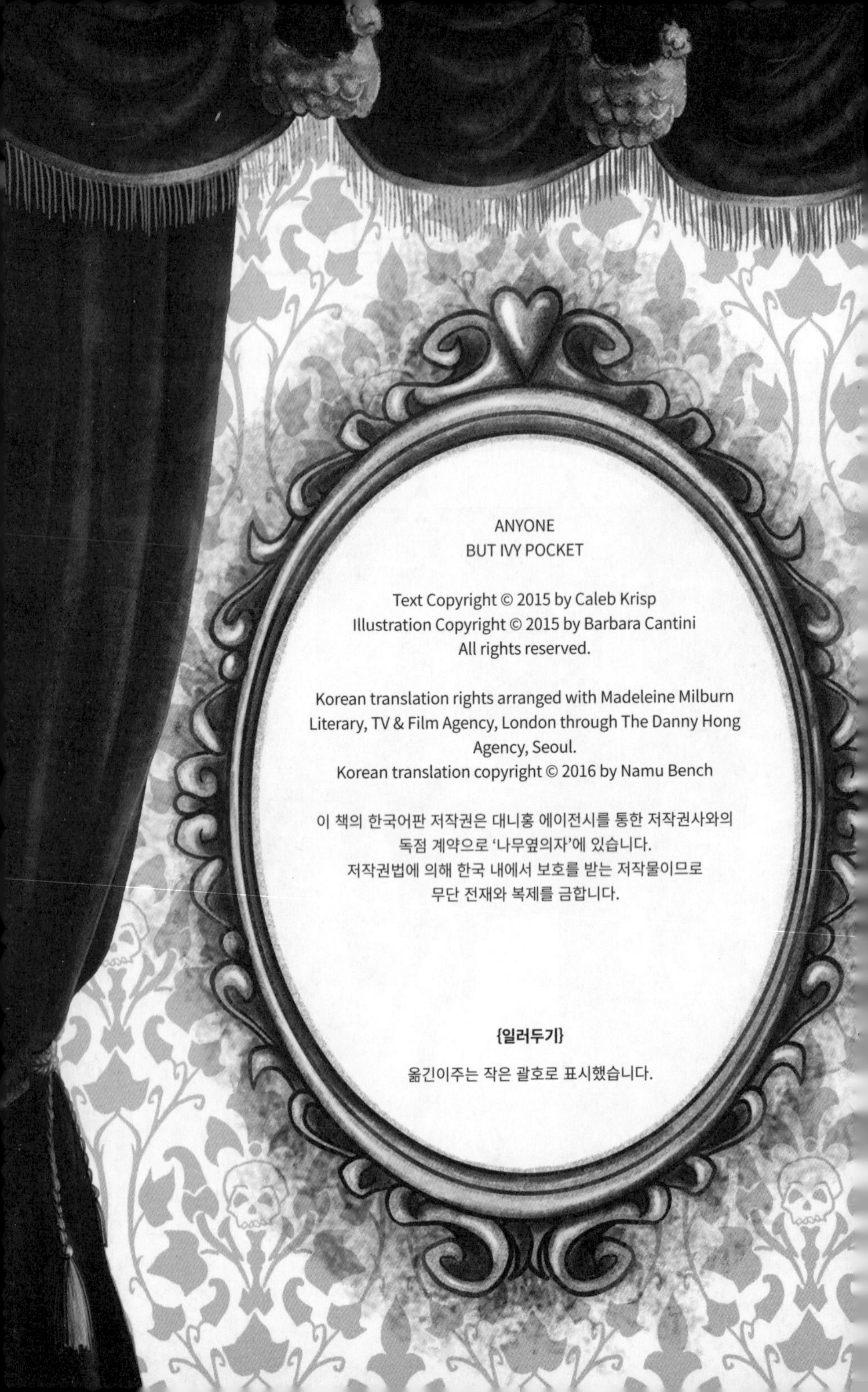

ANYONE
BUT IVY POCKET

{일러두기}

옮긴이주는 작은 괄호로 표시했습니다.

내가 정원에 묻은
우리 집 가정부 커틀피시 부인에게

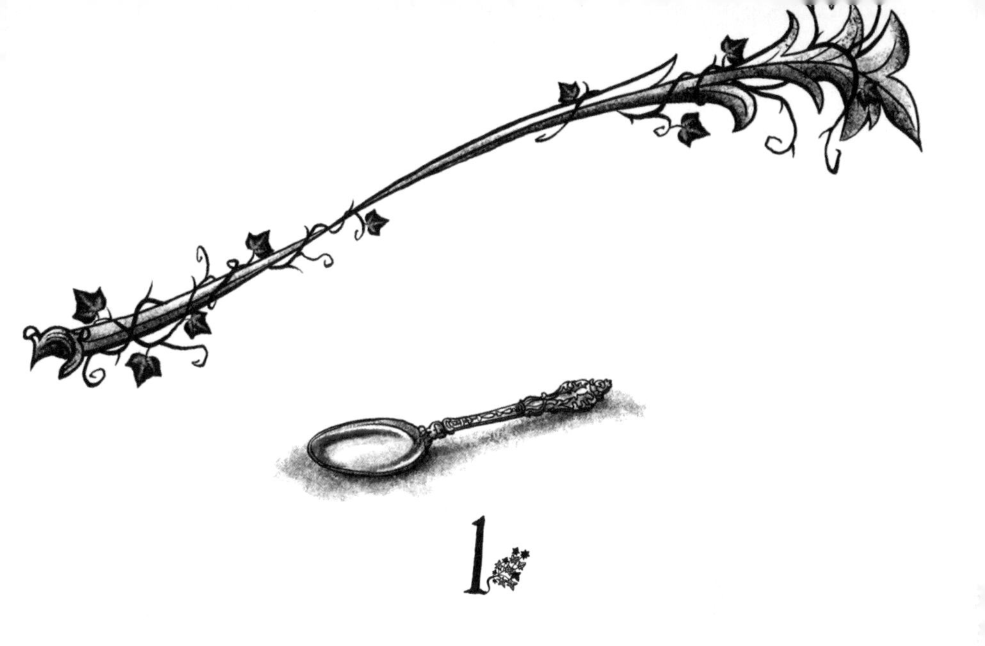

1

여주인 침대 위에서 메모를 발견했다.

이런 내용이었다.

친애하는 포켓 양.

보시다시피, 나는 떠났어요. **나를 따라오지 말아요**. 다시 한 번 말하는데, 나를 따라오지 말아요!

나는 배를 타고 남미로 가요. 다시는 당신을 보지 않을 게 확실할 정도로 먼 곳이라는 것 외에 다른 이유는 없어요. 호텔 숙박비는 다 냈어요. 내가 겪은 고통과 고생을 고려해서, 당신의 급료로는 1파운드를 남겨뒀어요. 당신의 행실을 생각하면 후한 금액이죠. 이제 당신은 혼자예요.

속이 다 시원하네.

카벙클 백작 부인

나는 놀랐다. 충격을 받았다. 간담이 서늘했다. 나는 백작 부인에게 충직하고 친절한 하녀 아니었던가? 아니야? 나는 한참 동안 내 행실에 대해 곰곰이 생각해봤지만, 부족한 거라곤 없었다. 카벙클 백작 부인이 불안정하다는 증거가 또 나온 셈이다. 이분은 완전히 제정신이 아니다.

처음에는 참 전망이 좋았다. 카벙클 백작 부인은 런던에서 아주 훌륭한 가족과 지내던 나를 꾀어냈다. 미드윈터 가족은 참 재미있는 괴짜들이었고 나는 그들과 함께 있는 게 아주 행복했다. 백작 부인이 미드윈터 홀에 오기 전까지는 말이다. 미드윈터 홀 저택에서 지내는 한 달 동안, 부인은 내가 가는 곳마다 질서와 즐거움을 불러오면서 일하는 모습을 보았다. 파리로 돌아가기 전날 밤, 부인은 내게 함께 와서 일해달라고 거의 **빌다시피** 했다.

사실 나는 레이디 프루던스와 여섯 아이들을 떠나는 게 내키지 않았다. 그들이 못생겼다는 건 인정하지만(토비아스 도련님은 머리가 새끼 돼지 같았고 루시 양은 황소개구리 피가 섞인 게 분명했다), 미드윈터 홀은 내가 처음으로 알게 된 진짜 집이었다.

그렇지만 여행을 하고 세상을 볼 기회를 거부하기란 불가능했다.

파리. 우리는 파리에 갔다. 파리는 정말 멋졌고, 파리에 있는 나도 멋졌다. 파리에 가니 키도 더 커졌다. 더 예뻐지기도 했다. 그리고 나는 열두 살 난 최고 수준의 레이디 담당 하녀였기 때문에, 카벙클 백작 부인은 모든 일에 내게 의존하게 되었다. 나는 낮이고 밤이고 거들 준비를 한 채 늘 부인 곁에 있었다.

부인을 찾기가 아주 힘들 때가 가끔 있었다. 어느 날 아침에는 머리에 시트를 덮어쓴 채 서랍장 뒤에 웅크리고 있었다. 또 한번은 내가 오는 걸 보고는 램프인 척했다. 여주인이 내게서 도망치는 데 성공했던 건 단 한 번뿐이었다. 옷 방의 옆문으로 도망쳐서 호텔에 묵고 있던 옛 친구를 찾아갔을 때. 나는 이 모든 이상한 행동이 카벙클 백작 부인은 귀족이니까 제정신이 아니기 때문인 거라고 생각했다.

엄청난 재앙이 일어나기 전까지는, 그녀가 얼마나 심하게 미쳤는지가 분명히 드러나지 않았다.

우리가 이 마법 같은 도시에 도착하고 첫 주가 끝나갈 무렵이었다. 카벙클 백작 부인은 우리 호텔에서 열린 성대한 디너파티에 초대받았다. 프랑스 사교계의 최고 명사들이 참석할 예정이었다. 처음에는 카벙클 백작 부인은 나를 데리고 가기를 꺼렸다.

"네가 이번 만찬에 없었으면 좋겠어, 알겠니?" 부인은 나를 엘리베이터 밖으로 밀어내려 하면서 내뱉었다. "하느님 맙소사, 내가 어쩌다가 레이디 프루던스의 말에 넘어가 너를 데려왔지? 레이디 프루던스는 내게 새 하녀가 필요하다는 걸 알고 너를 없앨 기회로 써먹은 거야. 나는 아무라도, **아무**라도 상관없으니 아이비 포켓만 아니면 된다고 말했는데. 하지만 네가 보이는 것만큼 견딜 수 없는 애는 아니라고 맹세하더라. 내가 바보였어!"

"흠, 물론 바보시죠." 나는 그녀 옆을 돌아서 다시 엘리베이터 안으로 슬쩍 들어가며 말했다. "하지만 백작 부인, 맑은 정신으로 생각하셔야죠. 이 디너파티는 아주 큰 행사인데, 부인은 시력이 아주 나쁘잖아요. 인정하세요, 부인껜 제가 **필요하다**는 걸."

카벙클 백작 부인은 씩씩거렸지만, 나는 이미 그녀가 투지를 잃었음을 알 수 있었다. "날 망신시키면 목을 베어버릴 거야."

다이닝룸에서는 나뭇가지 모양의 은촛대들과 싱싱한 난초꽃 수백 송이가 빛나고 있었다. 카벙클 백작 부인은 프랑스 대통령(뚱뚱하고 완전 대머리)과 루마니아 공주(키가 작고 턱에 털이 났다) 사이에 앉았다. 하지만 나는 불안했다. 그건 전부 거북이 수프 때문이었다. 백작 부인은 수프를 먹을 때면 깨끗이 먹지 못하고 질질 흘리곤 했다.

여주인이 첫술을 떴을 때 나는 앞으로 나섰다. 부인은 당당하게 후루룩 소리를 냈다. 수프 한 줄기가 턱을 따라 흘렀다. 나는 마음 아플 정도로 조심스럽게 카벙클 백작 부인 옆으로 서둘러 가서 부드럽게 부인의 머리를 젖히고 내 앞치마 단으로 부인의 턱을 닦았다.

"괜찮으십니까, 백작 부인?" 대통령이 놀리듯 웃으며 물었다. "하녀와 문제가 있으신 것 같은데요."

"아무 문제 없습니다, 대통령 각하." 백작 부인은 활짝 미소 지으며 외쳤다. 그리고 나를 돌아보더니 내 손을 찰싹 때리며 속삭였다. "가! 지금 당장 나가!"

"진정하세요, 부인. 흘리는 건 범죄가 아니잖아요. 분명 부인의 부모님께서도 수프를 드실 때 흘리곤 하셨겠죠." 내가 말했다.

카벙클 백작 부인의 연한 초록 눈은 분노로 번뜩였지만, 나는 그 뒤에 숨은 괴로움을 볼 수 있었다. 내 여주인에겐 도움이 절실히 필요했다. 나는 한쪽 팔로 내 여주인을 안아주며 말했다.

"주목해주세요. 여러 진정한 귀족들이 그렇듯이, 이 백작 부인께서는 아랫입술이 처졌고 턱이랄 게 거의 없어요. 그래서 수프를 먹기가 어렵고, 남들이 보기에도 불쾌하답니다."

백작 부인은 숨이 턱 막힌 듯했다. 이를 악물고 돌진하는 황소처럼 콧구멍을 벌름거렸다. 그러더니 내게 으르렁거리기 시작했다. 분명 좋은 징조는 아니었다. "아이비 포켓, 나는 오랫동안 살아오면서 정말 많은 하녀를 부려봤지만, 지금까지는 내 하녀를 대포에 넣고 바다를 향해 돌려놓은 다음 도화선에 불을 붙여버리고 싶었던 적은 없었어! 간단히 말해서, 난 널 혐오한다!"

이 불쌍한 부인은 정신을 잃은 것이다. 즉각 조치해야 했다. 나는 번개 같은 속도로(나는 의사의 본능을 타고났기 때문에) 백작 부인의 목덜미를 잡고 얼굴을 과일 펀치에 담갔다. 그녀의 뇌염을 낫게 해줄 유일한 치료 방법이었다.

카벙클 백작 부인은 숨을 쉬려고 고개를 들고 당나귀처럼 소리 지르며 흐느끼기 시작했다. 난 그걸 좋은 신호로 해석했다. 백작 부인을 구경거리로 만들고 싶지는 않아서 나는 부인의 머리 위에다 냅킨을 던지고 그녀의 얼굴을 닦기 시작했다. 부인은 나를 여러 가지 불쾌한 호칭으로 부르며 루마니아 공주에게 머스킷총을 가져다 나를 쏴달라고 애걸했다.

곧 식당 전체에 놀리는 웃음소리가 울려 퍼졌다. 정말이지 좀 어색했다. 카벙클 백작 부인이 이때다 하고 비명을 지르며 방에서 뛰쳐나가서 다행이었다. 덕택에 나는 재빨리 부인을 따라 우아하게 퇴장할 수 있었다.

우리 스위트룸으로 돌아와보니 문이 잠겨 있었다. 당연히 나는 노크를 했다. 부인을 불렀다. 좀 세게 문을 쾅쾅 두드렸지만 아무 대답도 없었다. 나는 복도에서 잠이 들었는데 굉장히 편안했다. 사실은 어찌나 편안했는지 다음 날 아침에 해가 뜨고 나서야 일어났다. 게다가 일어나 보니 카벙클 백작 부인은 일찌감치 호텔에서 떠난 뒤였다. 방은 비어 있었다. 부인의 침대 위에 있는 쪽지 하나가 전부였다.

옷장에서 헌 카펫으로 만든 내 여행용 가방을 꺼내 창가에 앉았다. 생각할 시간이 필요했다. 좀 심각한 상황이었다. 내가 선택할 수 있는 것은 별로 없었다. 가진 돈은 1파운드뿐이었다. 직업도, 영국으로 돌아갈 표도 없었다. 전망도 어두웠다. 어쩌지?

나는 위기에 아주 잘 대처하기 때문에(나는 오성장군의 본능을 타고났다) 즉시 계획을 세웠다. 불안함 대신 미약한 희망의 불꽃을 느끼며 여행 가방을 들고 로비로 내려갔다. 파리의 거리는 분명 모험과 기회로 이어질 것이다. 분명히 뭔가 신나는 일을 만날 것이다. 아니면 거지가 되어 친구도 없이 굶주리겠지. 그렇게 되면 굉장히 불편할 것이다. 그렇지만 밝은 면도 있다. 정말 훌륭한 비극적인 이야기야!

로비는 굉장히 분주했다. 서둘러 오가는 사람들이 아주 많았다. 나는 잠시 걸음을 멈추고 넋을 잃은 채 그 광경을 바라보았다. 그때 내 문제의 해결책이 문득 떠올랐다. 이런 호텔에는 영국에서 온 여행자가 잔뜩 있다. 진짜배기 영국 하녀보다 그들을 더 잘 시중들 사람이 있을까? 매니저에게 이야기해서 지원해야겠다.

그는 분명 나를 사랑할 거야.

"빈자리가 없는데." 가토 씨는 가느다란 콧수염을 긁으며 단호하게 말했다. "게다가 너는 그랑에서 일하기엔 너무 어려."

"전 열두 살이에요. 그리고 파리를 다 뒤져도 저보다 나은 하녀는 못 찾으실 거예요. 저는 전설적인 재능을 가졌어요." 나는 상당한 자신감을 가지고 말했다.

가토 씨는 슬쩍 미소 지었다. "그래, 네 '재능'에 대해서는 다 들었다. 카벙클 백작 부인께서 호텔을 떠나기 전에 너에 대해 많이 이야기하시더구나."

"그것 보세요." 나는 싹트기 시작한 우리의 우정을 굳히기 위해 가토 씨의 어깨를 탁 쳤다. "그러면, 언제부터 시작할까요?"

"나가!" 가토 씨가 외쳤다.

매너가 썩 좋지 않은 도어맨이 나를 호텔 밖으로 데리고 나가는데 벨보이가 로비 반대편에서 허겁지겁 달려와 내 이름을 불렀다. 딱하게도 숨이 찬 것 같았다. "아이비 포켓인가요?"

"물론이죠."

"카벙클 백작 부인과 함께 여행 중이던 하녀 맞아요?"

나는 그가 내 이야기를 들어본 적이 있다는 게 무척 기뻤지만 놀라지는 않았다. 좋은 하녀는 소문이 나게 마련이다. "맞아요."

"부인께서 보고 싶어 하세요." 그가 진지하게 말했다.

나는 헉하고 숨을 쉬었다. "카벙클 백작 부인이? 아직 여기 계세요?"

벨보이는 고개를 가로저었다. "트리니티 공작 부인요. 누군지 들어보셨어요?"

당연히 들어본 적 있었다. 백작 부인은 바로 전날 나 몰래 빠져나가 꼭대기 층 개인 아파트에 있는 공작 부인을 만나러 갔다. 카벙클 백작 부인은 트리니티 공작 부인이 자신의 오래된 친구이며, 60년 전부터 외국에 살고 있지만 영국에서 가장 돈이 많은 여자라고 했다. 왜 그런지는 모르겠다. 뭔가 가슴 아픈 사연이 있었다는 것 같았다.

"그분이 대체 왜 저를?"

벨보이는 놀랄 만큼 창백해 보였다. "돌아가시려고 해요. 제발 그냥 따라오세요."

곧바로 우리는 서둘러 중앙 계단을 올라갔다.

트리니티 공작 부인을 보는 순간 두 가지가 확실해졌다. 하나, 부인은 심하게 아팠다. 둘, 부인은 어처구니없을 정도로 뚱뚱했다. 거대한 민달팽이 같은 여자였다. 조금은 여신 같고 조금은 하마 같았다. 무시무시한 동시에 장려했다. 불쌍한 부인은 커다란 황동 침대 가운데에 누워 있었다. 얼굴은 병약한 노란색이었다. 거대한 몸이 산사태처럼 사방으로 퍼져 있었다. 눈을 감은 채 실크 쿠션 더미에 머리를 깊이 파묻고 있었다. 회색 입술에서 나는 쌕쌕거리는 숨소리가 아니었다면 나는 부인이 죽었다고 생각했을 것이다.

나는 몸을 떨었다. 창피했다. 내가 왜 병든 늙은 숙녀 때문에 이렇게 겁이 나지? 나는 겁쟁이가 아닌데. 사실 나의 용감함은 전설적이다. 열차 한 량이 통제 불능으로 달려올 때, 나는 눈먼 남자를 안전한 곳으로 밀어서 구해주지 않았던가? 그리고 그 과정에서 바퀴에 깔려 지독한 부상을 입었지만, 병원에서 정신을 차렸을 때 제일 먼저 한 생각은 내 자신이 아니라 내가 구한 눈먼 남자 아니었던가? 그래서 빅토리아 여왕이 직접 훈장을 수여해 내 용감함을 기리지 않았던가? 음…… 아니지. 정확히 말하면 그건 아니었다. 조금 과장한 부분도 있다. 하지만 나는 그런 행동을 하겠다는 '생각'은 분명 해본 적이 있다. 그렇다면 실제로 한 거나 거의 마찬가지 아닌가.

스위트룸은 굉장히 컸다. 푹신한 소파, 좋은 양탄자, 그랜드피아노, 여러 골동품들이 있었다. 하지만 영국에서 가장 돈이 많은(그리고 아마 가장 뚱뚱할) 여자가 바로 내 앞에 누워 있는데 그런 게 무슨 상관이람?

그래, 그 침대 앞에 서 있는 동안 마치 내 혈관에 얼음물이 흐르는 것처럼 아주 조금 두려움을 느꼈다는 건 인정해야겠다. 나와 트리니티 공작 부인, 단둘뿐이다. 목격자는 아무도 없이. 공작 부인이 일어나 나를 설탕 속에 넣고 굴려서 점심으로 먹어버릴 경우에 날 도와줄 사람 하나 없이.

공작 부인의 무거운 눈꺼풀이 갑자기 확 열렸다. "입 다물어라, 꼬마야. 꼭 양동이 같아 보이는구나."

나는 침을 꿀꺽 삼켰다. 폭풍우가 치는 밤에 겁먹은 젖먹이 아기처럼. 정말 화가 났다!

"넌 평범한 어린아이지?" 부인이 뒤이어 한 말은 이랬다.

"불쌍하게도 크게 오해를 하고 계시는군요." 나는 내 목소리를 찾기 시작했다. "죽음이 부인 눈에서 힘을 빼앗아버렸어요. 나는 눈에 띄게 예뻐요. 그건 분명한 사실이에요."

부인은 어깨를 으쓱했다. "너 좋을 대로 생각하렴."

발코니 문에서 시원한 바람이 불어와 공작 부인의 흰머리를 흩뜨렸다. 왠지 몰라도 조금 슬퍼졌다. 뭔가 친절하고 안심되는 말을 해야 할 때인 것 같다고 느꼈다. 나는 그런 잡담 기술이 좋다.

"부인의 눈은 아름다운 초록빛이에요. 나머지는 악몽 같지만, 눈은 사랑스러워요." 나는 부드럽게 말했다.

그녀는 희미하게 웃었다. "배고프니?"

공작 부인 아파트 문밖에 있던 은으로 된 아침 식사 접시 위에 놓인 바삭한 베이컨을 조금 먹었기 때문에 전혀 배고프지 않았다. "아뇨, 괜찮습니다."

"그렇다면 본론으로 들어가자. 너는 카벙클 백작 부인의 하녀로 여행하고 있니?"

"하녀라기보다 동행에 가까워요. 그 반쯤 눈먼 화석은 저를 손녀처럼 사랑하거든요. 아니, 최소한 사촌의 손녀 정도로요. 사실은……."

"쉿!" 공작 부인의 초록색 눈이 내 눈을 바라보았다. "네가 버림받았다는 것 알고 있다. 이 무시무시한 도시에 무일푼으로 버려졌지. 너 **정말로** 백작 부인의 머리를 과일 펀치에 밀어 넣었니?"

"부인의 뇌염을 낫게 해줄 다른 방법이 없잖아요?" 나는 화가 나서 말했다.

공작 부인은 좀 즐거워 보였다. "카벙클 부인은 네가 다섯 살 때 '해링턴의 원치 않는 아이 보호소'에 버려진 아이라고 하던데, 사실이니?"

"과연 그럴까요. 저는 사랑이 넘쳐나는 가족과 함께 자랐다고 확신하는데요."

"쓸데없는 말이야." 부인은 희미하게 웃는 것 같긴 했다. "파리에 오기 전에 런던의 미드윈터 가족 밑에서 일했니?"

"아, 네. 거의 1년 가까이 함께 있었어요. 정말 즐거운 가족이에요. 가공할 정도로 매력은 없지만, 즐거워요."

"그러면 프루던스 부인의 사촌, 어밀리아 버터필드 부인은 잘 아니?"

"한두 번 만나봤어요." 왜 이런 질문들을 하는지 몰라 나는 무척 당황했다.

트리니티 공작 부인은 베개에서 머리를 들었다. 이중 턱이 풍선처럼 부풀어 올랐다. "그리고 그 부인의 딸, 머틸다는?"

"만난 적 없어요. 왜요?"

"피아노로 가서 뚜껑을 열어라."

나는 시키는 대로 했다.

"연주할 줄 아니?"

"아주 잘해요. 루시 양은 연습하길 싫어했지만 어머니가 자꾸 시켰죠. 루시 양은 내가 음악실로 가서 자기인 척하고 연주하면 사과 토피(버터, 설탕 등으로 만든 사탕)를 하나 줬어요. 알고 보니 전 연주력을 타고났더라고요."

"〈배를 저어라Row, Row, Row Your Boat〉 아니?"

나는 웃었다. "그 노래는 누구나 알아요."

"잘됐구나. 연주해."

"공작 부인, 음악을 듣고 싶으시면 제가 베토벤을 연주해드릴게요. 감동해서 눈물을 흘리실 거예요." 나는 자랑스럽게 웃음 지었다. "제가 연주하면 다 울어요."

"시키는 대로 해. 〈배를 저어라〉. 딱 한 번만. 처음부터 끝까지."

저 늙은이는 분명 제정신이 아니다. 하지만 다른 갈 곳도 없고, 파리의 거리에서 나를 기다리는 것은 노숙이었으니 나는 앉아서 〈배를 저어라〉를 쳤다. 마지막 음을 치자 피아노가 내 손가락 밑에서 진동하는 게 느껴졌다. 처음에는 부드러웠다가, 점점 빨라졌다. 마치 땅이 흔들리는 것 같았다. 악기 깊은 곳에서 기계장치가 움직이는 소리가 들렸다. 철컥 철컥 철컥. 건반 앞판이 갑자기 움직이기 시작하더니 뒤로 미끄러져 들어갔다. 철컥 철컥 철컥. 얼마 지나지 않아 숨은 공간이 나타났다. 어둠 속에 작은 틈이 생겼다.

내가 물어보기 전에 트리니티 공작 부인이 지시했다. "안에 손을 넣어."

나는 천성적으로 용감한 여자아이다. 강단이 있고, 사자처럼 용맹하다. 하지만 열린 입처럼 나를 향하고 있는 저 어두운 틈에 손을 넣는다고 생각하니 두려움이 조금 느껴졌다. 그래도 두려움 때문에 안 할 수는 없다. 나는 조심스럽게 시꺼먼 구멍으로 손을 넣었다. 손가락이 곧 무언가에 닿았다. 부드러우면서도 단단했다.

"꺼내."

상자였다. 책 한 권 정도 크기였다. 부드러운 검은 벨벳으로 싼 상자였다. 위에는 복잡한 은장식이 조각된 열쇠 구멍이 있었다.

"내게 가져와"가 다음 지시였다.

나는 공작 부인의 부푼 손에 상자를 얹었다. 부인은 상자가 신성한 제물인 것처럼 들었고, 상자를 바라보는 부인의 초록 눈은 놀라움으로 빛나고 있었다. 이윽고 그녀는 상자를 다리 위에 놓았다. 투실투실한 손이 침대 커버 밑으로 들어가더니 황동 열쇠를 들고 다시 나타났다.

부인은 시종일관 상자를 바라보며 침대 위에 열쇠를 떨어뜨렸다. "얘야, 열쇠를." 부인이 속삭였다. "어서!"

2

나는 열쇠 구멍에 열쇠를 넣고 돌렸다. 조용한 방에 묵직하고 경쾌한 딱 소리가 울렸다. 벨벳 뚜껑이 확 열렸다. 나는 기대감이 치솟는 걸 느꼈다. 대체 뭘 보게 될까? 인장 반지가 끼인 잘린 손가락일지도 몰라. 아니면 폭력적인 죽음의 공포로 얼어붙은 눈알? 아니면 아직도 뛰고 있는 인간의 심장?

"이걸 봐." 공작 부인은 정말 평범한 다이아몬드(조금 크긴 하지만)가 달린 정말 평범한 목걸이를 꺼내며 외쳤다.

나는 무척 실망했다. "이거예요? 이게 **다**예요?"

노부인은 무서운 미소를 지었다. "별로라고 생각하니?"

"아, 정말 예쁘긴 해요. 분명 엄청나게 비싸겠죠." 나는 침대에 앉으며 대답했다.

"사실 값을 매길 수도 없는 물건이야." 부인은 굶주린 눈으로 목걸이를 바라보았다. "오래 가지고 있지는 않았지만, 이것과 떨어지게 되면 슬퍼질 거다. 이 목걸이가 나를 무척이나 괴롭히긴 했지만."

괴롭혔다고? 이 늙은이는 제정신이 아니다. 죽을 때가 되면 이런가 보다.

부인은 씩씩거렸다. "네가 이 목걸이를 볼 때 네 눈에는 예쁜 보석만 보이겠지. 하지만 클록 다이아몬드Clock Diamond는 그보다 훨씬 더 대단한 거야. 파괴력을 지닌 물건이야."

나는 얼굴을 찡그렸다. 어쩌면 코웃음을 쳤을 수도 있다(그렇지만 앙증맞게).

"날 의심하니?" 이제 공작 부인은 조금 재미있어하는 것 같았다. "음, 네 탓은 아니지. 하지만 이 다이아몬드는 굉장히 **매력적인** 특징들을 가지고 있어. 일단 시계가 들어 있어." 부인은 내게 목걸이를 내밀며 말했다. "봐!"

이 흥분 잘하는 인간을 달래기 위해서라도 나는 시키는 대로 했다. 다이아몬드는 컸다. 모양과 크기가 달걀과 비슷했지만 더 납작했다. 다이아몬드와 목걸이를 연결하는 은으로 된 우아한 부분에 작은 시계가 들어 있었다.

"낮이든 밤이든, 해가 뜨든 별이 뜨든 그 목걸이를 보고 시계를 맞출 수 있어. 그리고 시계 안에는 아무 장치도 없고, 태엽을 감을 수도 없어. 하지만 저 시계는 수백 년 동안 가고 있단다." 공작 부인이 말했다.

나는 얼굴을 찌푸렸다. "어떻게요?"

"다이아몬드가 동력이야." 부인은 열렬히 기뻐하며 말했다. "세계 어디를 가도 저절로 맞는 시간을 찾아. 보이지 않는 손이라도 있는 것처럼."

그런 능력을 가진 다이아몬드 이야기는 처음 들었다. 하지만 바보 같은 시계 하나 때문에 흥분할 수는 없다. 보석은 어두침침한 침실의 촛불 빛을 받아 타오르듯 반짝였다. 처음에 시계를 못 본 게 이 빛 때문이었나 보다. 이 다이아몬드의 두 번째 특별함이다.

다이아몬드 한가운데에서 회색 안개가 피어올라 휘돌았다. 안개는 갑자기 갈라졌고, 파리 위로 태양이 높게 뜬 것이 보였다. 일렁이는 꿀색 햇빛이 건물 지붕 위에 내리쬐었다. 도시 전체가 그 보석 안에 들어간 것 같았다. 놀랍다는 생각이 들긴 했다. 놀랍지만 영리한 속임수에 지나지 않는다.

"그게 다가 아니야." 공작 부인은 열심이었다. "이 다이아몬드는 내킬 때면 들고 있는 사람에게 과거나 현재, 혹은 미래의 모습을 보여줄 수 있어. 들고 있는 사람뿐 아니라 다른 사람들의 모습도 보여줘. 아주 즐거울 때도 있단다." 부인의 눈이 흐려졌다. "아주 무서울 때도 있지."

음, **그건** 흥미롭군. 물론 믿지는 않았다. 하지만 아주 재미난 생각이었다. "다른 것도 할 수 있나요?"

공작 부인은 눈을 감았다. "너와 상관있는 건 없단다, 얘야."

나는 보석을 바라보며 기회가 있다고 느끼기 시작했다. 이 할머니는 죽어가고 있다. 나를 데려오라고 시켰다. 이 소중한 목걸이를 보여주었다. 열쇠도 맡겼다. 가능한 설명은 한 가지뿐이다. "이런 다정하고 사랑스러운, 골골거리는 늙은 수다쟁이!" 나는 이렇게 외치며 부인에게 몸을 날렸다. "내게 클록 다이아몬드를 주는 거군요! 이런 신비한 유산을 한 세대에서 다음 세대로 물려주는 거네요. 친절하게도!"

부인의 웃음은 약하고 건조했지만 방 안에 울려 퍼졌다. "바보같이 굴지 마라. 내가 이 보석에 관한 일로 너에게 용건이 있다고 짐작한 건 맞았어. 하지만 전달자로서 필요한 것뿐, 그 이상은 아니다."

"아." 나는 헛기침을 하고 일어섰다. "물론 정말로 그렇게 생각했던 건 아니……."

"네가 할 일은 간단해." 트리니티 공작 부인이 말을 끊었다. "버터필드 가족 이야기는 했지. 나는 네가 클록 다이아몬드를 서포크에 있는 그들의 집으로 가져가줬으면 한다. 버터필드 파크라는 곳인데 찾기 쉬워. 그리고 이 목걸이를 내가 주는 선물로 전해주길 바란다."

"선물요?"

부인은 고개를 끄덕였다. "머틸다 버터필드에게 주는 선물. 걔는 곧 열두 살이 될 거야. 너는 이걸 생일 선물로 줘야 한다. 걔를 위한 파티가 열릴 거야. 그때, 손님들이 전부 보는 앞에서 개에게 줘야 해. 절대 그 전에 주면 안 된다, 알겠니? 난 그 지역 사람들 전부가 그 순간을 목격했으면 한다. 할 수 있을 것 같니?"

나는 어깨를 으쓱했다. "이깟 다이아몬드 하나를 버터필드 파크에 배달하는 건 당연히 할 수 있어요."

"말 안 끝났다." 부인이 쏘아붙였다. "이 의뢰를 받아들일 거라면, 조건이 붙는다는 것도 이해해야 돼. 엄격하고 어겨선 안 되는 조건이야." 부인은 통통한 손가락 하나를 들어 나를 더 가까이로 불렀다. "너는 그 목걸이를 해서는 안 돼. 단 한 번도. 파티 전에는 누구도 봐선 안 돼. 그리고 머틸다 버터필드 외에는 **누구도** 이 다이아몬드를 목에 걸어선 안 돼. 이해하겠니?"

솔직히 나는 모욕감을 느꼈다. 정신이 반쯤 나간 이 뚱보는 나를 무슨 원칙도 모르는 거리의 부랑아로 봤나? 혼자 있게 되면 소중한 자기 다이아몬드 목걸이를 냉큼 목에 걸어볼 줄 알고? 뻔뻔하게도!

"넌 무슨 일이 있어도 이 보석을 머틸다에게 전해야 돼." 할머니의 목소리는 방울뱀 같았다. "파티 손님들 앞에서. 이해하겠니, 얘야?"

"네, 네. 이해해요. 기분 나쁘게 듣진 마세요. 하지만 이 일 때문에 좀 지나치게 흥분하신 것 같아요. 이러시면 건강에 좋지 않아요. 아시다시피 그렇잖아도 오늘내일하고 있으시잖아요."

"내 건강은 걱정하지 마." 부인은 쏘아붙이고 가쁜 숨을 쉬었다. "오늘 오후에 영국으로 가는 배가 있으니 그걸 타거라."

"좋은 생각이군요." 나는 창가로 가서 아침 해를 보며 말했다. "하지만 난 돈이 없어요. 티켓을 못 사면 배를 못 타죠."

"쓸데없는 소리." 부인은 한 손을 내저었다. "이 일을 맡아주면 영국으로 돌아갈 뱃삯을 주고, 그 외에도 더 주마." 부인은 창가의 테이블 쪽으로 고개를 끄덕여 보였다. "너한테 필요한 건 저기 다 있어."

"공작 부인." 나는 침대에 퐁 앉으며 가볍게 말했다. '그 외에도 더'라는 게 정확히 얼마나 더인가요? 지금 제가 저축액이 얼마 되지 않아서 여쭤보는 것뿐이에요."

"500파운드. 지금 50파운드를 주마. 나머지는 내 변호사 허레이쇼 뱅크스를 통해 생일파티 다음 날 받을 수 있어." 부인은 손을 뻗어 내 손을 잡았다(부인의 손은 놀라울 정도로 차가웠다). "해주겠니, 아이비? 엄숙하게 맹세할 수 있니?"

"맹세할게요." 나는 장의사처럼 단호한 얼굴로 잘라 말했다. "그 누구도 생일파티 전에 다이아몬드를 보지 못하게 할게요. 그리고 내가 직접 머틸다 양의 목에 클록 다이아몬드를 걸어줄게요."

"아무리 유혹이 강해도 네가 걸어보지 않을 거니?" 부인이 엄숙하게 물었다.

"절대로요." 나는 약속을 했다. 그러자 내 아름다운 이마에 주름이 잡혔다. "물어봐서 미안한데요, 난 산속 은둔자의 본능을 타고났기 때문에 보통 남의 일에 간섭하지 않지만, 부인은 버터필드 가족과 어떤 관계인가요?"

살짝 신음하는 부인의 눈꺼풀이 떨렸다.

"머틸다의 할머니인 엘리자베스 부인이 내 오래된 친구야. 어렸을 때 함께 자랐다. 말하기 부끄럽지만, 여러 해 전에 어느 젊은 신사 하나를 놓고 우리는 사이가 벌어졌어. 그땐 엄청나게 중요한 일 같았지만, 지금 생각하면 어리석었지. 이 목걸이는 평화의 제안이라고 할 수 있겠구나. 상자 안에는 엘리자베스 부인에게 줄 편지가 있어. 그 집에 도착하거든 그 편지부터 전달해라."

"엄청나게 후한 선물인데요." 나는 부러움을 살짝 담아 말했다.

"엘리자베스 부인은 머틸다를 무척 아껴. 모든 희망과 소원을 그 아이에게 담고 있지. 죽음이 다가오는 가운데, 내가 이 선물을 그 아이에게 줄 수 있다는 걸 안다는 것만으로도 내게 얼마나 큰 위안이 되는지 너는 모른다." 노부인은 상자를 가리켰다. "자, 이제 목걸이를 넣어둬야 한다."

다이아몬드를 공작 부인에게 건네주려 하는데 다이아몬드가 내 손안에서 맥박 치기 시작했다. 처음에는 희미했다가 곧 강렬해졌다. 잔잔하게 물결치는 은색 빛이 다이아몬드에서 흘러나와 방 구석구석을 비추는 것 같았다. 피부에 닿은 목걸이가 따뜻하게 느껴졌다.

"왔구나!" 공작 부인은 베개에서 머리를 들려고 시도하며 날카롭게 말했다. "말해봐라, 얘야. 뭐가 보이니?"

처음에는 아무것도 보이지 않았다. 빛이 너무 밝았다. 그러나 곧 어두워졌고, 아까처럼 회색 안개가 피어올라 휘돌더니 갈라졌다. 나는 뚫어져라 쳐다보았다. 안개가 걷히며 넓은 복도가 보였다. 가스등이 켜져 있었지만 어두침침했다. 짙은 색의 나무 벽으로 된 복도는 길었고 바닥에는 빨간 카펫이 깔려 있었다. 문 하나가 보였다. 문 옆 카트에는 은쟁반이 놓여 있었다. 곧 알아볼 수 있었다. 내가 앉아 있는 이 방의 문이었다.

공작 부인에게 뭐가 보이는지 말하려는데 무언가가 움직였다. 아니, **누군가**가 움직였다. 한 여자가 그림자 속에서 나타나 공작 부인 방문 앞에 섰지만, 얼굴은 어둠에 가려져 보이지 않았다. 회색 옷을 입고 어두운색 장갑을 끼고 있었다. 그녀는 몸을 숙여 문밖에 쪼그려 앉았다. 얼굴을 열쇠 구멍에 댔다. 안을 훔쳐보고 있었다!

"뭐니, 얘야? 뭐가 보여?" 공작 부인이 안달하며 물었다.

나는 다이아몬드를 떨어뜨리고 밖으로 달려 나갔다. 달릴 수 있는 한 가장 빠르게—나는 엄청나게 빨리 달릴 수 있다—응접실을 가로질러 문을 확 열었다. 스파이와 맞설 준비를 하는—나는 비밀 요원의 본능을 타고났기 때문에—내 가슴 속에서 심장이 쿵쾅거렸다. 하지만 복도엔 아무도 없었다. 은쟁반은 있었다. 반만 먹은 베이컨도 있었다. 하지만 그 수상한 여자가 다녀간 흔적은 없었다. 정말 실망스러웠다.

공작 부인의 침실로 돌아오니 클록 다이아몬드 속의 비전은 사라진 뒤였다. 이젠 그냥 평범한 목걸이로 보였다. 나는 공작 부인에게 내가 무얼 보았는지 들려주었다.

뚱뚱한 노부인은 부르르 떨며 방 이곳저곳을 보았다.

"스파이라니! 경고는 들었지만…… 믿지는 않았는데." 부인이 속삭였다.

"무슨 경고를 들었는데요?"

"클록 다이아몬드를 굉장히 좋아하는 사람들이 있다고, 그리고 이 다이아몬드의 적도 있다고. 이 다이아몬드가 부다타의 정글에서 발견된 이래 계속 찾아다닌 사람들이야. 내가 죽기 전에 그들이 이걸 가지러 올 거라는 말은 들었지만 믿진 않았어. 나는 그건 미신적인 헛소리라고 대답했지." 부인은 나를 똑바로 바라보았다. "네가 버터필드 파크까지 가기 전에 누가 다이아몬드를 빼앗으려 할 수도 있어. 그렇기 때문에 네가 목걸이를 배달하기에 가장 적합한 사람인 거다. 대체 누가 천애 고아인 하찮은 하녀를 의심하겠니?"

조금 기분 나쁘게 들렸다. 그러나 500파운드가 생각나서 공작 부인의 머리를 베개로 때려주고 싶던 마음이 사라졌다.

"그냥 참견하기 좋아하는 하녀였을 수도 있어요. 아니면 비전이 잘못되었거나요."

노부인은 고개를 절레절레 흔들고는 잠시 후 떨리는 목소리로 말했다. "이 보석은 환상을 보여주지 않는단다, 얘야. 사실만 보여주지. 일어난 일, 일어나는 일, 일어날 일." 부인 눈 속의 공포가 잦아드는 듯했다. "하지만 네 말이 맞을 수도 있지. 그냥 하녀가 열쇠 구멍을 들여다본 걸 수도 있겠지." 부인은 킥킥 웃었다. "걔들은 늘 날 훔쳐보거든. 내가 죽길 바라면서. 내가 죽으면 보석들을 훔칠 수 있으니까."

목걸이를 보자 아주 잠깐 동안 갈망과 비슷한 기분이 들었다. 다이아몬드 안을 다시 한 번 들여다보고 이것이 내게 무엇을 보여줄지 보고 싶다는 미칠 듯한 욕망이 들었다. 하지만 공작 부인은 재빨리 목걸이를 내 손에서 낚아채 벨벳 상자에 넣고 닫아버렸다.

"대체 어디서 이런 다이아몬드를 구하셨어요?"

부인은 잠시 동안 말없이 입술을 빨았다. "아는 사람."

"머틸다에게 메모나 카드를 쓰고 싶으신가요?"

"파티에 가서 목걸이를 줘라." 부인은 숨쉬기가 힘든지 쌕쌕거렸다. "그리고 위니프리드 패리스가 안부를 전하며 보내는 거라고 말해. 머틸다의 할머니는 이해할 거야. 이제 다시 잠그렴."

나는 주머니에서 열쇠를 꺼내 시키는 대로 했다. "네 가방에 넣어. 버터필드 파크에 도착할 때까지 절대 몸에서 떨어진 곳에 두지 마. 내 변호사 뱅크스 씨가 런던에서 너를 만나서 보살펴줄 거다." 부인은 나를 아래위로 훑어보았다. "**그런 모습**으로 배를 탈 순 없지. 옷장에 네가 입을 드레스가 있다. 브리타니아 호에 타서 네 객실에 가보면 옷이 여남은 벌 정도 더 있을 거야."

나는 기뻐서 손뼉을 쳤다. "공작 부인, 부인은 제정신이 아니지만 정말 멋져요!"

부인은 화난 듯 씩씩거렸지만 기분이 좋아 보였다.

옷은 근사했다. 흰 모슬린(얇은 면직물)과 연한 푸른색 장식 끈이 달린 단순한 드레스였는데, 이걸 입으니 내가 참 근사해 보였다. 전혀 하녀 같지 않았다. 공주 같았다. 최소한 우체국장 딸 정도는 되어 보였다.

상자를 안전하게 카펫 가방에 넣고, 배표가 든 봉투와 50파운드를 주머니에 넣자 트리니티 공작 부인은 내게 더 이상 볼일이 없는 것 같아 보였다. 눈을 다시 감고 있었다. 나는 부인이 잠들었다고 생각했다.

"안녕히 계세요, 공작 부인." 나는 부인이 힘겹게 숨을 쉴 때마다 통통한 볼이 부푸는 것을 지켜보며 속삭였다. "당신을 기다리는 여행을 즐기세요. 분명히 재미있을 거예요."

부인의 방문을 닫으며 마지막으로 부인의 목소리를 들었다. 불안정하고 어두웠다. "잘 가라. 고맙다."

나는 말 두 필이 끄는 개인용 마차를 타고 호텔을 떠나는 내 모습을 무서운 매니저가 보기를 기대했다. 하지만 그는 어디 갔는지 보이지 않았다. 마차는 나를 르아브르까지 데려다주었고, 곧 나는 브리타니아 호로 몰려드는 요란한 인파에 끼게 되었다. 브리타니아 호는 멋진 배였고, 공작 부인이 일등실 표를 끊어주었다는 걸 알고 나는 무척 기뻤다.

아직 탑승 준비가 되지 않았기 때문에 나는 일등석 대기실에 앉았다. 귀족들로 붐비는 곳이었다. 프록코트와 실크해트를 쓴 신사들, 모피와 깃털 달린 모자, 보석으로 치장한 숙녀들이 있었다.

가방을 막 확인했는데(나는 오 분마다 한 번씩 다이아몬드를 확인했다), 그때 흰 양복을 입은 키 작은 남자가 내 옆에 앉았다. 쉽게 짜증을 내는 사람 같아 보였고 걱정스러울 정도로 자주 혼자 중얼거렸다. 그는 파리가 개판이 되어간다는 말을 했다.

"정말 끔찍하게도 수치스러운 일이야." 그는 누구에게랄 것 없이 말했다. "이 도시에서 창문을 열어둔 채 잘 수 있었던 때를 기억하는데. 문도 잠그지 않고 말이야. 이젠 **이런 일**이 일어나지. 정말 끔찍한 일이야."

"그래요?" 나는 참지 못하고 물었다. 나는 미친 사람들을 좋아한다.

"그렇고말고." 그는 고개를 절레절레 흔들었다. "너와 네 가족이 파리에서 벗어난다는 걸 감사하게 생각하렴, 어린 아가씨."

"난 혼자 여행 중이에요." 나는 자랑스럽게 말했다.

"네 나이의 아가씨가? 어처구니가 없군!" 그는 얼굴을 찌푸렸다. "중요한 건 네가 파리에서 벗어나고 있다는 거야. 정말 수치스럽다. 게다가 그랑 호텔처럼 훌륭한 곳에서."

갑자기 나는 이 남자의 미친 헛소리에 무척 관심이 생겼다. "나 방금 전까지 거기 있었는데요. 그랑이 왜요?"

"사고가 일어난 게 거기거든. 소름 끼친다. 수치스러워!"

"횡설수설하지 말아요, 이 멍청이. 무슨 일이 있었는지 말해봐요." 내가 쏘아붙였다.

"뭐긴 뭐야, 살인이지. 오늘 오전에 시체가 발견되었어. 죽어 있는 걸 하녀가 발견했어. 심장에 단검이 꽂혀 있었다더군."

내 안에서 공포가 눈을 뜨더니 가슴 쪽으로 다가가는 것 같았다.

뱀이 기어가듯 슬슬 움직였다. 뒤틀리며 높이, 더 높이 올라갔다. 묵직하고, 차갑고, 굶주린 공포였다. 내가 받은 느낌을 설명하기란 쉽지 않다. 유일하게 할 수 있는 말은 이거다. 나는 **알기** 전에 알았다.

"누구요? 누가 살해당했어요?" 내가 힘없이 물었다.

"네가 들어봤을 사람은 아니야. 늙은 여자였지."

"누군데요?" 더 다급하게 다시 물었다.

그 남자는 슬픈 미소를 지었다. "그래, 말해줄게. 트리니티 공작 부인이었어."

내 심장이 쿵쾅거리며 뛰기 시작했다.

"한때는 정말 대단한 숙녀였지. 하지만 너 같은 어린 아이가 그 사람 이름이라도 들어봤을 것 같지는 않구나."

"난 그 사람을 알았어요. 그러니까…… 이름을 알았어요."

"너무 심각한 표정 짓지 마, 어린 아가씨. 살인과 몹쓸 일에 마음 쓰지 말고, 그건 어른들에게 맡겨둬. 알겠니?"

물론 그의 말이 옳았다. 나는 어린 하녀다. 똑똑하고 아름답지만 아직은 아이에 불과하다. 내가 살인과 몹쓸 일에 대해 아는 게 뭐가 있지? 심장에 꽂힌 단검에 대해서는? 아무것도 모른다. 지금까지는 그랬다. 방금 전까지는 그랬다.

"이 지독한 일로 걱정하지 않겠다고 약속하렴." 그는 눈에 아버지와 같은 걱정을 담고 내 팔을 두드렸다. "약속하겠니, 어린 아가씨?"

나는 미소 지으려고 노력했지만 쉽게 그럴 일이 아니었다. "약속해요."

3

배가 막 출항했다. 나는 바다가 보이는 갑판 의자에 앉아 생각하려고 했다. 평소에는 엄청나게 생각을 잘한다. 철학 교수의 본능을 타고났기 때문이다. 최소한 사서 보조 정도는 된다. 하지만 지금은 아니다.

엄청나게 불안하기만 할 뿐, 생각을 할 수 없었다. 손이 떨렸다. 손이 떨리는 건 난생처음이다. 머릿속이 뒤엉켜 있었다. 사람들은 난간에 나그네쥐처럼 몰려들어 마지막으로 해안을 구경했다. 하지만 나는 가슴에 칼이 꽂힌 채 침대에 누워 있는 트리니티 공작 부인의 모습만 보였다. 칼에 찔렸다는 것은 놀라울 만큼 흥미로운 사인이지만, 진짜 공작 부인이 골로 가는 방식으로는 어울리지 않았다. 공작 부인은 그보다 훨씬 더 품위 있는 죽음을 맞을 자격이 있었다. 바닷가재 집게발 살이 목에 걸려 질식한다거나, 떨어지는 샹들리에에 깔려 죽는다거나 하는 죽음 말이다.

사건 내용은 다음과 같았다. 죽을 날이 가까운 여성이—부인이 이번 주를 넘길 수 있을지도 불분명했다—침대에서 살해당했다. 이유는? 그리고 누구에 의해? 나는 보석 안에 떠올랐던 비전을 생각했다. 공작 부인 방문 앞에 쪼그리고 앉아 열쇠 구멍을 들여다보던 여자의 모습. 그녀가 살인자일까? 뼈까지 떨려왔다. 클록 다이아몬드와 공작 부인의 끔찍한 죽음 사이에는 **분명** 관련이 있을 것이다. 세상에서 하나뿐인 이 다이아몬드를 노리는 못된 멍청이들이 있다고 그 할망구도 경고했잖아?

분명 앞뒤가 맞는다.

"공작 부인 이야기 들었어?" 위턱이 아래턱보다 훨씬 앞으로 튀어나온 기린 목을 한 여자가 뚱뚱한 남편과 함께 내 앞의 난간에 서서 새된 목소리로 말했다. "정말 충격적이야!"

"돈이 너무 많았어. 그런 돈 많은 사람들은 꼭 소름 끼치는 종말을 맞아." 남편이 말했다.

그의 아내는 헉 하는 소리를 냈다(발굽에 못이 박힌 말이 내는 소리 같았다). "그렇게 끔찍한 말 하지 마, 앵거스! 이건 정말 무서운 일이야. 난 그저 이제 살인자가 잡혔길 바랄 뿐이야."

"살인자는 아직 잡히지 않았어."

아내는 다시 헉 하는 소리를 냈다. "앵거스, 설마 이 배에 탄 건 아니겠지?"

"그럴 가능성이 아주 높다고 생각되는데." 앵거스가 대답했다.

아내는 자기 가슴 부분을 꽉 쥐었다. "기절할 것 같아! 분명해! 오, 앵거스, 나는 이 배에 살인자가 있다면 한숨도 자지 않을 거야……."

"터무니없는 말 하지 마요, 끔찍하게 멍청한 사람 같으니." 내가 의자에서 일어나며 말했다. "살인자는 아마 지금 아주 먼 곳에 있을 거예요. 당연하죠, 살인자가 찾던 것을 손에 넣지 못하면 다른 곳을 찾고 있겠죠. 하지만 그가 이 배에 타고 있다는 건 말도 안 되게 어리석은 생각이에요."

아내는 안심한 표정이었다. 남편은 얼굴을 찡그렸다.

"너, 이 사건에 대해 아는 게 많은 모양이구나." 그가 흥미를 갖고 내게 말했다. "부모님은 어디 계시지, 아가씨?"

"우리 부모님은 화산에 빠졌어요. 어머니는 콩고 깊숙한 곳으로 날려 가서 지금은 채식주의자 피그미 부족이랑 같이 살고, 아버지는 충격을 받아 그 자리에서 폭발했어요."

이 멍청이들의 눈이 휘둥그레졌다. 나는 그 틈을 타 카펫 가방을 들고 객실을 찾으러 갔다.

금세 발견했다. 방은 작았지만 굉장히 편안했다. 하지만 솔직히 말해서 일등석은 내가 기대했던 것만큼 호화롭지는 않았다. 나는 좁은 침대에 누웠다. 온갖 생각으로 머릿속이 복잡했다.

"자, 아이비. 이제 넌 뭘 할래?" 내가 말했다.

이 일을 그만둘 수도 있었다. 공작 부인이 내게 준 봉투에는 런던에 있는 부인의 변호사인 허레이쇼 뱅크스 씨의 명함이 있었다. 그에게 목걸이를 가져다주고 이 끔찍한 소동에서 벗어날 수도 있었다. 아무도 내가 겁쟁이라고 생각하지는 않을 것이다. 물론 다른 선택을 할 수도 있었다. 클록 다이아몬드를 바닷속에 던져버리고 내 손안에 들어온 적이 없었던 척을 할 수도 있다. 아니면 런던에 도착했을 때 경찰에게 넘길 수도 있다. 하지만 그때 공작 부인 생각이 났다. 그리고 500파운드도 생각났다. 나는 임무를 맡지 않았는가? 맹세인지 뭔지도 했잖아. 아마 누군가 공작 부인에게 한 마지막 약속이었을 것이다. 분명 그건 의미가 있다. 나에게. 부인에게.

결국 결정은 쉬웠다. 나는 약속을 지킬 것이다. 무슨 일이 있더라도 나는 클록 다이아몬드가 머틸다 버터필드의 목에 걸리는 모습을 볼 것이다.

몇 시간 뒤에 일어나니 기분이 굉장히 개운했다. 물론 공작 부인의 소름 끼치는 죽음은 아직 내 마음을 불편하게 했다. 하지만 내 기를 죽이지는 못할 것이다.

나는 잠들기 전에 클록 다이아몬드를 보호하기 위해 필요한 조치는 해두었다. 작은 책상을 객실 문 앞에 놓아서 아무도 들어오지 못하게 했다. 그리고 소중한 다이아몬드는 베개 밑에 두고 잤다. 검은 벨벳 상자와 낡은 열쇠는 버렸다(하지만 공작 부인이 레이디 엘리자베스에게 보내는 편지는 따로 빼두었다). 크고 무겁고 불필요한 데다, "제발 날 훔쳐가줘요!"라고 외치는 것 같은 모습이었으니까. 그건 도움이 되지 않았다.

일어나자마자 베개 밑을 더듬어 다이아몬드를 찾았다. 다이아몬드가 제자리에 있는 것을 발견하자 졸린 몸에 안도감이 쏟아졌다. 나는 낮에는 언제나 다이아몬드를 주머니에 넣어두고, 분실이나 도난 가능성을 없애기 위해 주머니는 꿰매버리기로 했다.

다이아몬드를 주머니에 넣고 꿰매기 전에, 나는 다이아몬드를 들고 빛에 비춰 보았다. 객실의 둥근 창을 통해 넘실대는 푸른 수평선 위에 높이 뜬 해가 빛나는 것이 보였다. 해가 객실 안에 구릿빛 아지랑이를 드리웠다. 다이아몬드 안에 작게 비친 태양이 배 위에 떠 있었다. 마치 무지갯빛 노른자가 든 달걀처럼 보석 전체가 빛났다. 아름다웠다. 그리고 나는 다이아몬드의 신비로움에 푹 빠져버렸다.

공작 부인의 침실에서처럼 다시 갈망이 내 안에서 피어났다. 미친 욕망이었다. 절박한 욕망이었다. 그리고 그것은 하나로 맞춰졌다. 나는 이 목걸이를 해봐야 했다. 내가 목에 클록 다이아몬드를 건 모습을 봐야 했다. 그래그래, 공작 부인에게 걸어보지 않겠다고 약속하긴 했지. 하지만 이제 그게 공작 부인에게 해가 될 수 있겠어? 딱 일 초만 걸어봐야지. 일이 분 정도만. 그리고 벗으면 돼. 아무도 모를 거야.

나는 거울로 갔다. 은목걸이가 내 손바닥 위에 푸들처럼 앉아 있었다. 새 드레스를 입은 내 모습은 멋졌다. 땋아 묶은 짙은 머리가 아주 매력적이었다. 나는 목걸이 양 끝을 목 뒤에 대고 거울을 보았다. 묵직한 클록 다이아몬드가 시계추처럼 가슴 앞에서 흔들렸다. 손이 떨렸다. 입안이 말랐다. 경솔한 느낌이 머릿속을 스치고 지나갔다.

나는 결의를 새로이 하고, 손가락을 차분하게 가라앉힌 다음 목걸

이를 채웠다. 목걸이가 내 가슴으로 떨어져 매달렸다. 다이아몬드의 온기가 드레스를 통해 느껴졌다.

클록 다이아몬드는 은빛이 도는 흰색으로 빛났다. 그리고 고동치기 시작했다. 다이아몬드가 뛰는 것이 가슴에서 느껴졌다. 처음에는 불규칙하게, 리듬에 맞지 않게 고동쳤다. 그러다 안정되었다. 확실히는 모르겠지만 내 심장박동에 맞추는 것 같았다.

다이아몬드가 어두워졌다.

두근. 두근. 두근.

객실 안이 굉장히 덥게 느껴졌다. 답답했다. 숨을 쉬었다. 평소보다 더 힘들게 느껴졌다. 머리가 핑핑 돌았다. 아니면 객실이 도는 건가? 고동치는 다이아몬드 안에 검은 안개가 피어올랐다.

어두운 안개가 폭풍처럼 돌더니 사라졌다.

안개가 있던 곳에서 무언가 움직이는 게 보였다.

아기였다. 올려다보며 웃고 있다.

곧 아기는 나이가 들어 소녀가 되었다. 짙은 머리를 두 갈래로 땋고 있었다. 파란 눈이 아주 예뻤다. 하지만 얼굴이 창백하고 평범했다. 창가에 앉아 울고 있었다. 왜 이런 끔찍한 곳에 남겨졌는지 의아해하고 있다. 나이가 더 들어서 열한 살, 열두 살 정도가 되었다. 하녀 옷을 입고 좋은 집에서 차를 서빙하고 있다.

빛나는 흰 안개가 보석을 가득 채웠다. 그리고 소녀는 사라졌다.

나였던 소녀.

다이아몬드가 서치라이트 같은 빛을 발했다. 나에게 손을 뻗는 것 같았다.

빛이 내 눈을 가득 채우고 내 안에 쏟아져 들어왔다. 빛이 나를 삼켰다.

세상이 서서히 멀어졌다.

온통 새까맸다.

똑. 똑. 똑.

문이다.

누가 내 객실 문을 두드리고 있었다. 나는 눈을 뜨고 깜박였다. 머리가 아팠다. 나는 객실 바닥에 누워 있었다. 작은 객실에 밝은 햇빛이 비치고 있었다. 나는 눈을 가늘게 뜨고 손으로 가린 다음 천천히 일어났다.

똑. 똑. 똑.

"잠시만요!" 내가 외쳤다.

뇌를 머리에서 꺼내 축구공처럼 걷어찬 다음 다시 집어넣은 기분이었다. 나는 너무 큰 자극을 받았다. 소설에 나오는 여자애들에게는 늘 이런 일이 일어나던데.

똑. 똑. 똑.

나는 얼른 옷매무새를 바르게 하고 심호흡을 했다. 문손잡이를 잡았다가 기억이 났다. 목걸이! 아직 걸고 있었다. 나는 목걸이를 풀어서 주머니에 넣었다.

그리고 문을 열었다.

"나는 제럴딘 올웨이스예요." 갈색 드레스와 장갑 차림의 좀 고지식해 보이는 여자였다. "내 객실이 바로 옆이라서요. 쿵 소리를 듣고 걱정이 됐어요. 괜찮으세요?"

그녀는 평범한 갈색 머리를 넘겨 빗고 둥근 안경을 쓰고 있었다. 치열이 아주 골랐다. 나는 그녀가 처음부터 마음에 들었다.

"전 괜찮아요. 가방을…… 떨어뜨렸어요. 네, 가방을요. 그 소리를 들으셨나 봐요."

제럴딘 올웨이스는 뒤꿈치를 들고(그녀는 키가 작았지만 충격적으로 작진 않았다) 내 어깨 너머를 보았다. "가족과 함께 여행하시나요?"

"아뇨, 부모님은 현재 몽골 탐험을 가셨어요. 아드바크(땅돼지. 긴 혀로 개미를 핥아먹는 아프리카의 동물) 사냥하러요. 난 지금 할머니와 여름을 같이 보내려고 영국으로 돌아가고 있어요. 할머니는 정말 불쾌한 사람이에요."

"내가 당신 방문을 두드리고 질문을 해서 내가 남의 일에 참견하길 엄청 좋아한다고 생각하시겠어요." 올웨이스 양이 조금 소심하게 말했다.

"네, 맞아요. 바로 그 생각을 하고 있었어요."

올웨이스 양은 웃었다. 이상한 일이다. "있죠, 나도 당신처럼 혼자 여행하고 있어요. 무척 지겨워요. 이름이 뭐예요?"

"아이비 포켓요."

"음, 아이비 포켓, 우리 여행하는 동안 친구가 되기로 해요. 다른 방법이 없네요."

그래서 우리는 친구가 되었다.

그 딱한 여자는 작가였다. 그녀의 첫 책 『스코틀랜드와 웨일스의 유명한 유령들』은 딱 예순여섯 권 팔렸다. 그녀는 새 책을 쓰기 위해 작년에 세계를 돌아다니며 잊힌 신화와 전설을 수집했다. 저주받은 유물, 숨겨진 세계, 복수하는 신들, 뭐 그런 이야기들을 모았다. 지금 올웨이스 양은 편찮으신 어머니를 간호하러 영국으로 돌아가고 있다. 내 새 친구는 성품이 다정하고, 엄청나게 지루했다. 하지만 너그러운 소녀인 나는—나는 증권 중개인의 본능을 타고났기 때문에—온 정성을 다해 그녀가 즐거운 시간을 보내도록 해주었다.

항해를 시작한 지 첫 이틀 밤낮 동안, 나는 늘 클록 다이아몬드를 손안에 두었다. 낮에는 주머니 속에 넣고 꿰매두었고, 밤에는 안전하게 베개 밑에 넣었다. 공작 부인이 살해당한 것은 아직 신경이 쓰였지만, 그래도 즐겁게 지냈다. 사실 어처구니없었던 기절 사건 이래, 나는 그 어느 때보다 보기 좋은 모습이었다. 그리고 작은 군부대 하나에 맞먹을 정도로 식욕이 왕성했다.

첫날 저녁에 올웨이스 양과 나는 저녁을 먹은 후 달빛 아래 상갑판을 산책했다. 내 부모님의 여러 모험 이야기를 했다. 두 분의 직업은 지도 제작자였다. 지구의 가장 어두운 구석까지 여행하고, 기록된 적 없는 계곡과 협곡과 산을 지도로 만든다. 안 가본 데가 없고 안 해본 일이 없다. 이집트에서 미라를 파내고, 아마존을 뚫고 길을 냈다. 올웨이스 양은 내 부모님의 모험 이야기에 흠뻑 빠져버렸다. 나도 마찬가지였다. 나도 처음 듣는 이야기였으니까.

그래그래, 거짓말하는 건 나쁜 일이야. 하지만 어쩔 수가 없었어. 진짜 부모님에 대해 아무것도 모르는걸. 내가 알고 있는 건 누군가—우울한 얼굴을 한 숙녀가—런던에 있는 '해링턴의 원치 않는 아이 보호소'에 나를 데리고 와서 두고 갔다는 것뿐이다. 나는 다섯 살이었다. 내 기억은 고아원에 가고 나서부터 시작한다. 그 전의 기억은 흐릿하다. 하지만 내 인생 초기는 멋진 모험으로 가득했으리라고 나는 확신한다.

"부모님을 소중히 해야 해요, 아이비." 올웨이스 양이 진지하게 말했다. "내가 영국으로 간절히 돌아가고 싶어 하는 이유는 불쌍한 우리 어머니를 만나기 위해서예요. 무척 편찮으시거든요." 그녀는 걸음을 멈추고 두 손을 난간에 얹었다. 우리 위에서는 우윳빛 달빛이 검은 바다 위에 장난을 쳤다. "내가 비밀을 말해줘도 될까요, 아이비?"

"말해주세요."

"파리에서 어머니께 드릴 아주 특별한 선물을 샀어요." 그녀가 속삭였다. "다이아몬드 반지예요. 처음 결혼하실 때 아버지께서는 어머니에게 다이아몬드 반지를 사드릴 돈이 없었거든요. 하지만 어머니는 언제나 갖고 싶어 하셨어요."

"어마어마하게 비싼 건가요?"

"충격적으로요." 그녀는 몸을 내 쪽으로 가까이 기울였다. "당신이 나를 도와줄 수 있을지도 모르겠어요, 아이비. 나는 항해 중에 다이아몬드를 숨길 곳을 생각해내지 못하고 있었거든요. 아무도 들여다볼 생각도 하지 않을 만한 곳요. 난 그런 솜씨가 형편없거든요."

나는 우리 외에 다른 사람이 없는지 확인하려고 주위를 둘러보았다. "올웨이스 양, 원래는 말해주면 안 되는 거지만, 나도 다이아몬드를 가지고 여행하고 있어요. 아주 희귀한, 단 하나뿐인 다이아몬드예요."

"정말요?" 그녀는 무척 놀란 듯했다.

"아무도 몰라요. 선장님조차."

내가 다이아몬드 이야기를 한 것은 현명하지 않은 일이었을지도 모른다. 하지만 나는 사람 성격을 아주 잘 파악하고, 올웨이스 양은 믿어도 된다는 걸 알고 있었다. 책을 쓰는 사람이 위험해봤자 얼마나 위험하겠는가?

"어디서 났는데요?" 내 새 친구가 간절히 물었다.

"뚱뚱한 늙은 공작 부인한테서요." 나는 밝은 목소리로 말했다. "우린 굉장히 가까웠어요. 부인의 죽기 전 마지막 소원이 이 다이아몬드를 내가 직접 버터필드 파크의 머틸다 버터필드에게 가져다주는 거였어요. 이번 일을 믿고 맡길 사람이 나밖에 없었어요."

"그러면 이렇게 귀한 물건을 지니고 다니는 내가 얼마나 불안할지 잘 알겠군요." 올웨이스 양은 분명 해풍에 까진 듯한 입술을 핥았다. "공작 부인의 목걸이를 숨겨둘 곳은 대체 어떻게 생각해냈나요?"

"쉬웠어요. 늘 몸에 지니고 다녀요."

올웨이스 양의 눈이 커졌다. "당신 클……." 그녀는 갑자기 기침을 했다. 말벌이나 몹쓸 조개 같은 것이 목에 들어간 모양이다. "당신, 다이아몬드를 지금 가지고 있어요?"

"네."

그녀는 간절히 나를 바라보았다. "어디에 있는지 물어봐도 돼요?"

멍청한 단세포 같으니.

나는 키득키득 웃었다. "주머니에 넣고, 주머니는 꿰매놔요. 그러니 완벽하게 안전하죠. 아무도 나 몰래 다이아몬드를 가져갈 수는 없어요."

"그러면 밤에는? 밤에는 어떻게 해요?"

"베개 밑에 놔두죠. 나는 잠을 아주 얕게 자요. 누가 훔치려고 하면 내가 잠에서 깨서 잔인하게 때려줄 거예요. 게다가 문도 막아놔요."

올웨이스 양이 조금은 실망한 표정을 짓는 것 같다는 생각이 들었다. 그러나 분명 착각이었을 것이다. 그녀는 곧 나에게 더 많은 비밀을 알려주었다(정말 친절하고, 남을 잘 믿는 멍청한 사람이다). "우리 어머니 반지, 보고 싶어요?"

클록 다이아몬드를 제외하면 나는 기본적으로 보석에 별 관심이 없다. 하지만 우정 때문에 나는 흥미로운 척이라도 해야만 했다.

"보고 싶어요."

올웨이스 양의 객실은 조금 더 어두울 뿐 내 방과 똑같았다. 침대 옆 테이블에 촛불을 하나 켜놓았다. 내 친구는 문을 잠근 후 칙칙한 갈색 머리를 쓸어내리고 안경을 꺼내 쓴 다음 심호흡을 했다. 그리고 여행 가방을 열어 고대 그리스에 관한 커다란 책을 꺼냈다. 나는 잠시 그녀가 내게 책을 읽어줄까 봐 걱정이 되었다. 다행히 그 책에는 훨씬 더 흥미로운 기능이 있었는데, 그녀는 책 안을 파 공간을 만들어서 작은 빨간 상자를 넣어두었다. 올웨이스 양은 상자를 꺼내 굉장히 조심스럽게 뚜껑을 열었다.

"이거예요." 그녀는 꿈꾸는 듯한 목소리로 말했다.

"오, 아름다워요!" 내가 외쳤다.

아름답지 않았다. 작고 시시했다. 가느다란 금반지에 작은 다이아몬드가 하나 붙어 있었다. 저보다 더 반짝거리는 먼지도 본 적이 있는 것 같았다. 그래도 절친한 친구로서, 나는 거짓말을 해야 했다. 나는 감탄하는 소리를 냈다. 적절하게 칭찬을 했다. 어머니가 너무 기뻐서 충격을 받아 돌아가실 것 같다고 말했다. 그 불쌍한 여자가 건강이 좋지 않다는 걸 생각하면 좋지 않은 단어를 선택한 셈이다. 하지만 올웨이스 양은 내 반응에 기뻐하는 것 같았다.

그녀의 입술에서 곧 미소가 사라졌다. "**당신**의 다이아몬드에 비하면 이 반지는 아주 시시해 보이겠죠, 아이비. 혹시 내가……?" 그녀는 고개를 가로저었다. "아니, 물어보면 안 되겠어요. 끔찍하게 무례한 일일 거예요."

"뭔데요?"

"혹시 내가 한번 봐도 될지 물어보려고 했어요." 그녀가 수줍게 말했다. "그 목걸이 말이에요. 용서해줘요. 그런 부탁은 하면 안 되는 건데."

물론 나는 아무에게도 다이아몬드를 보여주지 않겠다고 약속했다. 생일파티가 열리기 전까지는. 하지만 올웨이스 양은 천성이 착한 돌대가리인데, 클록 다이아몬드를 슬쩍 한번 보여준다고 해가 될 일이 뭐가 있겠어? "가까이 오면 보여줄게요." 내가 조용히 말했다.

올웨이스 양은 양손을 뒤에 두고 내게 다가왔다. "보여줘도 된다고 확신이 들면요." 그녀는 가슴 아플 정도로 강하게 말했다. 이제 그녀는 내게 가까웠다. 나는 몸을 돌려 침대 옆 테이블에서 내 주머니를 꿰맨 실을 자를 만한 걸 찾아보았다. 내 목덜미에서 그녀의 숨결이 느껴졌다.

"당신은 이게 내게 얼마나 큰 의미가 있는지 몰라요, 아이비. 당신은 결코 모를 거예요."

"진정하세요." 나는 서랍을 하나하나 열어 가위나 작은 칼이 있는지 보았다. "그저 다이아몬드에 불과한걸요. 그래도 내가 걸어봤더니 정말 눈부시게 아름다웠다는 건 인정해요."

그녀 쪽으로 돌아서자 그녀의 팔이 나를 향해 날아오고 있었다. 손에 든 무언가가 촛불을 받아 번쩍여서 나는 잠시 앞을 볼 수 없었다. 그것이 나를 향해 날아왔다. 나는 움찔할 시간도 없었다. 올웨이스 양이 갑자기 멈추었다. 그녀의 손은 떨리지 않았다. 손에 든 가위를 내 가슴 바로 앞에 향하고 있어 좀 신경이 쓰였다.

"올웨이스 양?"

그 가련한 인간은 엄청나게 당황한 것 같았다. 그녀의 입에서 작은 탄식이 흘러나왔고 가위를 잡은 손이 느슨해졌다. "뭐…… 라고 했죠?"

"그 가위 조심하세요." 나는 눈썹을 찌푸리며 말했다.

올웨이스 양은 얼굴을 붉히며 가위를 내려다보았다. "맙소사, 네, 그럼요. 책상에서 발견하고 얼른 당신에게 건네주려다가, 하마터면…… 오, 아이비, 정말 미안해요. 너무 흥분해서 그랬나 봐요."

나는 가위를 받아 들었다. "네. 당신은 정말 흥분을 잘하는군요."

"아이비, 목걸이를 해봤다고요?"

나는 고개를 끄덕이고 주머니 꿰맨 것을 자르기 시작했다. "아주 잠깐 동안만요. 걸어봐도 해가 될 건 없을 것 같아서요. 물론 그랬다가 기절했지만. 그리고 그다음 기억은 당신이 내 방문을 두드린 거예요."

"난…… 난 못 믿겠어요." 그녀가 중얼거렸다.

"아, 괜찮아요." 나는 밝게 말했다. "보석에 흠이 가지는 않았고, 아까 말했던 것처럼 일이 분 정도만 걸고 있었으니까요."

올웨이스 양이 입을 다문 채 미소를 지었다. "당신은 정말 놀라움이 끝이 없군요, 아이비."

실을 다 자른 나는 목걸이를 꺼내려고 주머니에 손을 넣었다. 갑자기 올웨이스 양의 손가락이 내 손목을 감았다. 내 손을 상당히 단단히 잡았다. "그만해요." 그녀가 명령했다.

"무슨 일이에요?"

"밖에 사람들 목소리가 들려요." 올웨이스 양이 문 쪽을 보며 말했다.

"그냥 지나가는 사람들이겠죠." 나는 지금은 올웨이스 양에게 다이아몬드를 보여주고 싶었다. 그녀가 흥분해서 실제로 폭발해버릴 것 같아서였다(굉장히 비극적이겠지만, 지독히 재미있겠지). "걱정 마세요, 우린 안전해요."

하지만 올웨이스 양은 믿지 않는 것 같았다. 조금 전까지만 해도 다이아몬드를 볼 것을 기대하며 침을 질질 흘리더니, 이젠 보려고조차 않는다. 그녀는 나중에 보여달라고 하더니, 나를 자기 객실 밖으로 급히 내보내며 잘 자라고 한다.

"오, 그리고 아이비." 그녀는 나를 복도로 밀어내며 말했다. "문은 꼭 잠가둬요. 그렇게 희귀한 다이아몬드가 있으니 굉장히 조심해야 해요. 어딜 가나 도둑들이 있거든요. 조심할 거죠, 아이비?"

내가 대답을 하기도 전에 올웨이스 양은 객실 문을 닫았다.

다음 날 저녁, 저녁을 먹기 전에 나는 음식을 찾으러 나섰다. 내 평생 지금처럼 배가 고파본 적이 없었다. 먹고 싶은 음식 중에는 굉장히 이상한 것들도 있었다. 나는 갑자기 감자가 아주 좋아졌다. 날감자가. 그리고 양배추도. 그렇지만 텅 빈 다실(茶室)에는 딸기크림케이크 반쪽과 오래된 스콘 두 개밖에 없었다. 그것들도 제법 맛있었다.

몸단장을 하려고 아래 갑판으로 돌아왔는데 이상한 일이 있어서 나는 발걸음을 멈추었다. 객실로 가는 좁은 복도를 돌아가는데, 올웨이스 양이 복도 끝에 있는 게 보였다. 등을 내 쪽으로 향한 채 고개를 숙이고 있었다. 이야기를 하고 있는 것 같았다. 그리고 그녀 앞에는 키가 작고 두건을 쓴, 신부들이 입는 갈색 예복 같은 것을 입은 사람이 있었다. 그 사람은 올웨이스 양에 조금 가려졌지만 내가 있는 곳에서 보기엔 두 사람이 깊은 대화를 나누고 있는 것 같았다. 올웨이스 양과 수사였다. 아주 **작은** 수사.

"올웨이스 양?" 내가 불렀다.

그녀는 고개를 들더니 좀 큰 동작으로 돌아보았다. 그리고 펄럭이는 그녀의 치맛자락 뒤로 두건 쓴 사람은 사라지는 것 같았다. 흔적도 없이 말이다. 굉장히 이상한 일이었다.

올웨이스 양은 서둘러 내 쪽으로 왔다. "창백해 보여요, 아이비. 무슨 일이죠?"

"누구한테 말하고 있었어요?"

"말을 해요?" 올웨이스 양은 미소 지으며 손을 내저었다. "아, **그 사**

람. 그냥 길을 잃은 승객이었어요. 나는 그 사람 객실로 돌아가는 길을 말해주고 있었어요."

"아주 이상한 옷을 입고 있던데요."

"그래요?" 올웨이스 양은 내게 팔짱을 끼더니 같이 걷기 시작했다. "내겐 이 승객이나 저 승객이나 다 비슷해 보여요, 아이비."

"하지만 그 사람은 중세 시대 옷 같은 걸 입고 있던데요. 키도 엄청 작았고요."

올웨이스 양은 걸음을 멈추고 내 이마에 손을 얹었다. 얼굴을 잔뜩 찌푸렸다. "몸이 안 좋아 보이고, 굉장히 이상한 말을 하네요. 나와 이야기를 나눈 신사분은 야회복을 입고 있었어요." 그녀는 엄숙하게 고개를 끄덕였다. "아무래도 뱃멀미가 심한 것 같아요, 아이비. 제일 흔한 증상이 헛것을 보는 거예요. 지금 당신에게 그런 증상이 나타난 것 같네요. 그리고 식성이 갑자기 변해요. 혹시 식생활이 좀 변하지는 않았나요?"

물론 변했지. 엄청나게 배가 고프기도 하고. "그렇진 않아요."

"얼굴이 붉고, 이마가 굉장히 뜨거워요." 올웨이스 양이 말했다.

그런가? 모든 조짐이 다 나타난 것 같다. 나는 어마어마하게 배가 고프고, 방금 있지도 않은 두건 쓴 난쟁이를 만들어냈잖아! "올웨이스 양 말이 맞을지도 모르겠네요." 나는 식당으로 가는 계단을 올라가며 말했다. "저녁 먹고 나서 의사를 찾아가봐야겠어요."

올웨이스 양은 갑자기 멈췄다. "그럴 필요는 없지 않겠어요?" 그녀는 불안해하는 기색이 역력했다. 그러다가 즐겁게 웃음을 터뜨리며 장난스럽게 내 팔을 찔렀다. "조금 뱃멀미가 난다고 당신이 의사에게 쪼르르 달려갈 거라곤 생각하지 않았는데요, 아이비. 이렇게 허약한 사람이었을 줄이야."

내가, **허약하다**고? 올웨이스 양을 난간 아래로 밀어 바다에 빠뜨리고 싶은 충동이 갑자기 이는 걸 억눌렀다. 나는 그녀를 밀어버리는 대신에 멀쩡하다, 의사에게 갈 생각이 없다고 말했다. 내 친구는 만족한 것 같았다.

저녁을 먹을 때, 올웨이스 양은 내 계획에 끝없는 관심을 보였다. 클록 다이아몬드를 머틸다 버터필드에게 가져다주는 내 임무만이 아니라, 내 할머니가 런던 어디에 사는지도 알고 싶어 했다(나는 올웨이스 양에게 버터필드 파크로 가기 전에 할머니 댁에 있을 거라고 말해놓았다). 내겐 할머니가 없으니 설명하기가 조금 어려웠다.

그래서 할머니를 하나 만들어냈다.

"할머니는 런던에 집이 몇 군데 있어요." 내가 친절하게 말해주었다. "할머니가 어디서 주무실지 **정확히는** 아무도 몰라요. 우리 할머니는 좀 멍청이지만, 우린 할머니를 무척 사랑해요."

올웨이스 양은 잠시 당황한 것 같았다. "출판인이랑 만나러 런던에서 잠깐 묵을 거라 물어본 거예요. 당신을 만나러 가면 좋을 것 같아서."

"정말 좋은 생각이네요. 하지만 불가능할 거예요. 할머니는 손님을 싫어하거든요."

올웨이스 양은 내게 출판인 주소를 주겠다고 우겼다. 그녀는 내가 지낼 곳의 주소가 정해지는 대로 자기에게 편지를 써달라고 빌다시피 했다. 물론 나는 그러겠다고 약속했다.

브리타니아 호는 다음 날 아침 짙은 안개를 뚫고 로열 앨버트 부두에 도착했다. 올웨이스 양은 우리가 헤어지는 것을 몹시 두려워하는 것 같았다. 자신의 가장 좋은 옷인 진홍색 드레스를 입은 그녀는 똑똑해 보였지만, 지친 얼굴은 수척해 보였고 엄청 우울해 보였다. 놀랍게도 그녀는 내가 지쳐 보인다며, 런던에서 며칠 지내면서 쉬라고 충고했다. **또다시** 내 주소를 써달라는 말도 했다.

우리는 커다란 배 갑판에 함께 서서 도시가 시야로 흘러 들어오는 것을 지켜보았다.

"어쩌면 내리기 전에 라운지에서 차를 마실 수 있을까요?" 나는 올웨이스 양이 대뜸 동의할 거라 확신하며 물었다. 놀랍게도 그녀는 거절했다.

"배에서 내리자마자 출판인이랑 만나야 해요. 내 새 원고 이야기를 듣고 싶어서 안달이 나 있거든요."

우리는 거기서 헤어졌다. 올웨이스 양은 울었다. 나는 우는 척했다. 감동적이었다. 한 시간 뒤에 나는 손에는 카펫 가방을 들고, 주머니에는 클록 다이아몬드를 넣고, 눈으로는 런던을 보고 있었다. 내리기 전 마지막으로 브리타니아 호를 둘러보았다. 정말 멋있었다.

통로로 몰려드는 승객들이 줄 서 있었다. 나도 줄을 섰지만, 엄청나게 느렸다. 아래를 보다가 말 네 마리가 끄는 검은 마차가 붐비는 사람들을 뚫고 지나가는 것을 보았다. 마차는 옆으로 홱 꺾더니 터미널 옆에 섰다. 창문은 짙은 천으로 가려져 있었다. 마부는 모자를 눌러쓰고 있었다. 모든 게 매우 흥미로웠다. 나는 누가 내리는지 보려고 잠시 기다렸지만 아무도 내리지 않았다.

다시 줄이 움직이기 시작했을 때 나는 재잘거리는 승객들의 흐름을 따라갔다. 진홍색이 내 눈에 들어오지 않았다면 그 검은 마차를 다시 떠올릴 일은 없었을 것이다. 드레스였다. 진홍색 드레스. 큰 검은 마차를 향해 재빨리 움직였다. 한 사람이 아니라 두 사람이었다. 나는 멈춰 서서 그들을 지켜보았다. 그 광경에 완전히 사로잡혔다. 그들이 마차로 가자 문이 열렸다. 내가 배에서 봤던 두건을 쓴 작은 사람이 먼저 기어 올라갔다.

올웨이스 양이 재빨리 그 뒤를 따랐다.

FLOUR

4

런던은 내가 떠날 때와 똑같았다. 암울하고 더러웠다. 비참했다. 하지만 내 마음은 다른 곳에 가 있었다. 올웨이스 양은 대체 왜 그 이상한 작은 남자와 함께 마차에 탄 걸까? 그 남자는 내가 뱃멀미 때문에 본 헛것이라고 자기가 주장했으면서! 말도 안 돼. 정말 말도 안 된다. 그리고 올웨이스 양은 부둣가에서 출판인을 만날 거라고 하지 않았던가? 나는 트리니티 공작 부인 변호사를 만나기 위해 터미널 밖으로 나와 카펫 가방을 내려놓았다. 머릿속에서 온갖 생각이 소용돌이쳤다. 그 두건 쓴 난쟁이는 올웨이스 양을 칼로 위협해서 마차에 태운 거야. 그래, 틀림없어! 아니, 잠깐. 올웨이스 양은 그 이상한 작은 남자를 **뒤따라** 마차에 올라탔는데.

"생각해봐, 아이비. 너는 똑똑한 애잖아. **생각**해봐." 나는 소리 내어 말했다.

아주 잠깐 클록 다이아몬드가 떠올랐다. 이상했다. 다이아몬드와 올웨이스 양은 아무 관련도 없었다. 본능적으로 새 로열 블루 드레스 주머니에 손이 갔다. 나는 귀중한 보석을 만져보았다. 있었다. 안전하게 꿰매둔 주머니 속에 잘 들어 있었다. 나는 얼마나 어리석은가! 올웨이스 양이 백작 부인의 세계에서 하나뿐인 다이아몬드에 관심을 갖기는 했지만, 내가 말을 해줬기 때문이었다. 그리고 결국엔 보려고조차 하지 않았다.

조금 더 열심히 생각해보았다. 곧 떠올랐다. 타고난 본능을 이용해서(런던 경찰국 형사에 맞먹는) 나는 곧 올웨이스 양과 두건 쓴 낯선 사람의 수수께끼를 풀어냈다. 그 검은 마차는 올웨이스 양의 출판인의 것이다. 그리고 그녀의 기이한 동반자는 출판인이 오래전에 잃어버린 **아들**이다. 나는 그 젊은 남자가 가련한 사람이라고 확신했다. 엄청나게 키가 작고, 얼굴은 침팬지 같고, 마음 아플 정도로 멍청하겠지. 스캔들 때문에 영국에서 쫓겨나, 프랑스에서 짐승 같은 삼촌과 함께 살아야 했을 것이다. 그 불쌍한 자는 어떻게든 가족에게 돌아가고 싶어 밀항했지만, 쫓겨날까 봐 겁에 질려 있었다. 친절한 올웨이스 양은 그 밀항자와 친해지고, 그의 비극적인 이야기를 알게 되었다. 그녀는 도와줄 수 있어서 기뻐하며 배 앞에서 만나도록 주선을 했고, 난 그걸 목격한 것이다. 그래서 바다를 사이에 두고 있던 부자가 이제 다시 만났다. 완벽하게 말이 된다!

아이비 포켓은 모르는 게 없다.

늦은 아침이었다. 승객 대부분이 부두를 떠나고 나서도 여전히 난 공작 부인 변호사가 오기를 기다렸다. 어찌나 짜증 나던지! 얼른 모험을 계속하고 싶었던 나는 이 상황에 어울리는 멋진 호텔에서 하룻밤을 보내려고 인력거를 타고 시내로 나갔다. 파리에서 영국에 오고 난 뒤 내게 남은 돈은 10파운드였고, 클록 다이아몬드를 머틸다 버터필드에게 곧 전해주고 남은 돈을 받을 예정이었으니 조금은 사치를 부려도 될 것 같았다.

유감스럽게도 호텔에서는 문제가 좀 있었다. 그로스브너 호텔은 멋졌지만, **보아하니** 열두 살짜리 여자아이가 혼자 디럭스 스위트룸에 묵지는 못하는 모양이었다. 말도 안 돼! 나는 (바다코끼리 같은 이를 가진) 매니저에게 태만한 부모를 만나러 런던에 왔다고 말했다. 내 부모님은 일에 푹 빠져 사는 수학자인데, 영국 정부를 도와 서커스 코끼리의 왼발에 숨겨진 러시아의 전보를 해독하고 있다고 했다. 전부 일급비밀이라고 했다. 수천 명의 목숨이 위태로운 상황인가 뭔가 하며. 매니저는 내 말을 조금도 믿지 않았다. 내가 그를 어떻게 생각하는지 말해버리려는 찰나에…….

"포켓 양?"

돌아보니 내 바로 뒤에 키 큰 남자가 서 있었다. 백발. 근엄한 눈.

긴 얼굴. 짙은 색 양복. 실크해트. 그는 냉랭한 눈으로 나를 보았다.
"포켓 양?" 그가 다시 물었다.

나는 고개를 끄덕였다. "누구시죠?"

"그건 나중에 이야기하죠. 같이 잠깐 걸읍시다." 그가 단호하게 말했다.

나는 낯선 남자와 산책을 가는 사람은 아니다. 하지만 놀라웠던 건, 내게 선택의 여지가 없다는 기분이 들었다는 것이다. 실크해트는 더 이상 아무 말 없이 호텔에서 걸어 나갔고, 나는 나그네쥐처럼 그의 뒤를 따랐다. 흔치 않은 일이다!

우리는 세인트제임스 공원으로 걸어가서 단풍나무 아래에 앉았다. 그는 자기 이름이 허레이쇼 뱅크스고, 트리니티 공작 부인의 변호사라고 말했다. 사무실에서 늦게 나와 부두에 도착했을 땐 이미 내가 떠난 후였다고 설명했다. 그가 어떻게 나를 찾아냈는지는 미스터리였고, 그는 조금도 알려주려고 하지 않았다.

하지만 다른 일에 대해서는 할 말이 많았다.

"런던까지 오는 여행은 어땠는지 말해줘요." 그는 험악한 초록 눈으로 나를 보며 말했다. "이상한 일은 없었나요? 특이한 일이라던가?"

"아뇨. 조심했어요."

"친해진 사람이 있나요?"

"수백 명이죠. 나는 사람을 끌어들이는 부류의 하녀거든요."

허레이쇼 뱅크스는 헛기침을 했다. "누군가 클록 다이아몬드에 관심을 보이지는 않았나요? 당신이 그걸 가지고 여행 중이라는 걸 안 사람이 있어요?"

"뱅크스 씨, 제가 클록 다이아몬드 이야기를 낯선 사람들에게 떠벌리고 다닐 사람으로 보이세요?"

올웨이스 양 이야기를 할 수도 있었지만, 무슨 소용이 있어? 올웨이스 양은 땡전 한 푼 없는 작가다. 아무 죄 없는 노처녀다. 내게 홀딱 빠졌다. 하지만 유쾌할 정도로 멍청하다.

그는 벤치에서 일어나 내 앞을 왔다 갔다 걷기 시작했다. 손가락 하나를 입술에 대고 얼굴을 잔뜩 찡그렸다. 그러다 멈춰 서서 나를 돌아보았다.

"트리니티 공작 부인께서 살해당하신 것은 들었나요?"

"아, 네. 정말 슬프죠. 굉장히 비극적이에요. 누가 그런 짓을 했을지 상상도 할 수 없어요."

"난 할 수 있어요." 뱅크스 씨가 으스스하게 말했다. "포켓 양, 파리의 공작 부인의 아파트에 있었을 때 뭔가 의심스러운 걸 봤나요? **뭐라도**?"

"아뇨." 뱅크스 씨에게 열쇠 구멍 앞의 정체 모를 여자 이야기를 하는 건 의미가 없을 것 같았다. 그 환영이 입증하는 건 아무것도 없었다. 게다가 아무래도, 그가 기꺼이 내게서 다이아몬드를 가져가려 할 것 같았다. 다이아몬드가 없으면 500파운드도 없다.

"공작 부인께서는 다이아몬드에 대해서 무슨 말씀을 해주셨죠?"

"귀하고 가치 있는 것이고, 머틸다 양에게 생일파티에서 내가 직접 전해주라고, 죽기 전 마지막 소원이라고 하셨어요."

"마음에 안 드는데." 뱅크스 씨가 중얼거렸다. "공작 부인은 그 신비로운 다이아몬드를 어떻게 갖게 되었는지 말해주는 걸 거부했어요. 나는 그게 공작 부인의 재산 중 상당 부분을 차지한다는 것만 알아요. 서포크엔 언제 가나요?"

"내일 아침에 떠나요." 나는 땋은 머리에 맨 리본을 단단히 묶으며 대답했다(적당한 때인 것 같았다).

"좋아요. 포켓 양, 이 일에는 더 깊은 미스터리가 개입되어 있고, 나는 그게 뭔지 밝혀낼 생각이에요. 공작 부인이 그렇게 귀중한 보석을 왜 한 번도 만난 적 없는 소녀인 머틸다 버터필드에게 주고 싶어 하셨는지 아직도 도저히 이해할 수가 없어요."

"그건 대단한 미스터리가 아니에요." 나는 별일 아니라는 투로 말했다. "공작 부인은 수십 년 전에 머틸다의 할머니와 사이가 벌어졌대요. 그 목걸이는 화해의 선물이에요. 노인들은 그런 일에 굉장히 열중하잖아요."

"포켓 양, 나는 공작 부인 살인 사건과 클록 다이아몬드 사이에 직접적인 관련이 있다고 믿어요. 그리고 아마 파리에서부터 당신을 미행한 사람이 있었을 거라 생각해요."

불쌍한 사람. 그는 충격적일 정도로 멜로드라마적이다. 나는 그가 연극을 좋아할 것 같다는 생각이 들었다. "뱅크스 씨, 정신 차리세요. 만약 누가 배에서 나를 스토킹했다면 아직까지 덮치지 않았을 리가 있나요."

허레이쇼 뱅크스의 말문이 막힌 듯해서 나는 조금 흥분이 되었다.

"더 큰 그림이 있긴 한데, 아직은 모르겠군요." 그가 마침내 말했다.

"나는 알아요. 나는 아침에 출발할 거고, 버터필드 파크에서 며칠 동안 머무를 거고, 머틸다의 파티 때 목걸이를 줄 거예요. 그러고 나서 당신이 내게 돈을 주면, 모든 일은 다 끝나겠죠. 동의하세요?"

그는 동의하지 않았다.

"공작 부인은 벨그레이비어에 집을 한 채 가지고 있어요. 관리인에게 당신이 쓸 수 있도록 방 몇 개를 열어놓으라고 말해놨어요." 그는 내게 명함을 건넸다. "이 주소예요. 물건을 챙겨서 세시까지 이 집으로 가세요. 거기서 만납시다."

나는 항의했다. 발을 구르고 혀를 내밀었다. 그래도 소용없었다. 정말 짜증이 났다!

"포켓 양, 돈을 받고 싶다면 내가 하라는 대로 하세요. 나는 시내 반대편에서 중요한 회의가 있어요. 그 회의만 아니라면 내가 직접 데려다줬을 거예요. 아무와도 이야기하지 말아요. 당신이 어디에 묵을지 아무에게도 말하지 말아요. 잘 알겠죠?"

"그럼요." 내가 낼 수 있는 가장 뚱한 목소리로 대답했다(어마어마하게 뚱한 소리다).

그러자 그 불쾌한 남자는 휙 돌아서더니 작별 인사도 하지 않고 걸어갔다. 그는 갑자기 멈추더니 뒤를 돌아보았다. "나는 40년 동안 트리니티 공작 부인과 일하는 내내, 부인이 단 한 명이라도 신뢰하는 걸 본 적이 없어요." 그는 눈을 가늘게 뜨고 나를 노려보았다. "왜 클록 다이아몬드를 전달할 사람으로 당신을 골랐을까요? 왜 **당신**이죠, 포켓 양?"

나는 다정하게 웃음 지었다. "아, 당연히 아실 거라고 생각했는데. 저는 특별하거든요."

뱅크스 씨는 그때 미소를 지었던 건지도 모르겠다. 아주 잠깐. 그러고는 모자를 조금 올려 인사를 하고 걸어갔다.

벨그레이비어까지 가는 길에는 별일이 없었다. 한 가지만 빼고. 올웨이스 양과 마주쳤다. 물론 우연이었다. 내가 공원을 나서려는데 올웨이스 양이 공원에서 산책하고 있었다. 그 딱한 사람은 나를 보고 무척 신이 나서 나를 몇 번 포옹했다. 왜 그녀가 아직 런던에 있는지 궁금했다. 새 책(신화와 전설에 대한 책)을 의논하기 위해 런던에 남아달라고 출판인이 부탁했다고 그녀가 설명했다. 보아하니 원고가 충격적일 정도로 지루해서 '색채'와 '자극'이 더 필요한 모양이었다. 올웨이스 양은 무척 실망한 것 같았다. 자기가 생각하는 변화에 대해 잔뜩 이야기를 늘어놓았다. 하지만 나는 물어볼 것이 있어서 말을 끊었다.

"올웨이스 양." 내가 근엄하게 물었다. "배에서 내리는 걸 봤어요. 두건 쓴 작은 남자와 같이 마차에 타던데요. 내가 '상상한' 사람이라고 말씀하셨던 남자 말이에요. 설명해주실래요?"

가엾은 올웨이스 양은 엄청나게 놀란 표정이었다. 그녀의 입이 딱 벌어졌다. 눈이 빠르게 깜박였다. 그녀는 안경을 고쳐 썼다. "음, 아이비, 그건 아주 좋은 질문이에요." 그녀는 날카롭게 나를 바라보았다. "당신은 무엇이든 다 알아차리는군요? 말해봐요, 내가 그 작은 남자와 무엇을 하고 있었다고 생각해요?"

정말 똑똑한 여자다! 내가 깜짝 놀랄 통찰을 잔뜩 지니고 있다는 걸 알고 있었다. 나는 내 이론을 들려주었다. 출판인과 두건 쓴 난쟁이가 오랫동안 떨어져 지냈던 아버지와 아들이며, 스캔들이 터져서 가엾은 작은 남자가 프랑스로 망명을 갔고, 올웨이스 양이 두 사람의 재결합에 기여했다는 이론이었다.

내 친구는 헉 소리를 냈다. "아이비 포켓, 당신은 경이로워요! 당신 말이 전부 사실이에요. 어떻게 알았죠?" 그녀가 외쳤다.

나는 당황한 작가에게 몇 분에 걸쳐 내 영특함을 설명해주었다.

"어디서 묵고 있어요?" 올웨이스 양이 대수롭지 않은 투로 물었다. "배에서는 할머니의 **여러** 집 중 어디에 묵을지 정하지 않았다고 했죠. 이제는 분명 정해졌겠지요?"

"아, 네, 정했죠." 할머니가 벨그레이비어에 좋은 집을 가지고 계세요. 거기에 묵어요." 나는 머리를 귀 뒤로 넘기며 대답했다.

"멋지네요." 올웨이스 양이 몸을 더 가까이 했다. "정확히 어디죠? 회의를 하고 나서 런던을 떠날 거라, 당신에게 편지를 쓰고 싶어서요."

물론 나는 뱅크스 씨의 경고를 기억하고 있었다. "당신이 어디에 묵을지 아무에게도 말하지 말아요"라고 했다. 하지만 친애하는 올웨이스 양에겐 적용되지 않는 말이었다. 게다가 공작 부인의 런던 집은 분명 엄청나게 인상적일 것이다. 포켓 할머니가 살기 딱 좋은 곳이리라. 나는 올웨이스 양에게 주소를 알려주었다. 그녀는 맹렬한 기세로 공책에 주소를 적었다. 공책을 덮었다가 다시 펼쳐서 내게 주소를 읽어주고 확인했다. 그러고는 내게 무엇을 할 계획인지 다시 물었다. 내가 오늘 밤 벨그레이비어에 있을 것이 **확실한지** 물었다.

가엾은 올웨이스 양. 그녀가 내게 이토록 홀딱 반한 것에 감동받았지만, 나는 얼른 가고 싶었다. 우리는 포옹을 하고 헤어졌다. 올웨이스 양은 밤에 편지를 쓰겠다고 약속했고, 나는 시간이 있을 때 편지를 읽어보겠다고 약속했다.

세시가 되기 직전에 벨그레이비어에 있는 공작 부인의 집에 도착하니 관리인인 밴스 부인이 나를 안으로 안내했다. 밴스 부인은 이가 없고 얼굴이 붉은, 전혀 중요하지 않은 뚱뚱보였다. 그녀는 파이프 담배를 피우러 얼른 부엌으로 사라져버렸다. 허레이쇼 뱅크스가 아직도 색이 짙은 양복과 모자 차림으로 응접실에서 나를 기다리고 있었다. 그는 내가 뭘 했는지 따져 물었고, 올웨이스 양을 만난 것에 집착하는 것 같았다.

"나는 당신의 그 친구를 만나보고 싶어요." 그는 단호하게 말했다.

나는 어깨를 으쓱했다. "이유를 모르겠네요. 올웨이스 양은 뱅크스 씨를 끔찍이 지루해할 텐데요."

뱅크스 씨는 내게 집 밖 외출을 금지시켰다. 너무 위험하다는 것이었다. 너무 위험해서, 내가 서포크행 기차에 안전하게 탈 때까지 자기가 나를 데리고 다니겠다고 했다.

게다가 이 신경질적인 늙은 변호사는 내게 레이디 어밀리아 버터필드(머틸다의 어머니)에게 트리니티 공작 부인이 주신 머틸다의 생일 선물을 가지고 있다고 쪽지를 쓰라고까지 했다. 그게 **적절한** 행동이라고 했다. 내게 매너 레슨이 필요하기라도 하다는 듯이! 쪽지를 쓰자 뱅크스 씨는 법률 사건들에 관련된 일을 하러 공작 부인의 서재로 들어가며, 응접실에서 책을 읽고 있으라고 엄격한 지시를 내렸다. 물론 나는 그렇게 하겠다고 약속했다.

마침내 혼자가 된 나는 공작 부인의 집을 탐험하기 시작했다.

낡았다. 먼지투성이였다. 철 지난 가구들이 가득했고 카펫은 색이 바랬다. 천박한 골동품들이 있었다. 벽에 걸린 그림들조차 지루하고 생기가 없었다. 공작 부인의 취향은 끔찍했다.

나는 위층의 비극적인 방들을 거닐었다. 가구들은 천으로 덮어놓았고, 창문 셔터도 내려놓았다. 열 개가 넘는 방을 탐험했는데 흥미로운 방은 단 하나였다. 음악실이었다. 다른 방과 마찬가지로 답답하고 어두웠지만, 셔터 틈으로 늦은 오후의 햇살이 들어왔다.

햇살 한 줄기가 스포트라이트처럼 그랜드피아노를 비추었다.

나는 피아노 앞에 앉아 뚜껑을 열었다. 곧 공작 부인이 있는 파리의 호텔 스위트룸이 생각났다. 내 마음에 동요가 일었다. 위장이 떨리는 것 같았다. 그래서 〈배를 저어라〉를 연주했던 것 같다. 아니면 어떤 예감이 들었던 건지도 모른다. 어쨌든, 마지막 음을 연주하고 갑자기 피아노 깊은 곳에서 무언가 돌아가는 소리가 들렸을 때, 나는 크게 충격받지는 않았다. 판이 뒤로 들어갔다. 어두운 공간이 드러났다. 나는 손을 넣어 더듬어보았다.

아무것도 없었다.

조금 실망했다는 것을 인정한다. 나는 공작 부인에게 다른 숨겨놓은 보물이 있기를 은밀하게 바라고 있었나 보다. 나는 주머니의 실을 뜯어서 클록 다이아몬드를 꺼내 숨은 공간에 넣었다. 내 주머니에 넣어두는 것보다 훨씬 더 안전할 것이다.

다른 이유도 있었다. 나는 이 보석에 너무 정신이 팔리게 되었다. 클록 다이아몬드 생각을 아주 많이 했다. 목에 걸었을 때의 느낌을 기억하고, 내가 안을 들여다보았을 때 봤던 것을 떠올렸다. 나였던 소녀. 그리고 장엄한, 눈이 멀 것 같은 빛. 그리고 어둠.

"말도 안 되는 소리." 나는 소리 내어 말했다. 나는 피아노 뚜껑을 닫았다. 판은 미끄러져 들어가 목조 속으로 사라졌다. 나는 음식을 찾으러 갔다.

저녁은 엄청나게 지루했다. 허레이쇼 뱅크스는 서류에 파묻혀 있었다. 밴스 부인은 부엌에 틀어박혀 파이프를 빨았다. 나는 책을 조금 읽었다. 공작 부인이 수집해둔 묘한 예술품을 구경하며 돌아다녔다. 공작 부인은 연회복을 입은 동물 모양의 대리석 조각상을 좋아했다.

뱅크스 씨가 가서 자라고 명령하자 거의 안도가 될 지경이었다.

근사한 매트리스는 부드러웠다. 베개도 아주 좋았다. 금세 잠이 찾아왔다.

무엇이 나를 깨웠는지는 정확히 모르겠다. 마룻바닥에서 난 딱 소리? 창문을 밀어 올리는 낮은 소리? 어쨌든 무슨 소리가 났다. 나는 눈을 번쩍 떴다. 신경이 곤두섰다. 침실 군데군데에 그림자가 보였다. 커튼 틈으로 달빛이 한 줄기 들어왔다. 작은 사람 두 명이 종종걸음으로 걷고 있었다. 나는 뛰어오르듯 일어났다. 아니, 그러려고 했다. 하지만 한 치도 움직일 수 없었다. 나는 묶여 있었다. 내 몸은 마치 파라오를 미라로 만든 것처럼 꼼꼼하게 이불에 싸여 있었다. 나는 빠져나가려고 몸부림쳤다. 몸을 씰룩거리고 발길질을 했다. 하지만 별 소용이 없었다. 나는 완전히 갇혀버렸다!

그림자 한 쌍이 잽싸게 방 안을 가로질러 문밖으로 나갔다.

다급하고 뜨거운 물결이 내 몸속에서 치밀어 올랐다. 클록 다이아몬드! 나는 이를 악물고 어처구니없을 정도로 꽉 죄는 이불을 마구 밀었다. 온 힘을 다해 밀고 발로 찼다. 끙끙 소리를 잔뜩 냈다. 어깨를 씰룩거렸다. 마침내 조금 풀리기 시작했다. 가슴이 터질 것 같은 힘과 인내를 발휘해 나는 이불을 풀어내고 빠져나올 수 있었다. 애벌레와 비슷한 모습이었다.

일어서자 그들이 내 침실을 뒤졌다는 걸 알 수 있었다. 서랍이 열려 있고 옷이 흩어져 있었다. 그들은 뱅크스 씨가 예측했던 것처럼 클록 다이아몬드를 찾으러 왔을까? 분명 그런 것 같았다. 다행히 보석은 공작 부인의 피아노에 숨겨져 있었다. 찾기란 불가능할 것이다.

나는 내 방에서 뛰쳐나와 층계참을 지나 곡선 계단을 달려 내려갔다. 나는 전혀 두렵지 않았다. 사실 나는 무서울 정도로 차분했다. 나는 진정제를 먹은 소의 본능을 타고났기 때문이다. 한 번에 계단을 두 단씩 내려가서 현관 홀까지 갔다. 어디서부터 찾아야 할지 알 수 없었다.

"쉿!" 여자 목소리. 응접실에서 들려왔다. 서둘러 달려가는 발소리가 들리더니 점점 커졌다. 나를 향해 오는 것 같았다! 나는 물러서서 벽에 기대며 그림자 속으로 사라졌다. 두 명이 어두운 현관 홀을 달려 부엌 속으로 모습을 감추었다. 악당치고는 놀랄 정도로 키가 작았다. 내 안의 분노의 가마솥이 부글부글 끓었다. 정말 몹쓸 도둑들! 나는 그림자 속에서 나와 싸울 준비를 갖추고 그들을 따라갔다.

부엌은 어둡고 조용했다. 벤치 위에서 촛불 하나가 깜박거렸다. 구리 냄비와 팬들이 테이블 위 쇠 못걸이에 매달려 있었다. 밴스 부인은 다 피운 파이프를 입에 문 채 흔들의자에 앉아 곤히 잠들어 있었다(아마 허리케인이 지나가도 깨지 않을 것이다). 커다란 벽난로에는 아직 불이 타오르고 있었다. 침입자들의 흔적은 없었다.

나는 테이블 둘레를 걷다 아래를 보았다. 아무도 없었다. 뒷문으로 나간 걸까? 확인해보려는데 식품 저장실에서 털을 뽑은 닭 한 마리가 날아왔다. 뒤이어, 소 옆구리 살, 감자 한 자루가 날아왔다. 작은 침입자 두 명이 서둘러 나오기에 나는 재빨리 테이블 밑으로 숨었다. 그들은 어두운색 가운을 입고 두건을 덮어써 얼굴을 가렸다. 올웨이스 양과 함께 마차에 탔던 이상한 작은 남자가 곧바로 떠올랐다. 굉장히 비슷한 모습이었다. 이상한 일이었다. 정직하지 못한 난쟁이 중 하나는 큰 밀가루 자루를 들고 있었다. 그는 마치 자루가 티슈인 것처럼 잡아 뜯어 내용물을 바닥에 쏟았다.

추잡한 짐승!

악당들은 갑자기 멈추더니 완벽하게 똑같은 타이밍에 고개를 돌렸다. 나를 똑바로 쳐다보는 것 같았다! 그 불한당들은 흩어져서 잰걸음으로 부엌 테이블 양쪽으로 걸어왔다. 곧 나를 잡게 될 것이다. 나는 펄쩍 일어나 걸려 있는 냄비를 집었다. 왼쪽 손목에 무언가 감기는 것이 느껴졌다. 시간적 여유가 없어 나는 온 힘을 다해 냄비를 휘둘렀다. 두건을 쓴 멍청이 하나의 머리를 쳤다. 그는 바닥에 나뒹굴었다.

두 번째 침입자가 듣기 싫은 쉿 소리를 냈다. 그의 얼굴은 두건에 가려져 있었지만, 그가 추한 몹쓸 놈이라고 나는 확신했다! 나는 다른 냄비를 잡으려고 손을 뻗었지만 너무 늦었다. 키가 120센티미터 정도 되는 것 같은 그 얼간이는 내 팔을 잡고 내가 무슨 헝겊 인형이라도 되는 것처럼 테이블 너머로 던졌다. 뻔뻔하기는! 나는 테이블 위를 미끄러져 반대편으로 날아가 돌바닥 위를 굴렀다. 놀랍게도 나는 다치지 않았고, 재빨리 벌떡 일어났다.

몇 초 만에 둘 다 나를 덮쳤다. 내 왼쪽에 있던 도둑이 먼저 습격해, 더러운 발로 내 목을 차려 했다. 무기가 보이지 않아서 나는 발치에 쏟아져 있던 밀가루를 한 줌 집어 놈의 얼굴에 던졌다. 그 작은 짐승 같은 자는 뱀 같은 소리를 내며 고개를 절레절레 흔들면서 뒤로 비틀비틀 물러섰다.

다른 공범이 내게 달려들었다. 나는 부엌 반대편으로 달려가 의자에 뛰어오른 다음 테이블로 몸을 날렸다. 그림자 하나가 내 앞을 날아갔다. 뒤에서 내 발목을 잡는 손이 느껴졌다. 내가 할 수 있는 일은 별로 없었다. 그들은 나를 둘러싸고 있었다. 올라갈 수밖에 없었다. 나에게 유리하게 돌아가는 상황의 분위기를 타서, 나는 머리 위 쇠 냄비 걸이의 갈고리로 손을 뻗었다. 두건을 쓴 도둑이 내 앞에 나타나는 순간 나는 엄청난 속도로 휙 돌아 고리를 놓고 공중을 날았다. 내 발이 멋지게 악당의 머리에 맞아 그는 정신을 차리지 못했다. 나는 굉장히 신이 났다. 안타깝게도 시간이 없었다. 나는 계속 날아가는 중이었기 때문이다. 멈출 수 없었던 나는 밴스 부인의 머리에 멋지게 부딪쳤다.

그리고 벽난로 속에 정통으로 들어갔다.

그건 별로 좋지 않았다.

몸이 꼬인 채 떨어졌다. 불타는 통나무가 내 몸에 깔려 부서졌다. 불꽃이 확 일며 내 팔다리를 감쌌다. 연기가 피어올랐다. 밴스 부인의 비명이 들렸다.

그리고…… 암흑.

밴스 부인이 나를 끌어냈다. 부인은 울고 기도하며 엄청나게 소리를 지르고 있었다. 나는 곧 정신을 차리고 눈을 몇 번 깜박였다. 벽난로 불은 꺼져 있었다. 내 팔다리(그리고 분명 얼굴도)는 검댕과 재에 덮여 있었다. 하지만 다친 곳은 없었다. 가벼운 화상이나 붉은 자국 하나조차 없다고 밴스 부인이 알려주었다. 부인은 제정신이 아닌 것 같았다. 불꽃이 나를 감쌌다고, 기적이라고 말했다. 그건 좀 의심스러웠다. 분명 내 잠옷에 덮여서 불이 꺼졌을 것이다.

그때, 기억이 났다.

"침입자들. 어디로 갔죠, 밴스 부인?" 나는 일어나며 말했다.

부인은 내가 무슨 말을 하는지 전혀 이해하지 못했다. 두건 쓴 두 난쟁이가 집 안을 샅샅이 뒤졌다는 내 이야기를 의심하는 것 같았다. 그때 소리가 들렸다. 쨍그랑 소리였다. 꽃병이 깨진 것 같았다. 응접실에서 들린 소리였다. 밴스 부인은 겁에 질린 모습이었다.

"뱅크스 씨를 깨워야 해요. 나는 경찰을 부를게요!" 부인이 미친 듯이 속삭였다.

"그럴 시간 없어요."

밴스 부인은 부엌에서 달려 나가는 나를 막으려 했지만 아이비 포켓의 상대가 되지는 않았다.

나는 당당하게 응접실로 돌진했다가 완전한 파괴의 광경을 맞닥뜨렸다. 방 전체를 뒤집은 것 같았다. 달빛이 우유 빛깔 연못처럼 방바닥에 비치고 있었고, 구석과 벽에는 그림자가 있었다. 어둠 속에서 움직이는 것이 보였다. 불량배 중 하나가 창가 책장을 뒤지고 있었다. 다른 사람은 필기용 테이블 서랍을 열고 있었다. 둘 다 내게 등을 돌리고 있었다. 나는 적당한 무기가 없는지 부서진 물건들을 살폈다.

오른쪽에 하인처럼 프록코트와 보타이 차림을 한 곰 대리석상이 있었다. 완벽했다. 나는 석상을 들고 가까이 있는 악당에게 달려들었다. 그는 내가 오는 것을 느꼈는지 내가 그의 머리를 향해 석상을 휘두르자 돌아섰다. 하지만 '돌아섰다'는 건 적절한 표현이 아니었다. 그 작은 불한당은 그 자리에서 빙그르르 회전했다! 마치 팽이 같았다. 너무나 빠르고 거칠게 돌아서 바람이 세차게 불어왔다. 나는 바람을 맞고 떠서 뒤로 날아갔다. 수치스러웠다. 나는 바람에 실려 날아다니는 여자아이가 아니라고!

벽에 쾅 부딪쳤다. 머리와 등이 충격의 대부분을 받았다. 내가 들고 있던 석상은 부서지며 벽에 큰 구멍을 내고 박혔다. 나는 뼈가 한두 군데 정도 부러졌거나 두개골에 금이 갔을 줄 알았지만 그렇지는 않았다. 조금 욱신거리긴 했지만, 일어나보니 몸 전체가 정상적으로 움직이는 것 같았다.

내가 빨리 회복한 것이 두 침입자에겐 놀라웠던 모양이다. 그들은 똑같이 고개를 갸우뚱하며 나를 바라보았다. 그림자 속에서 메마른 웃음소리가 들렸다.

"놀랍군." 여자 목소리였다. 희미했지만 얼음처럼 차가웠다.

"넌 누구냐?" 내가 외쳤다. 이 세 번째 침입자는 볼 수 없었다. "얼굴을 드러내!"

나는 가장 가까이에 있는 무기를 집었다. 유감스럽게도 그건 과일이 든 그릇이었다. 양손에 배를 하나씩 든 나는 여자가 나가지 못하게 하며 그림자의 커튼을 향해 걸어갔다. 악당들은 동시에 앞으로 나서며 내 길을 막았다.

나는 단호하게 말했다. "경고하는데, 나는 미드윈터 홀에서 달아난 굴뚝 청소부를 사과 반 개로 쓰러뜨린 적이 있어. 그러니 배 두 개를 가진 내가 얼마나 치명적일지 상상해봐!"

그 순간 뱅크스 씨가 방에 뛰어들어 권총을 휘두르고 양손을 마구 흔들어대며 경찰 등에 대해 떠들어댔다. 어둑어둑한 어스름 속에서 갑자기 움직임이 보였다. 그림자 하나가 벽을 따라 달아나는 게 보였다. 어두운색 셔츠 끝자락이 펄럭이는 게 달빛 속에 보였다. 여자가 열린 창문으로 뛰어내렸고, 두건을 쓴 부하 둘이 뒤따랐다. 그녀 바로 뒤의 짙은 어스름 속으로 뛰어드는 것 같은 모습이었다.

5

"포켓 양, 설명을 해봐요!"

허레이쇼 뱅크스는 전혀 기분이 좋지 않았다. 경찰들이 바삐 돌아다니는 가운데 뱅크스 씨는 응접실에서 계속 서성거렸다. 그의 끝없는 이마에는 보라색 핏줄들이 튀어나왔다. 그의 강철 같은 눈이 내가 무슨 멍청이라도 되는 것처럼 나를 바라보았다. 뻔뻔스럽기도 하지!

"그 도둑들을 왜 당신 손으로 잡으려 했죠? 당신에게 어떤 일이 일어날 수 있었는지 알긴 해요?" 그가 으르렁거렸다.

나는 당당하고 차분했다. "나는 두건 쓴 난쟁이 몇 명 정도는 충분히 상대할 수 있어요. 보시다시피, 저는 상황을 통제했어요."

뱅크스 씨는 벽의 구멍을 가리켰다. 정말이지 불공평했다. "그래

보이지 않는데요, 포켓 양! 그리고 밴스 부인의 말을 듣자니, 당신은 거의 타 죽을 뻔했더군요." 그가 고함쳤다.

"그런데 자국 하나 남지 않았어요." 밴스 부인이 묵주를 꼭 쥐고 말했다.

"포켓 양, 계약은 끝입니다." 뱅크스 씨가 근엄하게 말했다. "상황이 너무 위험해요. 공작 부인의 재산을 관리하는 사람으로서, 나는 공작 부인의 재산에 대한 결정을 내릴 권한이 있어요. 그게 법입니다."

나는 깜짝 놀랐다. 이건 예상하지 못했다. 계약 취소라고? 그가 그렇게 할 수 있나? 내 손에서 500파운드가 빠져나가는 게 보이는 듯했다. 하지만 나는 그렇게 어리석지 않다. 나는 뭐가 필요한지 정확히 알고 있었다. 그래서 나는 흐느끼기 시작했다. 조금 히스테리적으로 말이다.

"정말 끔찍한 밤이었어! 소름 끼쳐요! 위험해!" 나는 통곡했다.

뱅크스 씨는 냉랭한 눈으로 나를 보았다. 그가 다시 말을 하기 전에 나는 공격을 시작했다. 세부 사항을 하나도 빠뜨리지 않고 그날 밤에 있었던 일을 다 이야기했다. 내 침대에 묶여 있었던 것. 부엌에서 공격당한 것. 응접실에서 내팽겨진 것. 뱅크스는 한 마디 한 마디에 귀를 기울였다. 잠시 아무 말도 하지 않더니, 그는……. "그 여자, 그림자 속에 남아 있던 여자는 말을 했나요?"

"딱 한 번요." 나는 뱅크스 씨가 할 수 있었던 그 많은 질문 대신 이 질문을 했다는 게 좀 실망스러웠다. "'놀랍군'이라고 했어요."

"그게 무슨 뜻이었을까요?"

나는 어깨를 으쓱했다. "아마 내 타고난 비단결 같은 머리를 봤나 보죠."

"한밤중의 도둑들! 보물을 찾아 돌아다닌다니!" 밴스 부인이 외쳤다.

뱅크스 씨는 씩씩거렸다. "이건 우연한 절도가 아닙니다, 밴스 부인. 그들은 목걸이뿐 아니라 포켓 양도 잡으러 온 거예요."

"말도 안 돼요!" 내가 얼굴을 찡그리며 말했다.

"어리석은 말 하지 말아요, 포켓 양. 침입자들이 당신을 침대에 꼼짝 못하게 해놨는데, 밴스 부인이나 나한텐 그러지 않은 이유가 뭘까요?"

거기엔 대답할 말이 없었다.

뱅크스 씨는 말을 이었다. "나는 그들이 클록 다이아몬드를 찾은 다음 돌아가서 당신도 데려갈 생각이었다고 믿습니다."

"왜죠? 어떤 목적으로?"

이번에는 뱅크스 씨가 대답을 하지 못했다. 그는 뒤집힌 가구와 흩뿌려진 책들의 잔해를 둘러보았다. "내가 아는 건 이것뿐입니다. 당신은 큰 위험에 처했어요."

나는 고개를 가로저었다. "두려워 마세요, 뱅크스 씨. 나는 싸움을 엄청나게 잘하거든요. 놀랄 만큼 용감해요. 하지만 걱정하시는 건 이해합니다. 탑 안의 공주처럼 제가 온갖 섬세한 아름다움을 지녀서 말이죠."

밴스 부인이 콧방귀를 뀌었다. "네가, 공주님."

"알아본 사람이 부인이 최초는 아니에요." 나는 그 뚱뚱한 멍청이를 향해 왕족다운 미소를 지어주었다. "어머니가 귀족 출신이거든요. 비극적일 정도로 고귀한 집안이에요. 마법에 걸린 성, 사악한 배다른 언니들, 독이 든 사과 등등이요."

"이런 어리석은 이야기는 그만합시다, 포켓 양." 뱅크스 씨가 무뚝뚝하게 말했다. "그 목걸이는 안전한가요?"

"그럴걸요."

그의 목소리가 부드러워졌다. "확인해보는 게 좋을 것 같군요."

"확인할게요." 희한하게도 그는 다이아몬드를 어디에 숨겨뒀는지 내게 결코 물어보지 않는다.

밴스 부인은 복도로 나가 야간 순찰 경관들을 나무라기 시작했다. 뱅크스 씨는 따라가 밴스 부인을 달래려고 정성을 다했다. 그는 내게 자러 가라고 권했다. 나는 자러 갔지만 그 전에 음악실에 들러 클록 다이아몬드가 아직 있는지 확인했다. 다이아몬드는 있었다.

"이 멍청한 보석 하나가 이런 소동을 불러일으킬 줄 누가 알았겠어?" 나는 혼잣말을 했다.

숨겨진 판이 안으로 미끄러져 들어가며 귀한 보석을 어둠 속으로 삼켰다.

경찰과 뱅크스 씨는 집 안을 뒤졌다. 사방을 뒤졌다. 집 뒤쪽에 있는 창문이 깨져 있는 건 크게 놀랍지 않았다. 도둑들은 거기로 들어온 게 분명했다.

다음 날 점심시간 전에 레이디 어밀리아 버터필드가 보낸 편지가 도착했다. 나는 흥미를 갖고 읽었고, 뱅크스 씨는 그런 나를 보았다.

"그래서?" 그가 마침내 물었다.

"예상했던 대로예요." 나는 종이를 접으며 말했다. "레이디 어밀리아는 내게서 연락을 받고 기뻤대요. 목걸이를 들고 오늘 오후 기차를 타고 버터필드 파크로 오라고 초대받았어요. 미드윈터 홀에 왔을 때 나를 봤던 기억이 없다고는 하지만—아마 내가 멍청해서 그렇겠지요—나를 크게 환영한대요. 그러니까, 뱅크스 씨, 우리 일은 이제 다 끝나가요."

늘 투덜거리는 변호사 뱅크스 씨는 기분이 조금도 좋아 보이지 않았다. "내 생각엔 버터필드 파크로 가기 전까지 기다려야 할 것 같군요. 경찰이 도둑들을 찾을 수 있는지 본 다음에 우리가 뭘 할지 정할 수 있을 거예요."

"뭘 기다려요?"

"포켓 양, 난 당신이 걱정돼요." 그는 다정함과 비슷한 것을 담은 표정을 지으며 나를 보았다. "나한테는 여동생이 있었죠. 아주 옛날에요. 도저히 손을 쓸 수 없는 사람이었어요. 당신과 좀 비슷했던 것 같아요. 나는 동생을 아주 좋아했고…… 음, 당신을 보면 동생 생각이 나요." 그는 헛기침을 했다. "우린 당신을 안전하게 지켜줘야 해요, 포켓 양. 그게 전부입니다."

이 말에 나는 허를 찔렸다. 조금. 사람들이 나를 사랑한다는 건 일반적인 법칙이지만, 나는 사람이 나를 '걱정'해주는 경험은 많지 않았다. 그런 건 부모가 하는 일이다.

내가 들은 바로는 그랬다.

나는 밝게 웃었다. "뱅크스 씨, 제겐 해야 할 일이 있고, 저는 그 일을 할 생각이에요. 네시에 서포크로 가는 기차를 타야 해요."

"그럼 나도 같이 갈게요. 혼자서 하면 안 돼요. 너무 위험해요." 그가 재빨리 말했다.

"난 혼자 가는 게 아니에요." 나는 스스로 기분이 제법 좋았다. "레이디 어밀리아는 자기 조카 리베카가 런던에 있어서, 같은 기차를 타고 오게 될 거라고 썼어요. 저는 리베카와 같이 갈 거예요."

뱅크스 씨는 여기엔 할 말이 없었지만 조건을 내걸었다.

"역에 데려다주고, 기차에 잘 타는지 볼게요."

나는 콧방귀를 뀌었다. "원하는 대로 하세요, 멍청한 사람."

밴스 부인은 음식 바구니에 기차에서 먹을 것들을 싸주었지만, 솔직히 나는 역까지 가는 마차 안에서 거의 다 먹어버렸다. 뱅크스 씨는 가는 내내 나를 향해 빽빽거리며 며칠 동안 해야 할 일과 하지 말아야 할 일들을 읊어댔다. 나는 적당한 순간마다 고개를 끄덕거렸다.

뱅크스 씨가 내 기차표를 사는 동안, 나는 신문과 잡지 판매대에서 기차에서 읽을 싸구려 통속소설 한두 권을 서둘러 골랐다. 북쪽의 어머니가 사는 마을에 가려고 기차를 타려던 올웨이스 양을 만났을 때 내가 얼마나 놀랐을지 상상해보라. 이 딱한 사람은 출판인이 어마어마한 요구를 해서 런던에 하룻밤 더 있어야 했다고 설명했다. 그 짐승 같은 자는 올웨이스 양의 새 원고를 혐오했고—토마토의 성장을 지켜보는 것만큼 짜릿한 원고였다는데—여기저기 잔뜩 바꾸라고 요구했다. 하지만 다정한 올웨이스 양은 어젯밤 벨그레이비어에서 있었던 일을 훨씬 더 걱정하고 있었다.

"신문에서 침입 사건 소식을 읽었을 때, 그리고 그게 당신이 묵고 있는 집이란 걸 알게 됐을 때……." 올웨이스 양은 겁에 질린 노처녀만이 떠올릴 수 있는 감정에 압도되어 있었다. "나는 공포에 질렸어요! 아이비, 괜찮아요? 다치지 않았어요?"

"엄청나게 다쳤죠." 나는 씩씩하게 말했다. "정말 오싹할 정도로 위험한 시련이었어요. 최소한 두 번은 죽을 뻔했죠. 바람에 날려 갔고, 불에 타서 바삭바삭해질 지경이었죠. 내가 얼마나 고통받았는지 자세히 이야기하지는 않을게요. 그건 좋은 매너가 아니니까. 하지만 믿어도 좋아요, 산전수전 다 겪은 해적이라도 괴로워서 몸서리쳤을 거예요."

"불쌍한 사람!" 올웨이스 양은 소리치며 안경을 코 위로 밀어 올렸다. "분명 경찰이 당신을 해친 악당들을 잡았겠죠?"

나는 고개를 가로저었다. "아직 활개 치고 다녀요. 아마 다음 공격을 준비하고 있겠죠."

올웨이스 양은 헉 소리를 냈다. "세상에!"

나를 공격했던 작디작은 사람들과 배에서 올웨이스 양과 이야기하던 두건 쓴 낯선 사람이 놀라울 정도로 닮았다는 걸 언급하기에 딱 좋은 때 같았다. "묘했어요." 나는 소설 두 권 값으로 1실링을 내며 말했다.

"정말 **이상하군요**." 올웨이스 양은 무척 심각해 보였다. "맙소사, 아이비, 배에서 만났던 내 지인을 의심하면 안 돼요! 월터는 아버지와 만났고, 지금은 가족이 다시 모인 걸 기념하려고 브리스톨에 가 있어요. 그러니까 그 사람이 월터라는 건 '불가능'해요."

당연하지. 내가 정말로 그를 의심한 적은 없었다. 음, 사실 그건 아니다. 그저, 두건 쓴 난쟁이를 이틀 동안 두 명 만나는 일이 과연 얼마나 자주 있을까, 싶었던 것뿐이다.

"물론 의심이 된다면 가엾은 월터를 경찰에 신고하셔야죠." 올웨이스 양은 나를 조심스레 살폈다. "혹시…… 혹시 벌써 신고한 건 아니죠?"

나는 신고하지 않았다고 안심시켰다. 올웨이스 양은 기뻐하는 것 같았다. 정말 친절한 사람이군!

"난 당신이 정말 걱정이에요, 아이비." 함께 걸으며 그녀는 내 팔짱을 꼈다. 목소리는 속삭이듯 작아져 있었다. "클록 다이아몬드를 가지고 여행하며 마리아 버터필드의 생일파티까지 안전하게 지킨다는 건 어린 소녀에겐 무거운 책임이에요. 나는…… 서포크까지 함께 가주고 싶어요. 당신이 혼자가 아니도록." 올웨이스 양의 눈이 갑자기 휘둥그렇게 커졌다. "오, 아이비, 정말 좋은 생각이 났어요! 내가 표를 바꿔서 버터필드 파크로 같이 가면 어떨까요? 정말 신나지 않을까요?"

"대체 어떻게 그런다는 거예요?" 나는 조금 놀랐다. "어머니께서 곧 돌아가시기 직전이잖아요."

올웨이스 양은 조금 짜증이 난 것 같았지만 곧 원래대로 돌아왔다. "아, 그렇죠. 불쌍한 엄마."

플랫폼 저편에서 뱅크스 씨가 우리 쪽으로 걸어오는 게 보였다. 나는 그를 가리켜서 올웨이스 양에게 알려주었다. 꼭 소개해주고 싶었다. 안타깝게도 바로 **그** 순간 올웨이스 양은 서두르지 않으면 기차를 놓칠 거라는 사실을 깨달았다. 그래서 올웨이스 양은 엄청난 속도로 달려갔다.

뱅크스 양은 내 친구에게 어마어마하게 관심을 가졌다. 질문을 열 개도 넘게 했다. 이리저리 둘러보았다. 그리고 나를 데리고 내 객차까지 같이 간 뒤(예상했겠지만 일등석이었다) 기차가 출발할 때까지 플랫폼에서 기다렸다. 그는 언제든 공격이 일어날 것처럼 생각하는 듯한 모습이었다. 불쌍한 사람. 나는 손을 흔들었지만 그는 함께 흔들어주지 않았다.

런던과 런던의 온갖 재앙을 뒤로하고 떠나게 되어 기뻤다. 나는 클록 다이아몬드는 옷 주머니에 넣어 꿰매두었고, 카펫 가방은 발치에 두었다. 나는 놀랄 만큼 아름다운 모습이었다. 마치 은행가의 딸 같았다. 적어도 치즈 만드는 사람의 조카 정도는 되어 보였다.

기차 안에서 리베카 버터필드를 만났다. 뱅크스 씨가 나와 리베카가 옆자리(일등석에서!)에 앉도록 준비해두었다. 리베카는 열세 살이었고, 예뻤다. 좀 평범한 미인이었는데, 주근깨는 무척이나 딱했다. 웨이브 있는 금발을 느슨하게 묶어 어깨 주위에 늘어뜨렸다. 갈색 눈은 칙칙했고, 입술은 특별할 것 없었다. 조금 침울해 보였다. 그

래서 세탁하는 사람처럼 몸을 구부정하게 하고 있었다. 갈색 종이에 싸고 끈으로 묶은 작은 상자를 무릎 위에 얹고 있었다. 그 상자에 조금 집착하는 것 같았다.

"서포크엔 처음 가는 거야?" 출발한 지 얼마 되지 않았을 때 리베카가 물었다.

"음……." 나는 창밖을 봤다가 다시 리베카를 보았다. "난 최근에 파리에 있었거든. 세계 여행을 많이 다녀. 다녀본 데가 워낙 많아서, 기억하기가 어려워."

"넌 정말 운이 좋구나, 아이비." 리베카는 황홀해하고 있었다. "나는 세계를 구경하고 낯선 나라를 여행하고 싶어. 멀리 가고 싶어."

"응, 그건 정말 재미있지." 나는 한숨을 쉬었다. "하지만 가끔 나는 내 인생이 조금은 덜 짜릿하고, 덜 충격적이었으면 하고 바랄 때가 있어. 완전히 평범한, 정말 보잘것없는 존재였다면 괜찮았을지 몰라. 너처럼."

리베카는 조금 놀란 듯했다. 어린 하녀가 이렇게 매너가 좋을 줄은 몰랐던 게 분명하다!

"너 버터필드 파크에 살아?" 내가 물었다.

리베카는 진지하게 고개를 끄덕였다. "갈 데가 달리 없어."

"그렇게 침울한 표정 짓지 마. 난 널 안 지 얼마 되지 않았지만, 네가 침울할 때면 얼굴이 엄청나게 얼룩덜룩해진다는 건 벌써 알겠다."

리베카는 헉 소리를 냈다. "너 뭐라고 했어?"

이 불쌍한 아이는 귀가 어두운 게 분명하다.

"얼룩덜룩하다고." 나는 조금 더 크게 말했다. "너, 우울한 생각 무척 자주 하지? 넌 우울한 생각을 하면 볼이 달아올라. 얼굴을 크리켓 공으로 얻어맞은 것처럼 말이야."

신기하게도 이 낯선 소녀는 이 말에 기분이 좋아진 것 같았다. 처음으로 씩 웃으며 이렇게 말했기 때문이다. "넌 어디서 왔어, 아이비?" 앉은 자세를 바꿔 나를 똑바로 보았다. 양손은 무릎 위의 박스를 감싼 채였다. "너희 부모님은 누구셔?"

"내 부모님?" 나는 머리 리본을 다시 묶어서 생각할 시간을 벌었다. "아버지는 폴란드인이셔. 화가야. 주로 과일을 그리셔. 가끔 꽃도 그리시지. 가난하지만 한번 보면 잊을 수 없을 정도의 재능을 갖고 계시지. 어머니한텐 좀 문제가 있어. 팬플루트에 너무 집착하셔. 내가 여덟 살 때 베를린의 오케스트라에 가입하려고 가출하셨어. 보낼 수 있을 때면 돈을 보내주시고 매주 편지를 쓰셔. 편지가 독일어라 나는 무슨 내용인지 하나도 모르지만, 분명히 그리움과 슬픔이 가득하겠지."

리베카 버터필드는 충격과 부러움이 섞인 눈으로 나를 보았다. "너를 돌봐주는 사람은 누군데?"

"나야." 나는 밝게 말했다. "이제 1년 반 됐는데, 나한테 잘 맞아. 그리고 너한테만 하는 말인데, 난 곧 상당한 돈이 생길 예정이야. 네 사촌 머틸다에게 다이아몬드 목걸이를 배달하는 중이거든."

"오." 리베카는 그 이름을 듣자 창백해지는 것 같았다. "그래, 그렇구나. 생일 선물인가 보지?"

나는 고개를 끄덕였다. "트리니티 공작 부인이 보내는 특별한, 단 하나뿐인 선물이야. 공작 부인은 죽었지만—심장을 칼에 찔렸대, 불쌍하기도 하지—머틸다가 이 목걸이를 가졌으면 좋겠다는 게 공작 부인의 최후의 소원이었어."

"머틸다한테는 보석이 아주 많아." 리베카는 웃음 짓고 있었지만 쇠똥구리를 삼킨 것 같은 표정이었다. "셀 수 없을 정도로 많아. 내가 왜 런던에 있었는지 알아, 아이비?"

"알 것 같아. 런던에는 잉글랜드에서 제일 좋은 정신병원들이 있잖아."

리베카는 고개를 저었다. "새 드레스를 맞추러 온 거였어. 나한테 새 드레스가 필요할까? 원할까? 그건 중요하지 않아. 할머니가 생일 파티 때 입을 새 드레스가 있어야 한다고 하셨거든. 나를 보는 사람은 아무도 없겠지만, 머틸다를 위해서 모든 것이 완벽해야 하거든."

"걔는 진저리 나는 애니?" 내가 물었다.

"머틸다는 아주 예뻐." 리베카는 의기소침하게 대답하더니 더 이상 말하지 않았다.

한참이나 침묵이 이어졌고, 기차의 부드러운 리듬에 흔들리며 거의 잠이 들었을 때쯤 리베카가 체리케이크 한 쪽을 권했다. 나는 기꺼이 받아 들었다. 혹시 감자는 없는지 물어보았다. 아니면 호박이라든가. 아쉽게도 없다고 했다.

"내가 나이가 제일 많아." 리베카는 먹어가며 말했다. "머틸다보다 376일이나 많아." 리베카는 나를 골똘히 바라보았다. "그건 9,024시간이야. 이해해, 아이비?"

무슨 말인지 알 수 없었다. "물론이지."

"버터필드 파크는 나이가 제일 많은 내가 받아야 해. 하지만 할머니는 머틸다를 상속자로 삼을 거라고 하셔."

"할머니가 처음 결혼하셨을 때 버터필드 파크는 폐허였고 팔아야 했어. 증조할아버지는 결혼 선물로 할머니에게 버터필드 파크를 다시 사주셨지. 그러니까 버터필드 파크는 할머니 마음대로 하실 수 있는 곳이야." 리베카는 자기 무릎 위의 꾸러미를 내려다보았다. "어머니는 그 땅이 내 것이 되길 원하셨어. 거길 무척 사랑하셨고, 특히 정원을 제일 좋아하셨지. 만약 어머니가 여기 계셨다면 절대 할머니가 그런 일을 하지 못하게 하셨을 거야."

"어머니가 돌아가셨어?"

리베카는 고개를 끄덕였다. "작년에. 심장 때문에."

"저런, 정말 안됐구나."

"아버지는 이탈리아에 새 가족이 있어. 그래서 어머니랑 나 단둘뿐이었어." 리베카가 희미한 목소리로 말했다.

"어머니가 돌아가시고 난 뒤 다른 가족이 엄청 잔인하게 구니?" 나는 약간 기대를 품고서 물었다. "막 때리고 굶기고 지하실에 가두고?"

리베카는 한참 동안 대답하지 않더니, 창밖을 내다보며 말했다. "거의 대부분 내가 있다는 것도 몰라. 내가 있다는 걸 의식하면 불편해하고. 내가 이상하다고 생각해." 리베카는 진지한 표정으로 나를 보았다. "넌 어떻게 생각해, 아이비?"

"넌 엄청나게 예쁜 여자애는 아니야." 나는 가슴 아플 정도로 요령을 발휘해서 이렇게 말했다. "그리고 조금 특이해 보여. 하지만 나는 네가 아주 좋아. 게다가 넌 심한 고통을 받은 것 같은데, 그건 '끔찍할' 정도로 흥미롭거든."

리베카는 꼭 쥐고 있던 상자를 다시 내려다보았다.

그래서 나는 그걸 가리켰다. "속에 뭐가 들었어?"

리베카는 이 물음에 놀란 것 같았다. 침을 꿀꺽 삼키더니 이렇게 대답했다. "아무것도 아냐. 그러니까…… 특별한 건 아니야."

"그건 내가 보고 판단하면 안 될까? 보여줘, 알고 싶어 죽겠어."

리베카는 고개를 끄덕였다. 조금 겁에 질린 것 같았다. "솔직히, 아이비, 넌 정말 실망할 거야. 런던에서 산 시시한 물건이야. 정말 재미없어."

나는 한숨을 쉬었다. "난 계속 부탁할 거야. 널 미치게 만들 거야."

패배감이 리베카의 주근깨투성이 얼굴에 떠올랐다. 리베카는 상자를 양손으로 감싸고 부드럽게 들었다. "알았어, 아이비. 이건 머틸다 생일 선물이야. 응, 그저 작은 선물일 뿐이야. 머리에 묶을 리본

몇 개랑 몸에 두르는 장식 띠야. 머틸다는 엄청나게 시시하다고 생각할 거야. 알겠지, 정말 재미없는 물건이야."

하지만 나는 한순간도 믿지 않았다.

6

우리는 발치에 가방을 내려두고 역 밖에 서서 우리를 버터필드 파크로 데려다줄 마차를 기다렸다. 나는 보통 기다리는 걸 아주 잘한다. 나는 예전에 기적을 기다려본 적이 있다. 7주하고도 반이 걸렸다. 하지만 나는 포기하지 않았다.

그렇지만 지금 나는 피곤했다. 그리고 시간이 늦어지고 있었다.

"레이디 어밀리아는 편지에 마차를 보내겠다는 말은 한마디도 적지 않았어." 나는 견디기 힘든 나방을 손으로 쫓으며 말했다. "나는 내가 **환영받는** 손님이니까 당연히 데리러 올 줄……."

"너무 놀라지 마, 아이비." 리베카는 손에 든 신비한 상자를 아직도 기쁜 눈으로 바라보고 있었다. "이모는 분명 마차를 보내실 생각이었을 거야. 하지만 버터필드 파크에서는 이름이 머틸다가 아닌 사람은 잊히기가 쉽거든."

"너 케이크 더 있어? 나 배가 엄청 고픈데."

"네가 이십 분 전에 먹은 게 마지막이었어." 리베카는 한숨을 쉬었다. "걸어가야겠다. 네가 잘 걷길 바라, 아이비."

"엄청나게 잘 걷지." 나는 가방을 들어 올리며 말했다. "나는 네 살 때 아버지와 걸어서 인도를 가로질렀어. 힌두교도들이 수행하는 아시람(힌두교도들이 수행하며 거주하는 곳)이랑 코끼리 같은 것들을 그리고 싶어 하셨거든. 나는 땀 한 방울 흘리지 않았어."

리베카는 얼굴을 찌푸렸다. "거짓말."

"어떻게 알아?" 나는 리베카의 여행 가방을 가리켰다. "출발할까?"

우리는 작은 언덕에 오른 다음 라임나무가 늘어선 대로를 내려갔다. 눈부시게 아름다운 버터필드 파크의 모습이 드러났다. 대리석 기둥, 하늘을 향해 뻗은 웅장한 탑과 굴뚝이 있는 멋진 건물이었다. 동쪽 건물에는 시계탑이 있었다. 본관을 둘러싼 격식을 갖춘 정원에는 장미와 튤립이 잔뜩 피어 있었고, 들꽃이 핀 풀밭, 사과밭, 예쁜 여름 별장이 있었다. 숲이 버터필드 파크 전체를 에워싸고 있었다.

"완벽하게 멋지구나." 내가 잘라 말했다.

"위컴이 정원을 돌봤어." 리베카가 부드럽게 말했다. "위컴은 정원을 정말 사랑했어. 여기서 할머니가 정말로 좋아하셨던 사람은 위컴

뿐이었던 것 같아. 음, 머틸다는 빼고."

리베카의 설명은 내게 필요 없었다. "떠난 지 오래됐어?"

"지난겨울에 죽었어. 지금은 새 정원사가 있어." 리베카는 코를 긁었다. "젊고, 영리하고, 들꽃 풀밭에 대한 새로운 아이디어가 잔뜩 있는 사람이야. 모두 그를 싫어해."

"그럴 법도 하네."

리베카는 키득거렸다.

우리는 자갈길을 느긋하게 걸어갔다. "어젯밤에 했던 연극을 정리하고 있나 봐." 리베카가 뚱한 목소리로 말했다. "이모는 작가를 자처하시거든. 연극과 발표회 하기를 좋아하셔." 리베카는 내 얼굴에 떠오른 엄청나게 아름다운 미소를 본 모양이다. "너 연기하니, 아이비?"라고 물었기 때문이다.

"아주 잘해. 〈비밀의 정원〉의 미국 순회공연에서 연기했어. 난 물론 메리 레넉스 역을 맡았지. 평론가들은 나를 보고 열광했어. 내가 불에 타는 중간 크기의 집처럼 무대를 빛냈다고 하더라."

리베카는 얼굴을 찡그리고 있었다. "넌 그런 거 하지 않았어."

"당연히 했지. 정말이야." 나는 어깨를 으쓱했다.

우리는 커다란 오크 문을 통해 거대한 현관으로 들어갔다. 나는 빙글 돌며 주위를 둘러보았다. 현관의 벽에는 짙은 색의 나무판이 붙어 있었고, 조각이 새겨진 계단이 있었다. 거대한 대리석 벽난로 위에는 큰 문장(紋章)이 붙어 있었다. 아치형의 천장에는 엄청나게 큰 샹들리에가 매달려 있었다. 리베카는 이 집에는 방이 아흔 개가 넘는다고 말했다. 서쪽 건물과 동쪽 건물. 하인들의 구역. 위풍당당한 서재. 보는 곳마다 계단이 있었다. 스테인드글라스 창문들이 죽 늘어서 있었다. 복도와 통로가 병원보다 더 많았다.

"이모는 어디 계시죠?" 리베카가 집사에게 물었다.

"도서관에서 포켓 양을 기다리고 계시지." 우리 뒤에서 목소리가 들려왔다.

"제기랄!" 리베카는 낮게 말하며 내가 돌아보기 전에 정체 모를 상자를 내 품에 밀어 넣었다. "네 것인 척해줘. **제발**." 리베카가 속삭였다.

물론 나는 리베카가 해달라는 대로 했다. 나는 전문 사기꾼의 본능을 타고났기 때문이다. 돌아서자 머틸다 버터필드를 처음으로 보게 되었다. 예쁜 사촌과는 정반대로 생겼다. 머리 색이 짙고 눈은 녹갈색이었다. 나는 그렇게 붉은 입술은 처음 보았다. 피부는 황갈색 톤이었다. 인형 같은 모습이었다. 사랑스러웠지만 왠지 비현실적이었다.

리베카는 우리를 소개해주었고, 우리는 예의 바른 인사말을 주고받았지만, 머틸다의 눈은 내내 내가 든 상자를 향했다.

"이게 그거야? 이게 내 다이아몬드야?" 머틸다가 안달하며 물었다.

나는 내려다보았다. "이거? 당연히 아니지."

"그럼 뭔데?" 머틸다가 물었다.

리베카는 침을 꿀꺽 삼키고 애원하는 눈으로 나를 보았다. 나는 대체 무슨 일인지 알 수가 없었지만, 리베카에게 내가 필요하다는 것은 알았다. "아무것도 아니야. 그냥 런던에서 가져온 물건이야." 내가 대답했다.

머틸다는 냉랭히 웃었다. "아무것도 아니라는 거야, 무슨 물건이라는 거야? 너 헷갈리는 것 같다, 포켓."

나는 한숨을 쉬었다. "이건 개인적인 거야. 내 고모 아그네스는 제정신이 아니야. 완전히 미쳤어. 딕비 부인의 입상 경력 있는 젖소를 날려버려서 몇 년째 갇혀 계셔. 당연히 아그네스 고모는 거의 언제나 광인 구속복을 입고 지내시지. 하지만 일주일에 딱 한 시간 동안 풀어줘. 그 한 시간 동안 미친 고모는 빵을 구우셔. 컵케이크. 아주 재능이 있으셔." 나는 이 이야기에 걸맞은 애정을 담아 상자를 내려다보았다. "나는 이런 걸 매주 하나씩 받아. 바닐라아이싱 컵케이크가 하나 들어 있지. 정말 따스한 이야기 아니니?"

머틸다 버터필드는 처음에는 아무 말 없이 리베카와 나를 번갈아 쳐다보았다. 마침내 머틸다가 말했다. "나도 먹어봐도 돼?"

"뭘 먹어?" 내가 말했다.

"네 미친 고모의 컵케이크지, 물론." 머틸다는 짙은 머리칼을 휙 넘기며 말했다.

내가 대답하기도 전에 머틸다는 내 손에서 상자를 낚아채더니 굉장히 이상한 행동을 했다. 상자를 귀에 댄 것이다. 나는 리베카를 보았지만, 리베카는 지친 듯 신음 소리를 내며 발만 바라보았다.

"이럴 줄 알았어! 너 또 그랬구나. 맞지, 리베카?"

"뭘 그래?" 내가 물었다.

이번에는 리베카가 상자를 낚아챘다. "네 일에나 신경 써!" 리베카는 이렇게 쏘아붙이고 서둘러 계단을 뛰어올라 가버렸다.

나는 설명을 듣고 싶어 머틸다를 보았다.

"이리 와, 포켓." 머틸다는 돌아서서 복도를 성큼성큼 걸으며 말했다. "할머니가 널 보고 싶어 하셔."

"리베카는 어디 있니?" 내가 카펫 가방을 놓고 멋지게 절하며 내 소개를 하자 레이디 어밀리아가 물었다.

"자기 방으로 갔어요, 어머니." 머틸다가 다정하게 말했다. "늘 그렇듯이요."

레이디 어밀리아는 여왕 같았고 조금 통통했다. 최고급 실크로 된 노란 드레스를 입고 필기용 탁자 뒤에 앉아 있었다. 발치에는 검은 고양이가 있었다. 머틸다처럼 머리 색이 짙었고 이목구비가 비슷했다(이탈리아 왕족 혈통인 모양이었다). "리베카가…… 또 그랬니?" 레이디 어밀리아는 불안한 눈으로 머틸다를 보며 물었다.

"그런 것 같아요, 어머니."

"어떻게 해야 할지 모르겠구나." 레이디 어밀리아는 지친 목소리였다. "우린 리베카를 막기 위해 할 수 있는 모든 걸 다 해봤지만, 리베카는 멈출 줄을 모르는구나."

그 정체 모를 상자를 두고 하는 이야기일 거라고밖에 생각할 수 없었다. 나는 그게 뭔지는 몰랐지만, 분명 도울 수 있을 것 같았다. "실례합니다, 레이디 어밀리아." 나는 포도가 담긴 그릇을 밀고 테이블 끝에 걸터앉았다. "저는 런던에서 기차를 타고 오면서 리베카를 잘 알게 됐거든요. 그 불쌍한 아이가 행복하지 않다는 건 분명합니다. **왜** 행복하지 않을까요? 확실하게 말할 수는 없지만, 부인의 잘못이라고 저는 거의 확신합니다. 부인뿐 아니라 온 가족의 잘못이지요."

레이디 어밀리아는 이제 미소 짓고 있었다(이상한 여자다). "알겠다. 계속해봐……."

나는 테이블에서 뛰어내려 포도를 한 알 집었다. "만약 리베카의 문제가 우울증이라면, 제가 훌륭한 치료법을 알고 있어요. 크랜베리 주스 한 컵과 망치만 있으면 돼요. 굉장히 효과적이죠."

레이디 어밀리아의 웃음소리는 마치 음악 같았다. **왜** 웃는지 도저히 알 수 없었다.

"잰 미쳤어요. 말도 안 되는 소리만 해요." 머틸다가 한숨을 쉬며 말했다.

나는 머틸다가 사촌에 대해 그런 식으로 말했다는 것에 격분했다. **너무나** 무례했다. 그러나 내가 미처 상식을 심어주기 전에 리베카가 문가에 나타났다. 리베카는 조금 소심하게 서재로 들어왔다.

"집에 온 걸 환영한다, 리베카. 런던은 성공적이었니?" 레이디 어밀리아가 말했다.

"드레스를 맞췄느냐는 뜻이라면, 네." 리베카가 말했다.

레이디 어밀리아는 조심스럽게 조카에게 물었다. "그리고 약속은 지켰니?"

리베카는 즉각 머틸다를 보았다. 머틸다는 심술궂은 미소를 짓고 있었다.

"물론 안 지켰겠지." 방 어디에선가 귀에 거슬리는 목소리가 들려왔다. 돌아보았지만 아무도 보이지 않았다. 장미원이 보이는 서재

한구석 창문 앞에 등받이가 날개처럼 생긴 의자가 있었다. 머리부터 발끝까지 검은 옷을 입은 나이 지긋한 여자가 의자 뒤에서 일어나기 시작했다. 그녀는 지팡이를 짚으며 천천히 움직였다.

"어리석은 아이 같으니." 그녀가 리베카를 꾸짖었다.

"레이디 엘리자베스, 너무 가혹하게 하지 마세요. 리베카도 분명 노력했겠죠. 이건 복잡한 일이에요." 레이디 어밀리아가 말했다.

"쓸데없는 소리! 리베카는 그만둬야 해. 그리고 그만둘 거다. 안 그러기만 해봐라. 내가 쟤를 상속인으로 삼지 않는 게 놀랄 일이냐?" 노파가 내뱉었다.

레이디 엘리자베스는 내 예상과는 전혀 달랐다. 빅토리아 여왕같이 위엄 있게 말하긴 했지만, 머리가 호두 같았다. 손은 집게발 같았다. 시들시들한 몸은 갈퀴처럼 말랐다. 피부는 등대보다도 더 심하게 풍화되었다. 그리고 좀 못된 사람이었다.

리베카는 죄송하다, 더 노력하겠다 등의 말을 웅얼거렸다. 간식을 달라고 부탁하려는데 레이디 엘리자베스가 쭈글쭈글한 눈으로 나를 보았다.

"목걸이는 어디 있어? 그래서 네가 이 집에 들어와 있는 것 아니냐?" 그녀는 차갑게 말했다.

"다이아몬드는 안전한 곳에 있어요." 나는 노파에게 웃으며 대답했다. "이제 좀 친절하게 행동해보시죠. 요리하지 않은 감자 열두 개 가져다주세요."

"뭘 가져다줘?" 그녀가 으르렁거렸다.

"먼 길을 와서 시장하겠구나, 아이비." 레이디 어밀리아가 급히 종을 울리며 말했다.

"굶주렸어요. 며칠 동안 아무것도 못 먹었어요."

"그 목걸이, 포켓 양." 늙은 호두 머리가 나를 무섭게 노려보며 말했다. "당장 가져와!"

"불가능해요." 나는 고개를 가로저으며 말했다. "트리니티 공작 부인은 클록 다이아몬드에 대해 아주 구체적인 지시를 내리셨어요. 생일파티 전에는 아무도 못 볼뿐더러 꼭 손님들 앞에서 건네야 해요."

그때 굉장히 선명한 빨강 머리를 단단히 쪽 찐 창백한 여자가 서재에 들어왔다.

"방해해서 죄송합니다." 그녀가 활기차게 말했다. 그 불쌍한 사람은 억양이 있었는데 미국 억양 같았다. "다음 수업에 쓸 프랑스 시집을 찾고 있어요."

"후자극제(의식이 희미한 사람에게 냄새를 맡게 해 정신을 차리게 만드는 데 쓰던 것으로 주로 탄산암모늄을 사용했다)는 어디 있지?" 머틸다가 투덜거렸다. "저 사람의 '따분한' 수업을 한 번만 더 들으면 죽을 것 같아!"

"머틸다, 그렇게 못된 말을 하면 어떡하니." 레이디 어밀리아가 속삭였다. "프로스트 양은 여기 온 지 며칠밖에 안 됐잖아. 새 가정교사에게 기회를 줘야지."

프로스트 양은 서둘러 나선계단 옆의 책장으로 가서 열심히 책들을 뒤졌다. 그러는 내내 나를 흘끔흘끔 보았다. 그녀에겐 어딘가 친숙한 면이 있었지만 그게 무엇인지 생각나지 않았다. 묘한 일이었다.

"다이아몬드를 보여달라고 요구하겠어, 포켓." 머틸다가 불쾌한 시선으로 나를 보다가 돌아서며 무섭게 말했다. "난 그걸 볼 권리가 있어! 그러지 않으면 생일파티 드레스에 잘 어울릴지 어떻게 알겠어?"

"두려워하지 마, 머틸다. 너는 창백한 얼굴빛이라는 축복을 타고 났으니, 그 목걸이를 걸면 네 외모가 훨씬 나아질 거라고 나는 확신해."

나를 노려보는 끔찍한 여자아이의 얼굴이 적대적인 미소로 구겨졌다. "난 네가 딱해, 포켓. 너는 값도 매길 수 없는 이런 귀한 보석을 걸면 어떤 기분이 드는지 절대 모를 테니까. 잉글랜드의 모든 여자아이가 네가 되고 싶어 할 때 어떤 기분이 드는지."

"너무 확신하지는 마." 참을 수가 없어서 이렇게 말했다. "잉글랜드의 모든 소녀가 내가 되고 싶어 한다는 부분은 말고. 내가 2년 연속 '화형에 처해질 것 같은 여자아이 1위'로 뽑히긴 했지만 말이야. 하지만 클록 다이아몬드는, 널 김빠지게 만드는 건 미안하지만, 난 이미 걸어봤어. 그리고 난 가슴 아플 정도로 예뻤어."

쾅 하는 큰 소리가 거대한 서재 안에 울렸다. 모두 프로스트 양을 돌아보았다. 몸을 숙여 떨어뜨린 책을 줍는 프로스트 양의 얼굴은 굉장히 창백했다.

"네 것이 아닌 걸 할 권리는 없어." 머틸다가 고함쳤다.

"트리니티 공작 부인이 해봐도 된다고 하셨어." 심한 거짓말을 하기 적당한 때라는 게 느껴졌다. "사실은, 그 다정하고 친절하고 올챙이배를 한 멍청이가 내게 해보라고 우겼어. 공작 부인은 클록 다이아몬드에 대해선 무척 까다로웠어."

"머틸다에게 그런 귀중한 선물을 주고 싶다고 해서 나는 좀 놀랐어." 레이디 엘리자베스가 재빨리 말했다. "우린 지난 60년 동안 '친구'로 지내지는 않았거든. 정말이지 예상하지 못했던 일이야."

나는 가방에서 공작 부인의 편지를 꺼내 레이디 엘리자베스에게 건넸다. "부인과 화해하고 싶어 하시는 것 같다는 느낌을 받았어요."

"쉿." 호두 머리가 쏘아붙였다. 편지를 읽는 부인의 눈 속의 불길이 아주 조금 어두워졌다. 부인은 부드럽게 중얼거렸다. "이런, 이런, 옛 친구야……."

"너무나 비극적이야. 공작 부인께 일어난 일 말이야." 레이디 어밀리아가 심각하게 말했다.

머틸다의 얼굴이 어두워졌다. "난 죽은 여자에게서 목걸이를 받고 싶은지 잘 모르겠어요."

"말도 안 되는 소리!" 레이디 엘리자베스가 으르렁거렸다. "공작 부인은 돈이 많고 친구가 없었으니 누가 가슴을 칼로 찌를 만도 해."

"살인범이 누구인지 혹시 짐작이 가나요, 포켓 양?" 프로스트 양이

불쑥 물었다. 그녀는 시집을 펴놓고 시를 훑어보고 있는 것 같았다. "당신에게 목걸이를 준 직후에 살해당하지 않았던가요?"

"맞아요." 모두가 날 주목하여 약간 흥분한 채 말했다. "이번 일은 처음부터 끝까지 굉장히 수수께끼 같아요. 어디에나 광인들이 있어요. 그리고 공작 부인의 전달자로서, 저는 그분의 기억에 대해 무거운 책임감을 느껴요." 나는 슬프게 한숨을 쉬었다. "살아 있는 공작 부인을 본 마지막 사람이 저예요."

프로스트 양은 책을 탕 하고 덮었다. "내 생각에는 '살인범'이 살아 있는 공작 부인을 본 마지막 사람일 것 같네요."

그러더니 양해를 구하고 서재 밖으로 나갔다.

"음, 그건 공정하지 않은 것 같은데." 머틸다가 고양이에게 쿠션을 던지며 말했다. "내가 왜 생일이 될 때까지 기다렸다가 목걸이를 받아야 하죠? 아직 나흘이나 남았는데!"

그게 공작 부인의 죽기 전 마지막 소원이었으니까, 이 멍청아." 내가 알려주었다. "넌 파티에서 클록 다이아몬드를 받을 거야. 그 전엔 절대 안 돼."

"최악인 건 기다리는 게 아니야. 우리가 포켓 양과 함께 나흘이나 있어야 한다는 게 문제지." 머틸다의 할머니는 희망을 담은 눈으로 나를 보았다. "혹시 너, 여기 말고 다른 묵을 곳은 없니?"

"없어요. 곧 큰돈을 받을 예정이지만, 그때까지는 자유의 몸이랍니다."

리베카는 내 카펫 가방을 집어 들고 말했다. "아이비는 분명 피곤할 테고, 씻고 싶을 거예요. 제가 손님용 침실로 안내할게요."

신난다.

"당치 않은 소리!" 늙은 호두 머리가 격노하여 외쳤다. "다락방에 보내. 포켓 양이 우리 손님이긴 하지만 '우리' 같은 사람은 아니야. 포켓 양은 하녀고, 하녀들은 손님 침실에서 자지 않는다."

그렇게 말하고 레이디 엘리자베스는 돌아서서 창문 앞의 자기 의자로 돌아갔다.

짐승 같은 말라깽이!

다락방은 동쪽 건물에 있었다. 중앙 계단을 올라간 다음 계단참 맞은편으로 가서 긴 복도를 지나 곧 부서질 것 같은 뒤쪽 계단으로 3층을 더 올라가야 했다. 마침내 어두침침한 복도가 나왔다. 엄청나게 좁았고 양쪽에 문이 있었다. 이 복도 끝의 좁은 계단으로 가면 지붕이라는 설명을 들었다.

침실은 평범했다. 나무 바닥, 기울어진 천장, 회반죽을 바른 벽, 주전자와 대야, 학교가 보이는 작은 창문. 이건 축복이다. 나는 편안한 의자, 예쁜 커튼, 편안한 침대는 참을 수 없기 때문이다. 복도 맞은편 방은 레이디 어밀리아의 연극에 쓰는 의상과 소품을 보관해두는 먼지투성이 방 같았다. 그러니 나는 혼자인 셈이다.

나는 세수를 하고 옷을 갈아입은 다음 집을 탐험하러 갔다. 하지만 그 전에 새 옷 속주머니에 클록 다이아몬드를 넣고 꿰맸다. 보석을 언제나 가지고 있는 게 제일 좋을 것 같았다. 그보다 안전한 방법은 없을 것 같았다.

나는 1층 계단참의 난간 앞에 서서 내려다보았다. 하녀 한두 명이 빗자루와 걸레를 들고 바삐 걸어갔다. 큰 현관 위에 매달린 빛나는 샹들리에가 내 눈을 끌었다. 저기에 목걸이를 숨겨둘 수 없을까? 내게 사다리만 있었다면.

왼쪽 복도에서 잰 발걸음 소리가 났다. 문이 열리는 소리가 들렸다. 천성적으로 호기심이 많은 나는 고개를 기울여 넓은 복도 아래쪽을 내다보았다. 여자아이 하나가 반대쪽 문 안으로 들어갔다. 문이 소리 없이 닫혔다. 난 그게 리베카라고 생각했다.

알아내는 방법은 하나뿐이다.

"리베카?" 나는 부드럽게 문을 두드렸다.

아무 대답도 없었다. 계속 쿵쿵거리는 소리밖에 들리지 않았다(누가 주방에서 소고기 옆구리 살을 두드려 부드럽게 만들고 있는 모양이었다).

"거기 누구 없어요?"

반대편에서 움직이는 소리가 들렸다. 발소리가 났다.

문이 아주 조금 열렸다.

"응?" 리베카가 맞았다. 죄지은 사람 같은 얼굴이었다. 아니면 겁을 먹었거나. 아무튼 무언가가 있었다.

"여기가 네 침실이야?" 내가 물었다.

리베카는 고개를 끄덕였다. 내게 들어오라고 할 마음이 없는 게 분명했다.

"나한테 큰 문제가 있어. 너도 알겠지만, 나는 곧 500파운드를 갖게 되거든. 그럼 내 침실을 멋지게 꾸며야 할 텐데, 네가 방을 보여주었으면 하고 간절히 바라고 있어. 영감을 얻을 수 있도록 말이야."

"지금 엄청나게 지저분해, 아이비. 나중에 보여줄게."

"아, 지저분한 건 신경 쓰지 마." 나는 밝게 말하며 문에 손을 얹고 조금 밀었다. 음, 밀려고 시도는 해봤다. 리베카가 문 안쪽에서 발로 받치고 있었다. "너만 괜찮으면 내가 청소를 도와줄게. 나 먼지 정말 잘 닦아."

리베카는 고개를 가로저었다. 그리고 자기가 빠져나올 수 있을 만큼만 문을 더 열고 복도로 나왔다. 바로 문을 닫아서, 나는 방 안을 제대로 볼 수 없었다. 그리고 손목에 맨 리본에 달린 열쇠로 문을 잠갔다. 난 이건 좀 지나치지 않나 하는 생각이 들었다.

"정말 아름다운 오후야. 밖으로 나가서 학교를 보는 게 어떨까? 예전엔 레이디 엘리자베스의 여름별장이었지만, 이젠 머틸다와 내가 수업받는 곳이야. 정말 아주 예뻐."

내가 저항하기도 전에 리베카는 나를 재빨리 끌고 갔다.

노란 튤립이 피어난 대로 옆의 길을 따라 학교로 갔다. 길은 학교로 곧바로 이어졌다. 건물은 흰색이었고 초가지붕과 격자창이 있었다. 정말 매력적이었다. 큰 사전을 든 프로스트 양이 서둘러 학교로 가며 우리와 마주쳤다. 프로스트 양은 걸음을 멈추고 리베카에게 주의를 돌렸다.

"십 분 후에 수업 시작이야. 독후감은 다 썼니?" 그녀가 활기차게 말했다.

"'거의' 다 됐어요, 프로스트 선생님. 시간을 조금만 더 주시면……." 리베카가 소심하게 말했다.

"아, 리베카." 프로스트 양은 한숨을 쉬며 말했다. "넌 내 학생이 된 지 며칠밖에 안 됐는데 벌써 처지고 있어. 네가 대단한 잠재력을 지닌 똑똑한 아이라고 나는 확신하지만, 난 네가 온종일 방에 틀어박혀 뭘 하는지 짐작도 못 하겠어." 프로스트 양의 시선이 부드러워졌다. "더 노력하겠다고 약속할래?"

"네, 프로스트 선생님." 대답은 희미했다.

"그건 제 잘못이에요." 나는 프로스트 양의 팔을 친근하게 치며 말했다. "리베카가 등을 구부정하게 한 채 독후감을 쓰고 있는데 제가 리베카를 발견했어요. 정원을 보여달라고 제가 빌었어요. 울고, 벽에 머리도 찧고, 온갖 미친 짓을 다 했어요. 그러니까 이건 리베카 잘못이 아니고 제 잘못이에요."

놀랍게도 프로스트 양은 내게 쏘아붙이지 않았다. 주근깨투성이 얼굴에서 찡그린 표정이 사라지더니 그녀는 가볍게 웃었다. "말솜씨가 좋군요, 포켓 양. 그 말을 조금이라도 믿어야 할지는 모르겠지만, 정말 재미있네요."

나는 씩씩거렸다. 뻔뻔하기도 하지!

가정교사는 리베카를 보았다. "독후감 마칠 시간 팔 분 남았다." 학교를 가리키며 말했다. "얼른 가는 게 좋을 것 같은데."

"네, 프로스트 선생님." 리베카는 서둘러 학교로 갔다.

둘만 남게 되자, 프로스트 양은 곧 더 심각한 주제로 관심을 돌렸다.

"내가 이러쿵저러쿵할 일은 아니지만, 난 걱정이 돼요, 포켓 양." 그녀는 내 눈을 똑바로 들여다보며 말했다.

"무엇 때문에요?"

"다이아몬드. 나는 책을 많이 읽어요. 독서가 내 습관인데, 클록 다이아몬드의 역사에 대해 알게 된 게 있어요. 정말 어두워요. 혹시…… 보석을 맡은 이후로 문제는 없었나요?"

"별로요." 나는 밝게 말했다. "괴상한 침입 사건 등이 있긴 했어요. 런던에 있는 친애하는 늙은 변호사는 생각이 달라요. 그 사람은 어디에서나 위험을 보는 사람이에요. 하지만 나는 목걸이를 완벽하게 안전히 지켜왔어요."

"여기 귀중품 보관실이 있다고 들었어요. 레이디 엘리자베스는 분명 머틸다 생일 때까지 다이아몬드를 거기 보관하게 해줄 거예요." 그는 자신의 눈부신 빨강 머리를 쓸어내렸다. "그냥 생각이 나서요."

"그럴 필요 없어요. 전 늘 지니고 다녀요."

“그건 아주 현명하지 못한 거예요.” 프로스트 양의 얼굴이 굳어졌다. “최근 몇 주 동안 이 지역에서 대담한 강도 사건이 몇 건 있었어요. 레이디 프란체스카의 딸은 교회에서 집으로 걸어오다가 머리를 맞고 금시계를 빼앗겼어요. 게다가 클록 다이아몬드를 지닌 사람은 좀 잔혹하게 죽는 경향이 있어요. 그걸 잘 기억해두는 게 좋을 거예요.”

나는 한숨을 쉬었다. “그러면 당신은 이 다이아몬드에 저주가 걸려 있다고 생각하나 보죠?”

“저주 같은 건 없어요.” 가정교사는 간결하게 말했다. “클록 다이아몬드가 원래 어디서 온 것인지는 아무도 몰라요. 실제로 본 사람조차 몇 명 되지 않아요. 하지만 실제로 보면 저항하기 ‘굉장히’ 힘들어진다고 읽은 적이 있어요.” 프로스트 양의 표정은 정말 음산했다. “당신도 그렇게 생각하나요, 포켓 양?”

“전혀요. 그 목걸이는 한순간도 나를 유혹한 적이 없어요. 그리고 누가 훔치는 문제는 걱정하지 마세요. 당신 충고대로 숨겨두기 좋은 곳을 찾아낼게요.”

“그 말을 들으니 기쁘군요.” 그러나 우습게도 프로스트 양은 즐거워하는 표정이 아니었다. 난 그 이유를 알고 있었다. 다이아몬드 따위 때문이 아니었다.

“용서하세요.” 나는 프로스트 양의 손을 잡았다. “하지만 나는 당신의 초췌한 얼굴을 보고 당신의 마음이 비통하다는 걸 알 수 있었어요."

그녀는 놀란 듯했다. 아주 잠깐이었다. 놀란 기색이 지나가자, 가정교사는 세상에 걱정거리라곤 하나도 없는 사람처럼 웃었다. "내가요?"

"부끄러워하지 마세요. 노처녀인 건 큰 죄가 아니에요."

그녀는 손을 빼며 얼굴을 찌푸렸다. "**뭐라고요**?"

"노처녀." 나는 그녀가 내 말뜻을 이해할 수 있도록 천천히 말했다. "스스로 전망이 없다고 생각하잖아요. 가슴 아플 정도로 암울하고, 사귀는 사람은 없고……. 이런 건 책을 사랑하고 표정이 심술궂은 여자 가정교사들 사이에선 굉장히 흔하니까, 그러니까 당신은 혼자가 아니에요. 희망을 버리지 마세요! 당신을 사랑에 빠지게 만들 등이 굽은 하인이나 이가 없는 대장장이가 분명 어딘가 있을 거예요."

프로스트 양은 굉장히 신 자몽을 씹은 것 같은 표정이었다. 짜릿했다. 가정교사는 사전을 겨드랑이 밑에 끼고 학교 쪽으로 성큼성큼 걸어갔다. 내 입을 비누로 씻어야 한다는 말을 한 것 같았다.

하지만 확신할 수는 없다.

곤경에 처한 동료 여행자를 도와줬을 때 느끼는 따뜻한 빛으로 가득 찬 나는 클록 다이아몬드를 숨기기에 완벽한 장소를 찾으러 나섰다.

7

첫날 밤에 나는 방에서 저녁을 먹고 잠자리에 들었다. 리베카는 내가 아래층에서 가족과 함께 저녁을 먹어야 한다고 우겼다. 레이디 엘리자베스는 그러지 말아야 한다고 우겼다. 나는 굳이 우기지 않았다. 어차피 나는 엄청나게 피곤했다. 잠자리에 들 때까지는 피곤하다고 생각했다. 하지만 난 뜬눈으로 누워서 처마에 비치는 회색 달빛만 바라보았다. 조금이라도 골치 아픈 생각은 하지 않으려고 애썼다.

보통 나는 아주 잘 잔다. 하지만 오늘 밤은 그러지 못했다. 인정하기는 정말 싫었지만, 프로스트 양이 나를 불안하게 했다. 나는 오후 내내 저택을 돌아다니며 보석을 숨기기 적당한 곳을 찾았다. 방이 정말 많았다. 온갖 구석과 틈이 있었다. 열심히 살펴봤지만 괜찮다 싶은 곳이 없었다. 그래서 지금 보석은 내 베개 밑에 있다. 하지만 내 침실 문에는 자물쇠가 없다. 아무나 들어올 수 있다. 내가 하늘에서 내려온 천사처럼 잠든 모습을 볼 수 있다. 정직하지 못한 손을 내 베개 밑에 넣어 보석을 가져갈 수 있다.

결국 나는 잠이 들었다. 그랬던 모양이다. 잠이 들어야 깰 수 있으니까. 나는 깼다. 갑자기 잠이 확 깨면서 벌떡 일어나 앉았다.

무언가가 나를 놀라게 했다. 무엇인지는 알 수 없었다.

방 안에는 은빛 그림자가 가득했다. 고요했다. 낡은 집에서 나는 삐걱거리는 소리 말고는 조용했다. 나는 어둠 속을 둘러보았다. 아무것도 없었다. 아무것…… 하지만 '뭔가' 있었다. 나는 혼자 있는 것 같지 않았다. 바보 같은 짓이었다. 당연히 나는 혼자 있는데. 그렇지만…… 확실히 해두어서 나쁠 것은 없다. 나는 침대 옆 테이블을 더듬어 성냥을 찾아 수지 양초를 켰다.

어두운 방 안의 불꽃이 금색 빛으로 된 풍선처럼 피어올랐다.

"진정해, 아이비." 나는 촛불을 끄려고 몸을 숙이며 말했다. "아무도 없잖아."

"잘 보렴, 애야."

나는 비명을 지르며 펄쩍 뛰었다. 촛불을 쥐고 앞으로 내밀었다. 깜박이는 촛불이 어둠을 삼켰다. 그렇지만 방구석의 너덜너덜한 안락의자는 어둠에 싸인 채였다. 하지만 무언가 움직이는 소리, 혹은 쌕쌕거리는 숨소리가 들렸다. 나는 떨리는 손으로 촛불을 들고 침대 끝까지 기어갔다.

"거기 누구죠?" 내가 낮게 말했다.

"모르겠니?" 구석에서 푸른 불빛이 피어났다. 그 사람이었다. 트리니티 공작 부인. 부인의 몸이 거대한 연체동물처럼 안락의자 밖으로 넘쳐흘렀다. 얼굴은 잿빛이었다. 피가 잠옷 앞부분을 흠뻑 적시고 있었다. 내가 기억하는 모습과 똑같았다. 죽었다는 것만 달랐다.

"원하는 게 뭐죠?"

"진실." 부인은 부드럽게 말했다.

나는 물러섰다. 팔이 벽에 닿을 때까지 침대 위에서 슬금슬금 기었다.

"난 당신이 왜 왔는지 알아요." 내가 속삭였다.

유령은 재미있어하는 것 같았다. "어디 말해보렴……."

"목걸이 때문이죠. 제가 목걸이를 걸어봤기 때문에 속상해서."

트리니티 공작 부인은 험악한 미소를 지었다. "얘야, 넌 약속을 어겼다."

"잠깐 동안이었어요. 기분이 어떤지 알고 싶었단 말이에요. 그리고 아무 피해도 없었어요."

부인은 재미있어하는 것 같았다. "확실하니?"

"당연하죠. 그리고 전혀 즐겁지 않았어요. 사실 전 기절했어요. 그리고 다시는 걸지 않을 거예요. 그러니까 나를 따라다닐 필요 없어요. 사실 사라져주신다면 정말 엄청나게 고마울 텐데요."

죽은 여인은 눈을 감았다. 잠을 자는 건지도 모른다.

"우리가 마지막으로 만난 이래 정말 많은 일이 있었다." 공작 부인이 천천히 말했다. "나는 네가 네 임무에 집중하길 바란다. 클록 다이아몬드는 무슨 일이 있어도 머틸다 버터필드의 생일파티에서 머틸다에게 주어야 해. 넌 날 실망시키지 않겠지?"

"당연하죠." 나는 듣기 싫게 한숨을 쉬었다. "부인이 '왜' 걔한테 그걸 주고 싶어 하시는지는 이해가 가지 않지만요. 걔는 지독하게 불쾌하던데."

유령은 가볍게 가르랑거렸다. "레이디 엘리자베스가 예뻐해. 이 저택의 미래에 대해 레이디 엘리자베스가 품은 모든 희망과 꿈이 그 아이에게 달려 있어."

"그렇다면 할 수 없네요."

"여기서 보는 경치는 정말 기가 막힌단다." 공작 부인이 장난스럽게 말했다. "난 **뭐든** 다 볼 수 있어. 보석을 네 목에 걸었을 때, 너는 보석 안을 보았지. 뭘 봤니?"

"아무것도 없었어요." 나는 재빨리 대답했다.

유령이 고개를 절레절레 흔들자 마치 부인의 흰 곱슬머리에서 별빛이 떨어지는 것 같았다. "뭘 봤니, 얘야? '진실' 말이야."

죽은 여자치곤 끈질겼다.

"소녀를 봤을**지도** 몰라요."

"누구였는데?"

나는 어깨를 으쓱했다. "기억나지 않아요."

"거짓말." 부인이 내뱉었다. "평범했지. 친구가 없고. 이 세상에서 혼자뿐이었지. 많이 듣던 이야기니?"

나는 발끈했다. 어이없다는 뜻으로 눈알을 굴렸는지도 모른다. 유령 동네 공작 부인이 무슨 말을 하려는지 뻔했다. "저랑 '조금' 닮은 것 같기도 하더군요."

"클록 다이아몬드는 너에게 많은 걸 보여준단다. 하지만 기쁨은 주지 않아. 고통만 줄 뿐이야. 유혹에 넘어가지 마라. 들여다보지 마라, 얘야. 널 위해 하는 말이야."

"정말이지, 사람 잘못 고르셨어요. 전 잘 겁먹지 않고, 솔직히 말하면 부인한테선 역겨운 냄새가 나요. 괜찮으시면 저는 이제 다시 자고 싶은데요."

갑자기 우리 사이의 거리가 없어졌다. 내가 부인에게 날아갔는지 부인이 내게 날아왔는지는 모르겠다. 내가 침대에서 떠올랐다는 것만 알겠다. 나는 빠르게 움직였다. 내 잠옷이 부풀어 올랐다. 나는 발버둥을 쳤다. 비명을 지를 시간도 없었다. 웅웅거리는 소리가 귓가에서 크고 긴박하게 들려왔다. 올려다보니 부인의 얼굴이 내 앞에 있었다. 부인의 몸 전체가 떨리는 것 같았고, 부인의 피부에서 나는 푸른 빛 때문에 눈을 뜰 수 없을 정도였다.

"네가 한 약속을 기억해라, 얘야. 나를 실망시키지 마." 부인이 쉭쉭거리며 말했다.

그리고 나는 몸이 꼬인 채 침대 위로 떨어졌다. 촛불이 꺼지면서 내 손에서 떨어졌다. 어둠과 창백한 달빛이 다락방에 가득했다. 나는 침대보 위를 더듬어 촛불을 찾아냈다. 성냥을 켜고 방을 둘러보았다. 부인은 사라지고 없었다. 나는 벌떡 일어나 미친 듯이 걸어 다녔다. 머릿속은 유령 생각으로 뒤죽박죽이 되어 있었다.

녹초가 된 나는 마침내 침대에 들어가 이불을 덮었다.

하지만 촛불은 끄지 않았다. 엄두가 나지 않았다.

팬케이크. 팬케이크와 달콤한 홍차. 어쩌면 오믈렛. 날감자 한 개나 세 개. 나한테 필요한 건 그거였다. 든든한 아침. 나는 하얀 모슬린 드레스의 주름을 펴고 거울에 비친 내 모습을 보았다(다이아몬드는 속주머니에 넣고 꿰매 안전했다). 피곤해 보이지는 않았다. 피부에선 빛이 났다. 바깥은 희망 가득한 아침이었다. 어젯밤과는 완전히 동떨어진 모습이었다. 어젯밤의 일은 악몽이었을 거야. 살해당한 공작 부인이 죽었다가 살아났을 리가 없잖아. 책에선 그런 일이 일어날지 몰라도, 현실에서는 아냐.

내게는 일어나지 않아.

소리가 들렸다. 푸드덕거리는 소리였다. 뭔가 움직이는 것 같았다. 그러다가 잠잠해졌다. 푸드덕거리는 소리가 또 났다. 뚱뚱한 유령이 돌아왔다! 제일 먼저 떠오른 생각이 이거였다. 혈관 속 피가 차갑게 식었다.

뼈가 으스러질 정도로 용기를 내서 문을 열고 좁은 복도를 가로질렀다. 레이디 어밀리아가 연극 의상과 배경들을 보관해두는 내 방 맞은편 창고는 궤짝, 상자, 트렁크, 창, 방패, 칼로 가득했다.

나는 방 안에 들어갔다. 제비 두 마리가 서까래 사이를 미끄러지듯 날아갔다. 나무 기둥 사이로 비치는 부드러운 빛이 새들의 아치모양 날개를 비추어 비스듬한 천장에 위풍당당한 그림자를 드리웠다. 새들은 높은 기둥에 쉽게 내려앉았다.

정말이지 경이로웠다. 너무나 경이로워서 그 먼지투성이 방에 나는 한참이나 있었다. 돌아다니며 색이 바랜 의상과 나무칼과 축 늘어진 모자가 가득한 트렁크를 뒤지고, 녹슨 티아라(작은 왕관)와 잔뜩 엉킨 싸구려 소품용 보석이 가득한 함을 뒤졌다. 평생 이렇게 많은 쓰레기를 본 건 처음이었다. 그때 아주 훌륭한 아이디어가 떠올랐다.

"바로 이거야!"라고 말했다. 클록 다이아몬드를 숨기기 **딱** 좋은 곳을 이제는 알 수 있었기 때문이었다.

바로 그때 계단을 올라오는 발소리가 들렸다. 내 침실을 정돈하러 오는 하녀가 틀림없었다. 나는 트렁크 뚜껑을 닫고 황급히 밖으로 나갔다.

버터필드 파크에서 먹은 첫 아침은 정말이지 실망스러웠다. 팬케이크나 감자는 보이지도 않았다. 레이디 엘리자베스는 내가 시중을 받으며 부엌에서 먹는 것이 더 편할 거라고 말했다. 나는 귀족들과 함께 식당에서 먹어도 아주 편안하다고 말했다.

레이디 엘리자베스는 삶은 달걀을 먹다 목에 걸릴 뻔했다.

아침은 빨리 지나갔다. 나는 올웨이스 양의 편지를 받았다. 끔찍할 정도로 우울한 내용이었다. 어머니께서는 조금 나아지셨지만, 가족이 사는 시골집은 작고 북적거렸다. 아무 글도 쓸 수가 없다. 그리고 한 달 안에 고친 원고를 출판사에 보내주어야 한다. 올웨이스 양이 가장 염원하는 꿈은 평화롭게 글을 쓸 수 있는 조용한 시골집을 갖는 것이었다. 하지만 아아, 슬프게도 임대할 돈이 없었다. '오, 아이비, 내가 어떻게 해야 할까요?'라고 올웨이스 양은 적었다.

가엾은, 비참한 올웨이스 양!

나는 야생화 초원으로 산책을 나갔다. 행복한 생각을 하려고 전력을 다했다. 머틸다의 생일파티까지는 사흘밖에 남지 않았다. 곧 나는 새 인생을 시작할 것이다. 바보 같은 악몽이 내 밝은 미래를 망치게 하지는 않을 것이다. 그리고 그 사건은 악몽이었을 뿐이다. 그냥 꿈이었다. 나는 목걸이를 걸어 공작 부인과의 약속을 깬 것에 죄책감을 느꼈고 그래서 잠자는 동안 공작 부인을 떠올린 것이다. 공작 부인이 보석에 대해 횡설수설하게 만든 것이다. 클록 다이아몬드가 내게 보여준 것에 유혹당해서는 안 된다는 말을 하게 한 것이다. 그러면 내가 고통을 받는다고. 정말 말도 안 되는 소리!

집으로 돌아갔더니 리베카가 온실에 앉아서 프랑스어 공부를 하고 있었다. 내가 들어가자 시선을 들고 호기심 어린 눈으로 나를 보았다. "그 여자 때문에 무서웠니?" 리베카가 물었다.

나는 숨을 헉 들이켰다. 리베카가 유령을 어떻게 알지?

"난 네가 무슨 말을 하는지 전혀 모르겠는데." 나는 밝게 말했다.

리베카는 책을 덮었다. "난 네 말 믿지 않아. 어제 학교에 가다가 프로스트 선생님이 너한테 다이아몬드에 대해 경고하는 걸 들었단 말이야."

아, 프로스트 양. 그 우울한 가정교사. 안도감이 밀려드는 게 느껴졌다. "아, 응. 날 좀 귀찮게 하기는 했어. 그 다이아몬드에 좀 집착하더라."

"너를 별로 좋아하지 않는 것 같아." 리베카가 말했다.

"프로스트 양은 형편없는 가정교사야." 나는 최대한 못마땅한 목소리로 말했다. "레이디 어밀리아는 왜 미국인을 고용한 거지? 가정교사란 원래 엄격하고, 유머가 없고, 뚱뚱하고, 외롭고, 영국인이어야 하는 거야!"

"지난번 가정교사는 웨일스 출신이었어. 로체스터 선생님. 사랑스러웠는데." 리베카가 부드럽게 말했다.

"우연의 일치네." 나는 안락의자에 털썩 앉으며 말했다. "내 지난번 가정교사도 이름이 로체스터였어. 아주 좋은 사람이었지. 외팔이였지만 뜨개질에 재능이 있었어."

리베카는 굉장히 당황한 눈치였다. "정말이야, 아이비?"

"그랬으면 좋겠다. 하지만 네 로체스터 선생님 이야기를 계속하자면, 어디 갔어? 결혼했어? 좋은 가정교사는 다 결혼해."

리베카는 고개를 가로저었다. "사라졌어."

"사라져?" 갑자기 관심이 확 생겼다. "그게 무슨 말이야?"

"지난 금요일 아침에 일어나보니 사라지고 없었어." 리베카의 목소리엔 슬픔이 가득 배어 있었다. "쪽지도, 우편물을 보낼 새 주소도, 설명도 없이."

"맙소사. 정말 흥미진진한 미스터리구나! 내 대부도 사라진 적이 한 번 있어. 연기가 확 피어오르더니 사라졌어. 다음 해 봄에야 다시 나타났지."

리베카는 말이 없었다. 양손을 깍지 낀 채 먼 곳을 보았다.

"그 뒤로 로체스터 양에게선 소식이 없었어?"

"전혀. 우리와 같이 2년을 살았어. 700일이 넘는다고. 7,520시간이야. 그런데 그냥 사라졌어." 리베카는 나를 보았다. "사람들은 그러지 않니?"

"사라진다고?" 내가 되물었다.

"시간을 다 써버린다고." 리베카가 속삭였다.

이 불쌍한 아이는 제정신이 아닌 것 같았다. 누가 저 숫자를 다 외우고 다닌담? 나는 전력을 다해 지금 문제로 돌아오려 했다. 이곳에 퍼즐이 있다는 게 느껴졌다. "그래서, 로체스터 양이 지난 금요일에 사라졌다고?"

리베카는 침울하게 고개를 끄덕였다.

나는 얼굴을 찡그렸다. "새 가정교사를 어떻게 그렇게 빨리 구했어?"

"로체스터 선생님이 사라진 날, 어밀리아 이모가 기차역에 갔다가 프로스트 선생님을 만났어. 알고 보니 프로스트 선생님은 런던의 한 가족이 가정교사를 구한다고 해서 미국에서 온 거였대. 그런데 그 가족이 갑자기 배를 타고 오스트레일리아로 가게 된 거야. 프로스트 선생님이 어밀리아 이모의 소설을 읽고 있었기 때문에 두 사람은 대화를 하게 됐어."

"레이디 어밀리아가 소설을 썼다고?"

"『여름의 폭풍』. 아무도 안 샀어. 음, 프로스트 선생님 말고는. 아무튼, 두 사람은 이야기를 시작했고, 기차가 런던에 도착했을 때는 어밀리아 이모가 이미 프로스트 선생님을 새 가정교사로 고용한 뒤였어."

"프로스트 양은 정말 운이 좋았구나." 내 마음은 사라진 로체스터 양에 대한 어두운 생각들로 빙글빙글 돌았다. "운명의 손이 작용한 게 분명해."

리베카는 고개를 가로저었다. "나는 잘 모르겠어."

그날 점심을 먹은 뒤 나는 몇 시간 동안 서재에서 레이디 어밀리아의 책을 읽기로 했다. 서재로 가는 길에 오전용 거실에서 물이 든 대접과 젖은 천을 들고 찡그린 얼굴을 한 채 뛰어나오는 하녀를 보았다. 울음을 터뜨리기 직전으로 보였다. 그 하녀는 몹시 괴로워하며 레이디 엘리자베스가 툭하면 앓는 두통에 시달리고 있다고 말했다. 레이디 엘리자베스는 그렇게 모든 사람의 삶을 비참하게 만들고 있었다.

물론 나는 어떻게 해야 할지를 알고 있었다. 나는 부엌에서 바구니를 하나 집어 들고 정원으로 갔다.

필요한 것들을 갖춘 다음 오전용 거실에 있는 레이디 엘리자베스를 찾아갔다. 부인은 검은 실크 가운을 입은 아주 멋진 모습이었다. 고양이와 함께 소파에 누워 있었다. 쇠약한 머리를 베개에 얹고 있었다. 고통스러운 자신의 삶에 대해 중얼거리고 있었다.

"꿀이 말이 아니시군요." 나는 밝게 말하며 테이블에 바구니를 올려놓았다. "두통을 자주 앓으세요?"

"끊임없이 아파." 부인이 쏘아붙였다. "정말 얼마나 고통스러운지 몰라. 미래가 내 어깨를 짓눌러. 머틸다가 있어서 정말 다행이지. 머틸다가 없었다면 나는 완전히 절망에 빠져버렸을 거야."

"리베카는요? 리베카도 부인의 손녀잖아요." 내가 단호히 말했다.

레이디 엘리자베스는 화가 난 듯했다. "걔가 제대로 아는 것, 제대로 하는 것은 하나도 없어! 아냐, 머틸다가 버터필드 파크의 미래다." 노파는 깡마른 손가락 하나를 치켜들었다. "머틸다가 나를 이어받을 거야!"

"이어받을 사람보다는 코를 더 걱정하셔야 할 것 같은데요." 나는 내 손수건으로 레이디 엘리자베스의 콧물을 닦아주었다. "흥, 하고 푸세요. 콧물이 다 나오게요."

노파는 내 손을 찰싹 때리고 숨을 헉 들이마셨다. "어찌 감히 이런!"

나는 부인의 험악한 눈을 들여다보다 갑자기 동정심이 확 느껴졌다. 저토록 늙고 불행하다니 얼마나 끔찍할까. "레이디 엘리자베스, 바싹 마른 주름살 덩어리라는 건 큰 죄가 아니에요. 비록 부인을 밖으로 끌고 나가서 총으로 쏘는 게 더 친절한 일이긴 하겠지만요."

호두 머리는 숨을 헉 들이켰고 다리 위에 있던 고양이는 뛰어내렸다. "도와줘! 누가 좀 도와줘!"

"하지만 부인을 이토록 비참한 늙은이로 만드는 건 두통이라고 믿어요." 나는 소파에 기어올라가 할머니 곁에 무릎을 꿇었다. "다행히 저는 훌륭한 치료법을 알고 있어요. 전 이런 일에 재능이 있거든요."

나는 곰국이 든 컵에 손수건을 담갔다 꺼내 레이디 엘리자베스의 이마를 닦기 시작했다.

"뭐 하는 거냐?" 부인이 으르렁거렸다.

"착하게 입 닥치고 계세요." 나는 자른 양파를 바구니에서 꺼냈다. "효과를 보려면 보통 버터 바르는 칼과 코르크 따개가 필요하지만, 우리가 가지고 있는 걸로 해결해봐요." 나는 반으로 자른 양파를 내밀었다. "양손에 하나씩 드세요."

"대체 왜? 소파에서 내려가!" 부인이 으르렁댔다.

"이번 한 번만은 시키는 대로 하세요."

부인은 씩씩거리며 양파를 받았다. 나는 부인의 손을 잡고 양파를 부인 피부에 문질렀다. "이러면 관자놀이 통증이 줄어들어요."

"헛소리!"

나는 바구니에서 라벤더 줄기를 꺼내 꽃을 뜯어 두 조각을 낸 다음 노파의 콧구멍에 넣었다. 그리고 레이디 엘리자베스의 이마에 작은 원을 그리는 모양으로 마사지를 하기 시작했다. 나는 틈틈이 라벤더를 깊이 들이마시라고 시켰다. 그리고 가끔 그녀의 얼굴에 부드럽게 숨을 불었다.

일이 분, 기껏해야 오 분 정도 안에 호두 머리는 조용해졌다. 호흡이 느리고 일정해졌다. 나는 그녀의 코에서 라벤더를 꺼내고 손에 들렸던 양파도 뺐다.

"잘됐어요."

"헛소리." 부인은 희미하게 말했다.

호두 머리는 그대로 잠이 들었다.

『여름의 폭풍』은 형편없는 책이었다. 정말 심했다. 어두운 비밀, 복수에 사로잡힌 흉측한 악당들 때문에 궁지에 몰려 숨 가빠하는 처녀들이 엄청나게 많이 나왔다. 즉, 내 마음에 쏙 들었다!

버터필드 파크의 서재는 2층짜리고 정말 멋진 곳이었다. 오후에 차를 마시기 전에 시간을 보내기 딱 좋은 곳이었다. 나는 레이디 어밀리아의 책을 찾으러 왔다. 나선계단 옆 유리 책장에 자랑스럽게 들어 있었다. 나는 창문 앞 레이디 엘리자베스의 의자에 앉았다. 부드러운 빛을 받아 빛나는 장미원의 정경이 어찌나 훌륭하던지, 나는 레이디 어밀리아의 책을 읽으면서도 계속 바깥의 붉고 흰 꽃들의 태피스트리를 감상했다.

따뜻한 빛이 나를 감쌌다. 피곤한 것은 아니었다. 나는 **결코** 피곤해본 적이 없다. 나는 커다란 토끼의 에너지를 가지고 있다. 아니면 최소한 들쥐 정도는 있다. 하지만 전날 밤에는 그 바보 같은 꿈 때문에 잠을 제대로 자지 못했다. 나는 잠이 든 게 아니라 깜박 졸았던 것뿐이다.

웅얼거리는 목소리 때문에 깼다. 속삭임. 천장이 아치형인 서재에 메아리쳤다. 나는 눈을 뜨고 의자 옆을 둘러보았다. 프로스트 양과 리베카가 서재 1층 계단참에 서 있었다. 두 사람은 대화에 몰두하고 있었다. 목소리는 낮았다. 괴로워하는 듯한 목소리였다. 프로스트 양 혼자서만 이야기하는 것 같았다. 놀랍게도 나는 프로스트 양의 말을 한 마디 한 마디 다 들을 수 있었다. 숨소리까지 다 들리는 것만 같았다.

"안 믿어요!" 리베카의 목소리가 정적을 깼다.

"쉿!" 프로스트 양의 대답이었다.

대체 무슨 이야기를 하고 있는 걸까? 프로스트 양이 리베카의 손에 무언가를 쥐여주었다. 빨갛고 작은 책이었다. 리베카는 받기 싫어했다. 고개를 가로저었다. 프로스트 양이 고집스럽게 책을 들이밀었다.

"읽어. 아주 많은 게 설명될 거야." 프로스트 양이 명령했다.

"선생님 말은 사실이 아니에요. 그럴 리가 없어요!" 리베카가 말했다.

"그렇지만 사실이야." 프로스트 양은 지친 목소리였다. "나는 네게 증거를 더 가져다주려고 노력하겠지만, 시간이 많지 않아. 다급한 문제야. 내 말을 믿으렴, 너를 끌어들일 필요가 없었다면 말하지 않았을 거야. 개를 감시해야 하는데, 내가 밤낮으로 지켜볼 수는 없어. 그래서 네 도움이 필요해. 나는 네 도움이 필요하고, 네 도움을 받아낼 거야."

리베카는 울기 시작했다. "어떻게…… 어떻게 걔가 모를 수가 있어요? 그건 **불가능**하다고요."

"울어도 사실이 바뀌지는 않아." 프로스트 양은 리베카의 턱을 잡았다. 목소리는 차가웠다. "책을 읽어. 내가 시키는 대로 해. 그러지 않으면 이 집은 엄청난 고통을 받게 될 거야. 약속하지."

리베카는 항복한 듯 고개를 떨구었다. 책을 받더니 나선계단을 내려갔다. 불쌍한 것!

프로스트 양은 숨쉬기가 힘든 듯했다. 몸을 부르르 떨었다. 손을 뻗어 철제 계단 난간을 잡았다. 그러고는 몸을 쭉 펴고 빨강 머리를 쓰다듬었다. 빠른 걸음으로 나선계단을 내려갔다. 서두르는 게 분명했다. 서재 문 앞까지 갔을 때 멈춰 서서 굶주린 눈으로 돌아보았다. 나는 의자 뒤에 숨어 숨죽였다.

"저기요? 거기 누구 있어요?" 프로스트 양의 목소리는 다급했다.

일분일초가 어찌나 천천히 흐르던지! 프로스트 양이 보이지는 않았다. 서재를 거닐고 있는지 가만히 서 있는지 알 수 없었다. 나는 기도했다. 정말로 **기도를 드렸다**. 내가 그 순간에 왜 프로스트 양이 그토록 두려웠는지는 모른다. 하지만 정말 무서웠다.

정말 조용했다. 치마가 바스락거리는 소리가 들리더니 다시 조용해졌다. 나는 용기를 내어 의자 옆을 빼꼼 돌아보았다.

문 앞은 비어 있었다.

프로스트 양은 가고 없었다.

8

"정말 좋았니?"

"좋았냐고요? 마음에 쏙 들던데요. 『여름의 폭풍』은 모든 예비 신부 학교에서 필수적으로 읽혀야 해요. 젊은 숙녀들은 실수로 악당 치즈 제조자와 결혼할 위험에 대한 경고를 받아야 해요. 아직 몇 챕터 남았지만, 지금까지는 정말 대단해요. 어마어마해요!"

레이디 어밀리아는 손뼉을 쳤다(바다표범과 좀 비슷했다). "오, 아이비, **정말** 기뻐!"

서재에서 이상한 일이 일어난 뒤, 나는 리베카를 찾아서 집 안을 뒤졌지만 흔적조차 없었다. 장미원에서 애프터눈티를 마실 때 만날 수 있을 거라 생각했는데 오지 않았다. 그래도 섬세한 샌드위치, 갓

구운 빵, 초콜릿케이크는 맛있었다. 레이디 어밀리아는 내가 그녀의 소설을 읽었다는 얘기를 듣고 놀랐다. 늙은 호두 머리는 고양이를 다리 위에 얹은 채 정자 안에 앉아 있었다. 다행히 잠들어 있었다.

"평론가들은 친절하지 못했어. 그들이 내 작은 이야기를 별로 좋게 보지 않은 것 같더구나." 레이디 어밀리아가 조심스럽게 말했다.

"책을 쓴다는 건 훌륭한 업적이죠." 나는 케이크를 한 조각 더 가져가며 말했다. "책이 형편없다고 해도 누가 신경이나 쓰나요?"

레이디 어밀리아는 조금 창백해졌다. 소화가 잘되지 않는 모양이었다. 다행히 머틸다가 있어 레이디 어밀리아가 다른 곳에 신경을 쓰게 해주었다. 머틸다는 삼십 분 동안 생일파티가 사흘이나 남았다고 투덜거렸다. 그게 심각할 정도로 부당한 일이라고 느끼는 모양이었다. 나는 세상에는 평생 생일파티를 한 번도 해본 적 없는 아이들도 있다고 지적하며 머틸다가 은혜를 모르는 몹쓸 사람이라고 말했다. 머틸다는 내게 양동이에 코를 박고 죽는 게 어떠냐고 대답했다. 정말이지 도움이 되지 않는 말이었다.

"다행히 나는 생일을 정말 멋지게 보냈어." 나는 차를 홀짝이며 말했다. "부모님이 뉴욕의 극장을 빌려서 루마니아 인형극 공연자들을 시켜 내 인생에서 가장 짜릿했던 일들을 재연하게 하셨던 해가 있었어. 져주겠다고 한 다음 약속을 어긴 저글러와의 심장이 멎을 것 같은 결투가 절정이었지. 또 한번은 열기구를 타고 인도를 가로질러 여행했어. 몇 시간 걸렸지. 남동쪽에 있는 어떤 산에 착륙했어. 참 마음에 드는 마을이었어. 주민이 전부 판다였지. 정말 친절했지만 요리 솜씨는 **형편없더라**."

온 가족이 나를 빤히 바라보았다(아직 곤히 자고 있는 레이디 엘리자베스를 빼고). "네가 하는 말 중 진짜는 하나도 없어, 포켓. 단 한 마디조차. 너는 리베카보다도 더 미쳤어." 머틸다가 비웃었다.

"나는 생일파티를 좋아해." 레이디 어밀리아가 꿈꾸듯 말했다. "가장무도회를 제일 좋아하지만 말이야. 나는 머틸다가 가장무도회를 하길 바랐지만, 머틸다는 자기 얼굴은 가면 뒤에 숨기기엔 너무 예쁘다고 했어. 아이비, 우리의 작은 파티가 네가 참석했던 다른 파티들에 뒤지지 않았으면 좋겠구나."

"재는 초대하지 않았어요!" 머틸다가 으르렁거렸다.

"너희 둘이 친한 친구가 아니라는 건 알아." 레이디 어밀리아가 기대에 찬 눈으로 딸을 보며 말했다. "하지만 아이비가 네게 특별한 선물을 주러 올 거니까, 아이비는 네 손님으로 파티에 와야**만** 한단다."

사랑스러운 사람이다!

머틸다는 무척 불만인 것 같았다. 그래서 아주 즐거웠다. 뻔뻔하게 고소해하기 딱 좋은 때 같았는데, 두 가지 일 때문에 그러지 못했다. 하나는 레이디 엘리자베스가 깜짝 놀라며 눈을 뜬 것이었고, 다른 하나는 프로스트 양이 학교에서 나와 잔디밭을 가로질러 온 것이었다. 프랑스어 수업 때문에 머틸다를 데리러 왔다.

"잠깐 이야기 나눌 수 있을까요, 레이디 어밀리아? 생일파티 때문인데요, 머틸다가 연설을 하게 되겠죠?" 프로스트 양이 말했다.

"하고 싶으면요. 머틸다는 그런 걸 썩 좋아하지는 않아서……."

"당연히 연설해야지." 레이디 엘리자베스가 거친 목소리로 말을 끊었다. "그건 버터필드 전통이야."

프로스트 양은 얼굴을 찌푸렸다. "문제는……."

레이디 엘리자베스는 깡마른 손으로 무릎을 탁 쳤다. "뭐가 문제인데? 머틸다, 내가 알아야 할 문제가 있니?"

머틸다는 할머니를 한번 보았지만 아무 말도 하지 않았다.

"문제는 이겁니다, 레이디 엘리자베스. 저는 전력을 다해 도왔어요. 머틸다에겐 도움이 필요합니다. 전문가의 도움이 필요해요." 가정교사가 말했다.

"생일파티 연설을 쓰는 데? 허튼소리!" 레이디 엘리자베스가 씩씩거렸다.

"아, 어쩌면 내가 도와줄 수 있을지 모르겠네요. 내 책은……." 레이디 어밀리아가 말했다.

"네 그 지독한 책보다는 쇼핑 리스트가 더 재미있더라!" 레이디 엘리자베스가 쏘아붙였다.

가엾은 레이디 어밀리아는 풀이 죽은 모습이었다!

"머틸다는 아무도 실망시키지 않으려 해요." 프로스트 양이 한숨을 쉬며 말했다. "어쨌든 머틸다는 버터필드니까, 이 지역 주민은 전부 생일파티에 오겠죠." 프로스트 양은 한숨을 또 쉬었다. 이번엔 소리가 좀 컸다. "도와줄 사람이 있었더라면 얼마나 좋았을까."

그때 아주 멋진 아이디어가 떠올랐다!

"제가 해결책을 알고 있어요." 내가 선언했다.

"하늘이시여!" 레이디 엘리자베스가 으르렁거렸다.

"내 친구인 제럴딘 올웨이스 양은 새로운 책을 작업할 조용한 곳이 절실히 필요해요. 그리고 머틸다에게 큰 도움이 될 거예요." 나는 애교 있는 미소를 지었다. "오늘 아침에 당장 편지를 보내서 여기에 와서 지내라고 초대할게요. 완벽한 해결책 아닌가요?"

레이디 엘리자베스는 나를 노려보았다. "넌 여기가 네가 손님들을 초대할 수 있는 장소라고 생각하니? **내** 집인데?"

나는 고개를 끄덕였다. "딱 한 명만요."

"포켓 양, 버터필드 파크에 **네**가 손님으로 와 있는 것만으로도 나는 계속 속이 쓰려. 내가 지독한 침입자 하나를 더 들일 거라고 생각했다면, 포켓 양은 내가 생각했던 것보다도 더 착각이 심한 사람인 거야."

별로 친절한 말은 아니었다. 나는 레이디 엘리자베스가 충격적일 정도로 늙었기 때문일 거라 생각했다. 그리고 조금 사악하다. 놀랍게도 프로스트 양 덕택에 문제가 해결되었다.

"아주 좋은 생각인 것 같은데요." 프로스트 양이 잘라 말했다.

"올웨이스 양은 굉장히 평범하지만 **아주** 재능이 있어요, 레이디 엘리자베스. 머틸다가 훌륭한 연설문을 쓰도록 도와줄 수 있어요.

신나고 재미있고 감동적인 연설요. 이 지역 사람들이 전부 이야기하게 될 연설을 말이에요." 나는 초콜릿케이크를 크게 한입 베어 물었다(그럴 자격이 있는 것 같았다). "그리고 남는 시간에는 자기 책 작업을 하고요."

"아주 **형편없는** 생각은 아니군." 노파가 중얼거렸다. "강렬한 연설은 버터필드라는 이름에 명예를 더해주겠지." 쪼글쪼글한 머리를 끄덕이며 말했다. "그래, 좋다."

레이디 어밀리아는 신이 난 것 같았다. "잘했어요, 아이비!"

"파티는 사흘 남았어요. 준비할 시간이 많지 않아요." 프로스트 양의 말이다.

"그거면 충분해요. 지금 당장 올웨이스 양에게 편지를 쓸게요. 해 질 녘에는 도착하겠죠. 다 설명하고 올웨이스 양에게 즉시 와달라고 부탁할게요."

이렇게 결정되었다.

편지를 써서 부친 나는 학교 쪽으로 거닐며 리베카를 찾았다. 꾀어내어 저녁을 먹기 전에 프로스트 양에 대해 이야기하고 싶었다. 서재에서 그들이 숨을 죽여가며 하던 대화가 마음속에서 떠나지 않았다. **뭔가**가 일어나고 있었다. 학교는 비어 있었고, 칠판은 프로스트 양의 화려한 손글씨로 덮여 있었다. 달의 주기에 대한 헛소리들이었다.

책상 앞에 앉아 손가락으로 조심스럽게 책상을 두드렸다. 머틸다의 스케치북이 내 앞에 펼쳐져 있었다. 바우어새를 그린 한심한 그림이 있었다. 기다리는 건 지루하다. 창밖을 내다보다 노인 하나를 발견했다. 정원사가 분명했다. 가위를 들고 장미 덤불 위로 몸을 구부리고 있었다. 머리는 백발이었다. 닳아 해진 밀짚모자를 썼다. 구레나룻이 엄청나게 길었다. 나는 연필을 들고 그를 그렸다. 머틸다의 한심한 그림보다야 내가 더 잘 그릴 수 있지! 스케치에 몰두한 나머지 프로스트 양이 학교에 들어오는 소리도 듣지 못했다. 그녀의 학생들이 과수원에서 곤충에 대해 배우는 데 돋보기가 필요해서 그녀가 가지러 돌아온 것이다.

"여기서 만나다니 놀랍네요, 포켓 양." 프로스트 양이 경쾌하게 말했다.

"왜 놀라셨는지 알 수 없네요. 저는 굉장히 학구적인데."

"말해봐요, 정규교육을 받은 적 있나요?"

"당연하죠. 제 아버지는 말하자면 해적이나 노상강도와 관련된 범죄 역사 교수예요. 어머니는 라틴어와 무장 결투를 가르치고요."

가정교사는 책장에서 돋보기를 집더니 다시 나를 돌아보았다. 나는 칠판을 바라보았다. 아주 잠깐이었지만 프로스트 양의 관심을 끌기엔 충분했다. "천문학에 대해 잘 알아요, 포켓 양?"

"캠브리지에서 배운 게 전부예요."

그녀는 웃었다. 도움이 안 되는 반응이었다. "달의 주기는 참 매혹

적이지 않나요?"

나는 어깨를 으쓱했다. "별로요. 물론 나는 보름달은 좋아해요. 살인적 광란, 늑대인간 등등요."

"말도 안 되는 미신들이죠." 프로스트 양은 잘라 말하고 교실 앞으로 가서 마치 수업을 하듯이 칠판을 가리켰다. "**진짜** 힘은 첫 번째 반달에 있어요. 드러난 동시에 가려져 있을 때죠. 절반은 있고, 절반은 없어요. 그럴 때에는 대단한 일들이 가능해져요." 그녀는 날카롭게 숨을 내쉬고 살짝 웃었다. "머틸다의 생일파티가 반달일 때 열려요. 정말 **흥미로운** 저녁이 될 거라 느껴져요."

나는 한숨을 쉬고 다시 그림을 그렸다. "그렇게 말씀하신다면야."

프로스트 양은 코를 훌쩍이고 내가 멍청이라는 듯 고개를 절레절레 저었다. 그런 후 그녀는 방에서 힘차게 걷기 시작하더니 내가 앉은 책상에서 갑자기 멈췄다. "뭘 그리고 있어요, 포켓 양?"

나는 창밖의 늙은 정원사를 가리켰다. "저 사람이요."

"저 사람?" 프로스트 양은 내 스케치를 본 다음 창밖을 보았다. 그리고 다시 내 스케치를 보았다. 분명 내가 생각한 것보다 더 잘 그렸나 보다. "정말 흥미롭군요." 그녀가 중얼거렸다.

나는 연필을 내려놓고 내 그림을 감상했다. 장미는 썩 잘 그리지 못했지만, 노인은 상당히 닮았다.

"포켓 양, 내가 이 그림을 가져도 될까요?"

나는 어깨를 으쓱했다. "원하면 가지세요."

프로스트 양은 스케치를 들고 책상으로 가서 서랍에 넣었다. 그러곤 서랍을 열쇠로 잠갔다. 분명 액자에 넣으려는 거겠지. 사람들은 정말 멋진 그림은 그렇게 하니까.

그러더니 그녀는 더 이상 아무 말 없이 학교 밖으로 서둘러 나갔다.

해 질 녘. 오늘은 멋진 아이디어가 많았던 날이다. 첫째, 올웨이스 양을 초청한 것. 둘째, 클록 다이아몬드를 숨길 완벽한 장소를 찾은 것. 나는 보석을 숨길 곳이 바로 여기라는 걸 대번에 알 수 있었다. 그래서 나는 집 안의 사람들이 전부 깊이 잠들 때까지 기다렸다. 그다음에 촛불을 들고 움직이기 시작했다.

나는 누가 엿보는 건 원하지 않았다.

다락 안 내 방의 맞은편 방은 레이디 어밀리아의 연극에 쓰이는 낡은 물건들로 가득했다. 전부 가치가 없고 버려진 물건들이었다. 목걸이를 숨기기에 이보다 좋은 곳이 있을까?

나는 궤짝 위에 앉았다. 작은 가위로 주머니를 꿰맨 실을 끊고 클록 다이아몬드를 꺼냈다. 마음 한구석에서 공작 부인 귀신이 경고하는 소리가 들렸다. 이 보석에게 유혹되지 말라고 했지. 얼간이 같으니!

은사슬을 촛불 높이로 들고 다이아몬드 안을 들여다보았다. 다락 밖에서는 별들과 거의 반달이 되어가는 달이 하늘을 가득 메우고 있었다. 보석 안에는 별들과 초승달이 버터필드 파크 위에 높이 떠 있었다.

내 뒤에서 새가 날개를 푸드덕거렸다. 돌아보니 새가 날아올라 서까래 아래로 날아가 지붕 반대쪽 그림자 속에 앉는 게 보였다. 다시 클록 다이아몬드를 보니 안에서 눈보라가 소용돌이치고 있었다. 눈 하나하나가 보석처럼 반짝거렸다. 눈의 커튼 뒤로 집이 보였다. 우울한 회색 집이었다. 성에가 낀 창문 안에 불빛은 보이지 않았다.

갑자기 집 대문이 확 열렸다. 한 여자가 나왔다. 잠든 아이를 안고 있었다. 묵직하고 어두운색의 코트를 입었고, 노란 보닛을 써서 얼굴은 보이지 않았다. 검은 머리를 길게 기른 아이는 작았다. 여자는 바삐 달려가며 집 쪽을 가끔 돌아보았다. 그 여자가 안고 있는 아이는…… 내가 아는 아이였다. 저게 난가? 난 저게 나라는 걸 알고 있다. 지금보다 어릴 때다.

나는 여자가 녹슨 대문을 지나 흙길을 가로지르는 것을 지켜보았다. 여자는 달리기 시작했다. 진흙과 진눈깨비가 두껍게 쌓인 들판을 달렸다. 도망가고 있었다. 나를 안고 도망간다. 어디로 가지? 어디로부터 도망치는 거지? 답은 없고 의문들만 있었다.

의문들. 그리고 눈 위의 발자국들.

어두운 안개가 미친 듯이 빙빙 돌며 불빛을 잡아먹었다. 안의 영상이 사라지고, 밤하늘의 별과 반달에 가까운 달이 떠올랐다. 나는 목걸이를 떨어뜨리고 일어섰다. 뱅글뱅글 원을 그리며 걷기 시작했다. 머릿속에 생각이 가득했다. 속이 불편했다. 어쩌면 그냥 속임수일지도 모른다. 잔인한 속임수. 하지만 공작 부인이 다이아몬드에

대해 했던 말이 다시 떠올랐다. 다이아몬드는 판타지를 보여주지 않는다. 과거, 현재, 미래의 모습만 보여준다.

만약 그게 사실이라면, 나는 방금 뭘 본 거지? 그 여자는 누구였지? 내 어머니?

다이아몬드. 다이아몬드에 답이 있다. 나는 얼른 달려가 목걸이를 주워 깜박이는 촛불 앞에 들었다. 더 많은 걸 보여주길 빌었다.

뭔가 보이긴 했지만 눈보라 치는 들판은 아니었다. 노란 보닛을 쓴, 나를 안고 가는 여자도 아니었다. 대신, 반달의 은은한 빛을 받고 있는 버터필드 파크의 학교가 보였다. 등불을 든 사람이 정원의 길을 따라 어두워진 학교로 가고 있었다.

프로스트 양이었다. 대체 뭘 하는 거지?

클록 다이아몬드가 과거, 현재, 미래의 일을 보여준다면, 내가 지금 보고 있는 건 그중 뭐지? 알아내는 방법은 하나뿐이었다. 나는 다이아몬드를 숨겨놓고 복도 맞은편으로 질주해서, 내 침실의 작은 창문으로 달려갔다. 내가 창가에 가자마자 등불을 든 프로스트 양이 학교 안으로 사라졌다. 나는 프로스트 양이 창문마다 커튼을 치는 것을 지켜보았다. 몇 분이 지났다. 왜 계속 보고 있었는지는 나도 모르겠다. 커다란 홀의 시계가 열두시를 칠 때, 다른 누군가가 달빛이 비치는 튤립 길을 몰래 지나 학교로 향했던 것만 기억난다. 작은 책을 꼭 쥔 채 학교에 도착한 그녀는 멈춰 서서 자기가 온 길을 돌아보았다. 얼굴은 유령처럼 희었다.

리베카 버터필드는 학교에 들어간 다음 문을 닫았다.

이른 아침. 버터필드 파크에서 보내는 세 번째 날이 되었다. 해는 아직 뜨기 전이었다. 안개가 화단 위에 깔려 있었다. 내가 학교 가는 길로 급히 뛰어가자 회색 안개가 갈라졌다. 나는 한숨도 자지 못했다. 아니, 아주 잠깐 잤을지도 모른다. 사실 나는 프로스트 양과 리베카가 나오기를 기다리다 창가에서 잠이 들었다. 일어나 보니 몇 시간이 지나 있었다.

그때 나는 마음속에서 떠오른 온갖 의문스러운 이 궁금한 미스터리를 풀기로 결심했다. 보석 속의 영상. 노란 보닛을 쓴 의문의 여자. 프로스트 양과 리베카. 보석은 내게 무슨 말을 하려는 걸까?

다이아몬드는 내게 무엇을 말하려 했던 걸까?

문은 잠겨 있지 않았다. 학교 안엔 그림자가 어둡게 드리워져 있었다. 나는 성냥으로 촛불을 켠 다음 실내를 샅샅이 뒤졌다. 나는 등대지기의 본능을 타고났기 때문이다. 산수책, 역사책, 양피지, 잉크, 연필. 실망의 교향곡이었다. 리베카와 프로스트 양이 왜 자정에 몰래 만났는지에 대한 증거는 전혀 보이지 않았다.

나는 교실 뒤를 걸으며 창밖을 보았다. 학교 뒤의 숲 사이로 햇빛이 비쳐 들고 있었다. 갈 시간이다. 내가 없어진 걸 누군가 알기 전에 어서 돌아가야 했다.

나는 촛불을 껐다.

"너는 심각한 실수를 하고 있다, 얘야."

나는 돌아보지 않았다. 그럴 필요가 없었다. 누군지 알고 있었다. 창문에 비친 모습이 보였다. "당신은 진짜가 아니에요." 내가 부드럽게 말했다.

"난 너와 마찬가지로 진짜야. 사실이다." 그녀는 노래하듯 말했다.

나는 돌아섰다. 공작 부인은 칠판 앞 교사용 책상 앞에 앉았다. 깔고 앉은 의자는 부인의 거대한 지방에 파묻혀 있었다. 소시지처럼 뚱뚱한 부인의 손가락이 책상을 두드렸다. 잠옷 앞부분이 피에 젖어 있었다. 머리에선 푸르스름한 빛이 났다. 스스로에게 만족하는 모습이었다.

"원하는 게 뭐예요?" 나는 양손을 엉덩이에 얹고 말했다.

"난 쉴 수가 없어." 불 같은 눈으로 나를 노려보았다. 코에서 어두운 빛깔의 연기가 났다. "내가 클록 다이아몬드를 네게 맡긴 이후, 넌 다이아몬드에 집착하고 있어. 그건 실수야."

나는 어깨를 으쓱했다. "틀렸어요. 난 다이아몬드는 거의 생각조차 하지 않아요."

공작 부인은 어둡게 웃었다. 말은 하지 않았다. 할 필요도 없었다. 코에서 어두운 색의 굵은 연기가 여러 줄기 피어올라 공중에서 뱀처럼 이리저리 움직였다. 안개가 부풀어 오르고 휘더니 곧 세 줄의 글자가 되었다. 이런 내용이었다.

목걸이를 생일파티 때 머틸다에게 전달해.

500파운드를 받아.

새 삶을 시작해.

유령이 미친 듯이 키득키득 웃자 글자들이 부서지더니 모래처럼 쏟아져 책상 위에 글자 수만큼의 잿더미가 생겼다.

"그 보석은 그만 들여다봐. 그래서 좋을 것은 아무것도 없어. 너는 네게 고통만 가져다줄 의문들에 대한 답을 찾고 있다, 애야."

"당신은 죽었어요. 어딘가로 떠간다거나, 저세상으로 넘어간다거나, 아무튼 살해당한 뚱보들이 하는 일을 하지 그러세요?"

"난 기다리고 있어."

"뭘요?"

공작 부인은 다시 미소 지었다. "생일파티."

나는 부인 가슴의 흉측한 핏자국을 보고 파리에서부터 나를 따라다녔던 질문을 했다. "누가 당신을 죽였나요?"

"아주 좋은 질문이야! 안타깝게도 그때 나는 자고 있었어."

"왜 살해당했죠? 당신은 이유를 알 텐데." 나는 조금 다급히 물었다.

"너도 **알잖니**, 애야." 부인이 가르랑거렸다.

"클록 다이아몬드를 얻으려고?"

"잘 맞혔어. 하지만 너는 나한테 한 약속만 생각해라. 네가 보석 속에서 본 건 잊어. 넌 이젠 그 어린 여자아이가 아니니까."

깊은 슬픔이 꽉 움켜잡는 손처럼 내게 다가오는 게 느껴졌다. 나를 잡고 끌어내렸다. 나는 고개를 가로저었다. "모르겠어요. 노란 보닛을 쓴 그 여자가 누구였죠? 내 어머니였나요?"

"너한텐 어머니가 없어." 공작 부인의 머리가 갑자기 마법처럼 생기를 찾았다. "오직 나만이 네게 새 출발을 줄 수 있다. 이 그림자의 집에 있는 그 누구도 믿지 말거라. 보석을 안전하게 보관해. 잘 지켜. 하지만 답을 찾으려고 다이아몬드를 보지는 마. 보지 마라, 얘야!"

나는 떨렸다. 눈보라 속의 토끼처럼 떨고 있었다. 그게 정말 싫었다. **부인**이 미웠다. 나는 눈을 감았다. "왜 내가 보면 안 돼요? 난 답을 원한단 말이에요, 이 귀신 같은 뚱보야. 나는 답을 얻을 거야!" 갑자기 나는 좀 용감해진 기분이 들었다. 그래서 이렇게 덧붙였다. "내가 알고 싶은 걸 목걸이가 말해줄 때까지 내가 가지고 있을지도 몰라. 당신이 날 막을 수 있는 것도 아니잖아. 당신은 죽었다고!"

웅웅거리는 소리가 들렸다. 공기를 채우는 진동. 눈을 떠보니 죽음의 존재, 공작 부인이 떠오르고 있었다. 우아하게 떠오르지는 않았다. 광란이었다. 책상이 뒤집히고, 의자는 뒤쪽 벽으로 날아갔다. 그리고 부인은 나를 향해 날아왔다. 겨울 새벽처럼 빛나며, 피로 얼룩진 잠옷을 펄럭이며. 부인은 곧 분노와 천둥이었다.

그리고 몇 초 만에 나를 집어삼키겠지.

달렸던 기억은 없지만, 달렸었나 보다. 내 손이 손잡이를 잡고 문을 확 열고 있었으니 말이다. 나는 돌아보지 않고 무작정 달렸다. 그

것, 아니 **그녀**에게 부딪힐 때까지. 우리는 기차처럼 충돌했다. 나는 비명을 질렀다. 그녀는 조용했다. 나는 눈을 깜박이며 그녀의 얼굴을 올려다보았다.

당황한 모양이었다. "세상에. 아이비, 무슨 일이에요?"

나는 숨을 헉 들이켰다. "올웨이스 양?"

아침을 먹는 자리에서 정식으로 소개했다. 올웨이스 양은 가족 모두를 만났다. 올웨이스 양은 여행과 책들에 대해 많은 질문을 받았고, 전부 훌륭하게 대답했다. 레이디 어밀리아는 올웨이스 양이 언제 도착했는지 물었다. 올웨이스 양은 어머니 집에서 밤차를 타고 와 기차역에서 새벽까지 기다렸다고 설명했다. 학교 이야기는 하지 않았다. 그리고 내가 미친 사람처럼 학교에서 뛰어나온 이야기도 하지 않았다. 나를 데리고 학교로 다시 들어가 책상을 뒤집고 안을 정리한 이야기도 하지 않았다.

"내 연설이 파티의 하이라이트가 될 거예요." 머틸다가 끼어들었다. "올웨이스 선생님의 도움을 받아서 나는 마을의 멍청한 여자애들을 깜짝 놀라게 해줄 거예요. 걔들은 나를 우러러볼 거예요."

"어머나. 최선을 다해야겠네요." 올웨이스 양이 온화하게 말했다.

리베카는 아침을 먹으러 오지 않았다. 올웨이스 양을 데리고 집 안 구경을 시켜주는데 한 번도 마주치지 않았다. 큰 홀을 지나면서 파리에서 런던으로 오던 우리의 여행 이야기와 올웨이스 양의 어머니의 기적적인 회복 이야기를 하고 있는데 리베카가 급히 계단을 내려와 거실로 들어갔다. 그리고 창가에서 기다리던 프로스트 양과 이야기를 나누었다.

"아이비?"

나는 올웨이스 양을 돌아보았다. "미안해요, 뭐라고요?"

"괜찮으냐고 물었어요."

"최고예요. 하지만 복수심에 불타는 유령 생각을 떨칠 수가 없네요. 마침 나는 버터필드 파크에서 시간이 아주 많은데, 서재에는 그다지 흥미로운 책이 없어요. 난 당신의 최신작을 읽어볼까 하고 있었어요." 나는 아무 걱정거리가 없다는 듯 미소를 지었다. "귀신에 관한 책 아니었나요?"

올웨이스 양은 고개를 끄덕였다. "스코틀랜드와 웨일스의 주요 유령들이죠." 올웨이스 양은 조금 신기한 듯 나를 바라보고 있었다. "아이비, 절친한 친구로서, 내게 뭐든지 다 물어봐도 된다는 것 알고 있겠죠. **무엇이든** 다."

"충격받으실 텐데요."

그녀의 얇은 입술이 미소를 지었다. "과연 그럴까요, 아이비."

소름 끼치는 자세한 내용은 생략하고, 나는 죽은 공작 부인의 일을 간단하게 설명했다.

올웨이스 양은 강렬한 눈으로 나를 쳐다보았다. 한순간 올웨이스 양의 짙은 눈동자는 용광로 속 석탄처럼 탁탁 소리를 내며 활활 타는 것 같았다. 내가 이 불쌍한 사람을 아연실색하게 만들었나 보다. "아주 흥미롭네요." 올웨이스 양은 부드럽게 말했다. 그러나 전혀 충격받은 것 같지는 않았다. "유령들에겐 규칙이 거의 없어요, 아이비. 하지만 가장 중요한 규칙이 두 개 있죠. 첫째, 지상에 묶여 있는 유령만이 산 자를 괴롭힐 수 있다는 것."

나는 얼굴을 찌푸렸다. "지상에 묶여 있는 유령?"

올웨이스 양은 고개를 끄덕였다. "아직 끝나지 않은 일이 있어서 이 세상에 계속 묶여 있는 유령들이죠. 이런 유령들 대부분은 전혀 해를 끼치지 않아요. 메시지를 전달하거나 예언하는 존재들이죠. 하지만 어떤 유령들은 굉장히 사악하고, 과거의 잘못에 대한 복수를 할 방법을 찾죠."

"그 유령들은…… 산 자를 해칠 수 있어요?"

"아, 네. 끔찍하게도. 분노는 대단한 힘을 만들어낸답니다, 아이비."

좀 불안한 이야기였다. "두 번째 규칙은 뭐예요?"

"사람이 죽으면, 죽은 사람의 영혼은 아주 짧은 시간 안에 지상에 묶여 있을지 내세로 넘어갈지 결정해야 해요. 사랑하는 사람을 잠깐 찾아가는 건 가능해요. 하지만 아주 짧은 시간 동안만이에요. 그러고 나면 영혼은 영원히 떠나야 해요. 다시는 돌아올 수 없죠." 올웨이스 양은 내 손을 감싸 쥐었다. "공작 부인이 당신에게 나타나는 건 분명 이유가 있어서예요, 아이비. 그게 뭘지 생각해보겠어요?"

"부인의 마지막 소원은 내가 머틸다의 생일파티 때 클록 다이아몬드를 전해주는 거였어요. 분명히 내가 부인의 부탁을 들어줄 때까지 나타날 거예요."

클록 다이아몬드라는 말을 듣자 올웨이스 양의 뺨이 붉어지는 것 같았다. "머틸다는 목걸이를 보고 무척 기뻐했겠죠. 말해봐요, 목에 걸어봤나요?"

"아뇨, 못 봤어요. 아무도 못 봤어요."

"아주 분별 있군요." 올웨이스 양은 내 팔을 잡았다. "아직도 다이아몬드를 주머니에 넣고 꿰매고 다니나요?"

"그럴 리가요." 나는 그렇게 어리석은 말은 처음 들어본다는 듯 대답했다. "숨겨놨어요."

이 다정한 사람은 기뻐하는 것 같았다. "그렇겠죠. 물론 정말 기발한 곳에 숨겨뒀겠죠."

"맞아요, 올웨이스 양." 나는 자랑스럽게 말했다.

"잠깐." 그녀는 부끄러워하며 키득거렸다. "내가 맞혀볼게요. 아무 힌트도 주면 안 돼요. 작은 것도 안 돼요. 아, 이 집은 정말 커서 숨길 데가 끝도 없겠어요."

"힌트 한두 개 주고 애타게 만들어야죠." 내가 장난스럽게 말했다.

"음, 정 그래야겠다면 말해봐요." 올웨이스 양의 미소가 가셨다.

"어떤 곳이냐 하면……."

"실례해요, 포켓 양." 프로스트 양이었다. 우리를 향해 성큼성큼 걸어오고 있었다. "끼어들어 미안하지만, 올웨이스 양에게 학교 위치를 알려주고 싶었어요. 올웨이스 양만 괜찮다면 오늘 오전부터 머틸다의 연설 준비를 시작할 수 있어요."

올웨이스 양은 조금은 차가운 눈으로 프로스트 양을 보았다. "그럴 필요 없어요, 어디 있는지 잘 아니까요. 오늘 아침 여기 왔을 때 학교에서 나오는 아이비와 만났거든요."

나는 정말 죽고 싶었다. 딱한 올웨이스 양은 자기가 나를 배신했다는 걸 전혀 모른다. 나는 내 손만 보았다(손이 정말 예뻤다). 가정교사가 나를 노려보는 게 느껴졌다. 하지만 놀랍게도 프로스트 양은 이렇게 말했다. "그렇다면 우리가 어디 있을지 잘 아시겠군요, 올웨이스 양."

프로스트 양은 멀어져갔고, 나는 리베카가 거실에서 나와 허겁지겁 계단을 올라가는 것을 보았다. 올웨이스 양은 서재를 무척 보고 싶어 해서, 나는 서재 방향을 손으로 가리켜주고 급히 작별 인사를 했다. 임무가 있었기 때문이다.

한 번에 두 단씩 올라가며 나는 급히 리베카의 뒤를 쫓았다.

"잠깐!"

리베카는 문에서 열쇠를 뽑고 있었다. 리본으로 손목에 묶어둔 열쇠였다. 침실 안으로 사라지려던 참이었다. 리베카는 조금 놀란 것 같았다. "아이비. 무례하게 굴려는 건 아니지만, 이야기를 나눌 수가 없어. 역사 수업 전에 해야 할 일이 있거든."

나는 방문 앞에 섰다. 조금 숨이 찼다. 리베카는 이미 안에 들어가 문을 닫기 시작했다. "잠깐은 시간 낼 수 있잖아." 나는 헐떡이며 말했다. "네가 나를 피하는 것 같은데, 난 이유를 모르겠어."

"우리 어제 이야기했잖아." 리베카가 가냘픈 목소리로 말했다.

"그래, 그랬지. 하지만 그건 다른 거야. 안 그래?" 나는 문에 손을 얹었다. "문제가 있다면 나한테 말하면 돼. 나는 지혜와 멋진 아이디어의 샘이야."

"아무 일도 아니야."

"너, 피곤해 보여."

리베카는 대답하지 않았다. 그때 리베카의 침실에서 이상한, 리드미컬한 소리가 난다는 걸 알아차렸다. 나는 얼굴을 찌푸렸다. "저 소리는 대체 뭐야?"

리베카는 문을 밀어 닫으려 했다. "난 가야 해, 아이비."

"어제 네가 프로스트 양이랑 서재에 있는 거 봤어." 내가 발로 문을 막으며 급히 말했다. "넌 무척 언짢아 보였어. 그리고 어젯밤에는 어둠을 틈타서 밤에 학교에 갔고. 네가 거기서 누굴 만났는지는 너도 알고 나도 알지."

리베카는 침을 꿀꺽 삼켰다. 또렷이 보였다. "프로스트 선생님은 내 숙제를 도와주신 거야."

리베카와 가정교사가 한밤중에 만난 것만 아니었다면 말이 될 수도 있었다. 두 사람이 뭘 하는지 몰라도 그건 비밀스러운 일임에 틀림없다.

"난 믿어도 돼." 나는 가장 믿음직한 목소리로 말했다. "서재에서 너는 프로스트 양이 하는 말을 의심하는 것 같았어. 프로스트 양은 증거를 찾는다는 말을 했지. 무엇에 대한 증거야, 리베카?"

리베카는 아주 오랫동안 내 얼굴을 훑어보았다. 마치 처음 보는 사람인 것처럼 나를 바라보았다. 리베카의 눈에 눈물이 고였다. "프로스트 선생님은…… 걱정하고 계셔. **너**를 걱정하셔, 아이비."

"나를?" 나는 지긋지긋해서 한숨을 쉬었다. "**아직도** 클록 다이아몬드 때문에 걱정하는 건 아니지?"

리베카는 심각하게 고개를 끄덕였다.

"걱정하지 않아도 돼. 보석은 안전하게 잘 숨겨놨으니까." 나는 밝게 말했다.

이상하게도 리베카는 이 말을 듣고도 안심하지 않는 것 같았다.

"넌 착한 애지……." 리베카의 얼굴 위로 눈물이 흘러내렸다. "너 착한 애 맞지, 아이비?"

"착하냐고? 당연히 착하지. 놀라울 정도로 착하지. 다들 그렇게 말해." 나는 문을 밀었지만 문은 꿈쩍도 하지 않았다. "들어가게 해 줘. 네가 뭘 걱정하는지 이야기 나눠보자."

"조심해, 아이비. 상황이 겉보기와는 달라." 리베카가 속삭였다.

그리고 내 면전에서 문을 닫았다.

열쇠 돌아가는 소리가 들렸다.

9

"이야기 좀 나눌 수 있을까요?"

그녀는 점심시간 전에 찾아왔다. 클록 다이아몬드를 확인하고 나서 드레스의 장식 띠를 바꿔 매던 중이었다. 프로스트 양은 들어오라는 말을 기다리지 않고 내 침실로 들어왔다.

"이야기를 나누고 싶었어요." 그녀가 창가에 서서 말했다.

"이상하네요. 나도 똑같은 생각을 하고 있었는데." 나는 밝게 웃었다.

"오?"

"네. 우리가 리베카 이야기를 해야겠다고 생각했어요."

이 말에 프로스트 양은 놀라는 것 같았다. 내 눈을 보던 그녀는 시선을 돌리고 여기저기를 보았다. "리베카가 왜요?"

나는 우울한 가정교사에게 시선을 고정했다. "리베카가 그러는데, 당신이 리베카에게 내 이야기를 했다더군요. 내게 조심하라고 했어요. 상황이 겉보기와는 다르다고요."

"그 말이 맞을 거예요. 돌아봐요."

내가 반박하기 전에, 그녀는 내 손에서 장식 띠를 가져가 내 허리에 묶었다. "리베카가 지금은 좀 혼란스러울지 몰라도, 그건 지나갈 거예요. 알다시피, 나는 내가 하고 있는 프로젝트를 도와달라고 리베카에게 부탁했어요."

"그래서 어젯밤에 학교에서 둘이 만났나요?"

프로스트 양은 충격을 받았는지는 모르겠지만 용케 티를 내지 않았다. "나는 리베카에게 먼 곳의 역사에 대해 가르치고 있어요. 비밀 역사가 있는 숨겨진 장소죠." 그녀의 눈이 흐려졌다. "나는 내가 아는 대로 사실을 이야기해줬어요. 하지만 리베카는 의심했죠."

"진작 눈치챘어야 했는데. 미친 소리를 하는군요."

"다행히 리베카에게 설득력 있는 증거를 보여줄 수 있었어요. 포켓 양, 내 방법이 정통파는 아닐지 몰라도, 우리의 수업은 대성공이었어요." 프로스트 양이 경쾌하게 말했다.

나는 굉장히 열광하며 얼굴을 찡그리고 있었다. "혹시 정신병원에서 지냈던 적이 있나요? 분명히 그랬을 것 같은데."

가정교사는 다시 창가로 걸어갔다. 붉은 머리가 오후의 햇빛을 받아 타오르는 듯했다. "유령을 보고 있나요, 포켓 양?"

"그럴지도요." 나는 어깨를 으쓱하며 말했다.

"트리니티 공작 부인?"

나는 숨을 헉 들이켰다. "그걸 어떻게 알아요?"

그녀는 대답하지 않았다.

그래서 내가 말했다. "그 바보 같은 보석 때문에 오는 것뿐이에요. 틀림없이 그래서 내가 부인을 볼 수 있는 걸 거예요. 내가 클록 다이아몬드를 가지고 있어서."

가정교사는 고개를 가로저었다. "그 보석은 유령을 볼 수 있게 만들어주지는 않아요, 포켓 양."

굳게 확신하고 있는 목소리였다.

묻고 싶지 않았지만 물을 수밖에 없었다. "그럼 어째서 내가 볼 수 있는 거죠?"

"당신이 만족할 만한 답을 나는 몰라요. 내가 아는 건 그 보석에 그런 힘은 없다는 것뿐이에요. 최소한 그런 힘이 있다는 이야기를 내가 들어본 적은 없어요."

"그 목걸이에 대해 어떻게 그렇게 많이 알죠?"

"솔직히 말해서, 나는 클록 다이아몬드에 아주 관심이 많아요. 어둡지만 매혹적인 역사를 지닌 보석이죠."

나는 한숨을 쉬었다. "그 역사에 대해 떠들어대지는 말았으면 좋겠네요."

"그건 부다타에서 처음 발견되었죠." 프로스트 양은 내가 아무 말도 하지 않았다는 듯이 말을 이어갔다. "우연히 발견되었어요. 지역 부족들이 카누를 만들려고 나무를 베고 있었어요. 통나무 속에 박혀 있는 보석이 발견됐죠. 완벽한 모양으로 나무둥치 속에 들어 있었어요. 그 안에서 생겼을 수는 없어요. 다이아몬드는 나무로 만들어지는 게 아니거든요. 다이아몬드의 기원은 수수께끼예요.

시간을 알려주고 과거, 현재, 미래의 모습을 보여주는 클록 다이아몬드의 힘을 알게 되자 부족 사람들은 다이아몬드를 신성한 토템으로 삼았어요. 하지만 그게 다가 아니었죠. 그 부족은 이 다이아몬드에 **다른** 대단한 힘이 있다는 걸 발견했다는 소문이 있어요. 그들은 다이아몬드를 신 비슷한 것으로 삼고, 사원을 지어 전시했어요. 1세기 전에 부다타에서 도둑맞았죠. 누가 어떻게 훔쳤는지는 아무도 몰라요. 그 뒤로 클록 다이아몬드의 역사는 알려져 있지 않아요."

"보석에 **다른** 대단한 힘이 있다고 했죠." 나는 침대에 앉으며 말했다. "그게 뭐예요?"

"모르겠어요. 아무도 몰라요." 그녀가 재빨리 말했다.

그 말을 믿어야 할지 알 수 없었다. 사실 나는 프로스트 양을 좋아하지 않았다. 주근깨나 뾰족한 코 때문인지도 모른다. 아니, 아무래도 그녀의 태도 때문인 것 같다. 그녀는 예의 바르지만 차갑다.

나는 일어섰다. "다이아몬드의 역사가 어떻든 간에 나랑은 상관없어요. 내일 모레면 그건 내 문제가 아니라 머틸다의 문제니까요."

프로스트 양은 문 쪽으로 갔다. 나가기 전에 잠시 멈추더니 미심쩍다는 시선을 보냈다. "그렇게 말씀하신다면야, 포켓 양."

"친근한 얼굴을 보니 정말 좋네요!"

올웨이스 양은 서재에 있었다. 신화 섹션에 있었지만(고대 저주에 대한 책을 들고 있었다) 내가 오는 걸 보자 책을 덮고 책장에 꽂았다. 그녀는 나를 보자 당연히 아주 신이 났다. 하지만 내 뒤의 먼 곳을 보며 얼굴을 찡그려서 나는 좀 혼란스러웠다.

"뭔가 찾는 게 있나요?" 내가 물었다.

"그런 건 아니에요. 돌아설 때마다 리베카가 먼 데서 나를 훔쳐보고 있는 것 같아서 그래요.. 정말 이상하죠."

나는 어깨를 으쓱했다. "걔는 수줍음을 엄청나게 타거든요. 분명히 당신을 더 잘 알고 싶어서 그러는 걸 거예요."

"네, 그 말이 맞겠죠." "연설문 쓰다가 쉬는 중이었어요." 지친 목소리였다. 그녀는 내 팔짱을 끼고 테라스가 내려다보이는 큰 창문들 쪽으로 함께 걸어갔다. "머틸다 양은 **특별한** 소녀예요."

"걔는 멍텅구리고 폭군이에요."

올웨이스 양은 웃었다. "솔직히 고백하자면, 아이비, 나는 트리니티 공작 부인이 왜 머틸다에게 클록 다이아몬드를 주려고 하는지 모르겠어요."

"맞아요. 머틸다 버터필드만큼 그걸 받을 자격이 없는 여자애는 떠올릴 수가 없어요."

"아이비……." 올웨이스 양은 갑자기 아주 심각한 표정이 되었다. "머틸다가 오늘 아침에 좀 충격적인 말을 했어요. 당신에게 가족이 없다고 하더군요. 당신이 고아래요."

나는 프랑스에서 오는 동안 올웨이스 양에게 했던 말들을 떠올려 보았다. 지도를 만드는 나의 부모님, 엄청나게 돈이 많은 할머니에 대한 이야기들. 지금이 진실을 말하기 좋은 때라는 게 분명했다. 있는 그대로 다 이야기해버리는 것이다. 그래서 나는 이렇게 말했다. "말도 안 돼! 그런 말은 한마디도 믿지 마세요!"

올웨이스 양은 나를 보고 상냥하게 웃었다. "나도 그렇게 생각해요. 사실 난 머틸다에게 아이비에 대해 **너무** 잘못 알고 있는 거라고 말했어요. 내가 당신 가족 중에 **아주** 잘 알고 있는 사람이 하나 있거든요."

나는 놀란 표정을 짓지 않으려고 애썼다. "그래요?"

그녀는 고개를 끄덕였다. "그렇다고 생각해요. 우리가 피는 섞이지 않았을지 몰라도, 우린 자매 아닌가요?"

나는 올웨이스 양을 포옹하고 싶은 어처구니없는 충동을 느끼고 포옹했다.

심지어 "당신에게 신의 축복의 있기를"이라고 속삭였던 것도 같다.

우리는 빨간 벨벳 소파에 앉았다. 창문으로는 따스한 햇살이 쏟아져 들어왔다.

"새 책에 넣을 짜릿한 전설을 밝혀냈어요. 독자들이 분명 아주 좋아할 거예요." 올웨이스 양은 싱글벙글 웃으며 말했다. "수 세기 동안 잊혔던 옛날이야기예요. 들어볼래요, 아이비?"

"싫어요. 성배와 그리스 신 이야기는 너무나 지루해요."

올웨이스 양은 안경을 벗어서 닦았다. "하지만 이 이야기는 달라요, 아이비. 비극과 희망, 죽음과 구원이 있어요. 그리고 주인공은 당신 나이대의 여자아이고요." 그녀는 안경을 다시 썼다. "듀얼의 전설이라고 하죠."

흥분을 잘하는 올웨이스 양은 내가 원하든 원하지 않든 자기가 할 이야기를 할 것이 분명했다. 그래서 절친한 친구인 나는 말했다. "얼른 이야기해봐요."

"전염병이 퍼진 나라의 이야기예요." 올웨이스 양이 얼른 말했다. "그들은 그 병을 그림자라고 불렀어요. 그 병에 걸린 사람은 마치 그림자가 드리워진 것처럼 피부색이 변했거든요. 걸렸다 하면 곧 죽었죠. 수백만 명이 죽었어요. 여왕과 왕족 전체가 한 해에 다 죽어버렸어요."

"무시무시하네요. 치료법은 없었어요?"

"없었어요. 왕국 전체가 절망에 빠졌어요. 그때 마을과 동네에 이야기가 돌기 시작했어요. 여왕이 데리고 있던 신비주의자는 예언을 하는 능력이 있었는데, 임종을 맞을 때 아들에게 이렇게 속삭였대요. '소녀가 나타날 것이다. 우리 세계의 아이가 아니지만, 올 것이다. 자신이 가진 힘에 대해 무지한 아이가 사람들의 눈에 띄지 않고 돌아다닐 것이다. 그 아이가 듀얼이다. 우리의 두 세계를 자유롭게 오갈 수 있는 아이이다. 그 아이만이 우리의 땅을 저주하는 전염병을 치유할 수 있을 것이다. 그 아이만이 우리를 구할 수 있다.'"

나는 이 이야기에 아주 흥미가 생겼다는 걸 부인할 수 없었다. "그 아이를 찾았나요?"

"아직요." 올웨이스 양은 눈을 깜박이고 머리를 가로저었다. "내 말은, 적어도 전설에 의하면 듀얼은 발견되지 않았어요. 몇 명을 골라서 왕국을 떠나 그 아이를 찾으러 보내기도 했어요. 하지만 그건 건초 더미에서 바늘을 찾는 것과 비슷했죠. 그곳에선 전염병 때문에 계속 사람들이 많이 죽었어요. 전설에 의하면 듀얼이 발견되면 그 아이가 이 저주받은 세상을 치유하고 왕좌에 오를 거라고 하더군요." 올웨이스 양은 얼굴을 조금 붉혔다. "내 책을 위해서 나는 이 전설에 살인과 배반 이야기를 잔뜩 넣었어요. 내가 지어낸 것이 많아요. 내가 너무 정직하지 못한 걸까요?"

"부끄러운 일이지만, 굉장히 합리적인 행동이에요. 어차피 이런 이야기들은 말도 안 되잖아요."

올웨이스 양은 미소를 지었다. "아이비, 버터필드 파크에서 지내는 게 행복한가요?"

나는 고개를 끄덕였지만 아무 말도 하지 않았다. 내 절친한 친구에게 마음을 털어놓고 싶기도 했다. 리베카와 프로스트 양에 대해서, 보석 속에서 본 영상에 대해서 이야기하고 싶었다. 만약 머틸다가 종이 한 장을 들고 흔들며 서재에 들이닥치지 않았더라면 이야기했을 것이다.

"이 연설은 형편없어요! 손님들은 이걸 듣고 충격받지도, 웃지도, 감동받아서 눈물을 흘리지도 않을 거예요! 자극은 어디 있는 거죠, 올웨이스 양? 유머는요? 빈둥거리지 말고 고쳐요!" 머틸다가 내뱉었다.

"아, 이런. 음…… 버터필드 가문 역사의 짜릿한 일화를 넣는 건 어떨까요. 손님들이 재미있어할 만한 것으로." 불쌍한 올웨이스 양이 말했다.

"불가능해요." 내가 확신을 갖고 말했다. "귀족들에겐 흥미롭거나 짜릿한 일이 **절대** 일어나지 않아요. 과학적으로 증명된 사실이에요."

"네가 뭘 안다고 그래, 포켓? 우리 가문에도 스캔들은 많아. 네가 알면 충격받을걸." 머틸다가 쏘아붙였다.

나는 머틸다가 리베카의 문제에 대한 이야기를 흘리기를 바라고 있었기 때문에 이렇게 말했다. "과연 그럴까. 하지만 내게 충격을 줄 수 있다고 생각한다면 어디 한번 말해봐."

머틸다는 웃었다. 나는 머틸다가 웃는 것은 처음 봤다. "내가 너한테 이 얘길 한 걸 알면 할머니가 날 **죽일** 텐데." 머틸다는 얼굴을 찌푸렸지만 눈은 마치 춤을 추는 것 같았다. "할머니는 전에 결혼하신 적이 있어. 이 동네 사람이었고 마을에서 점원으로 일했어. 그 남자는 다른 사람과 약혼한 사이였다는 것 같지만, 할머니로선 그 남자를 꼭 가져야 **했던** 거지. 그 남자의 이름은…….”

“오, 이런…….” 올웨이스 양은 허둥지둥했다. “내가 생각했던 건 그런 게 아니에요, 머틸다. 자, 같이 학교로 가서 더 적절한 걸 써보도록 해요.”

올웨이스 양은 서둘러 머틸다를 데리고 서재에서 나갔다.

“잠깐!” 내가 뒤에서 불렀다. “네 할머니와 점원 말인데, 결말이 어떻게 됐어?”

“결혼했어. 남자가 벼락을 맞고 죽었어. 할머니는 그 사람 이야기는 **절대** 하지 않으셔.” 머틸다는 내게 심술궂게 웃어 보였다. “네 작은 심장이 충격을 받았니, 포켓?”

“전혀.” 나는 대수롭지 않다는 듯 말했다. “내 첫 가정교사도 벼락에 맞았어. 불쌍하게도 잿더미 하나밖에 남지 않았지.”

“너한테 가정교사가 있었다고?” 머틸다가 미심쩍다는 듯 물었다.

“있었길 바라.” 내가 대답했다.

올웨이스 양은 머틸다를 질질 끌다시피 해서 서재 밖으로 데리고 나갔다. 그들이 서둘러 학교로 가는 동안 아주 잘생긴 하인이 은쟁반을 들고 나타났다. 그는 조용히 내게 걸어와 은쟁반을 내밀었다. 쟁반에는 내 이름이 적힌 봉투가 있었다. 봉투를 열어보니 뱅크스 씨가 보낸 것이었다.

친애하는 포켓 양.

아주 급한 일이 있어 편지를 보냅니다. 당신이 파티에서 주기로 한 선물에 대한 일이에요. 아주 걱정스러운 정보가 밝혀졌고, 나는 당신의 안전을 걱정하게 되었습니다. 이 편지를 받고 당신이 불안해한다면 다행입니다. 경계하세요, 포켓 양. 그리고 조심하세요. 클록 다이아몬드는 보기와는 다른 물건이에요. 당신이 몹쓸 책략에 빠졌다고 나는 생각합니다. 주의하고 아무도 믿지 마세요. 내가 모레 아침 기차를 타고 서포크로 가서 직접 설명하겠습니다. 당신에게 줄 돈, 그리고 다른 것들을 가져갑니다. 이 궁지에서 빠져나갈 길은 있어요.

잘 버텨요, 곧 도와주러 갈 테니.

당신의 친구,

허레이쇼 뱅크스

이게 무슨 뜻일까? 뱅크스 씨가 착각에 빠져 있다는 의미밖에 되지 않는다! 그 가엾은 사람은 내가 런던에 있을 때 어두운 생각으로 가득했고 지금은…… 자신의 상상력에 휘둘리고 있다. 그가 어떤 증거를 제시할 수 있을까? 없다. 그래, 클록 다이아몬드가 내 손에 들어온 후 이상한 일들이 나를 따라다니는 것 같긴 했다. 하지만 나는 늘 안전했다. 게다가 나는 버터필드 파크에서는 친구들과 함께 있지 않은가. 나는 어떤 해도 입을 수 없다.

그렇지만 편지를 주머니에 넣고 서재를 나서며, 한 가지 간단한 진실만은 부정할 수가 없었다.

내가 의심하게 되었다는 것.

점심때쯤에는 비가 많이 내렸다. 낮게 깔린 위협적인 먹구름이 버터필드 파크를 뒤덮었다. 집 안도 우울한 분위기였다. 라운지마다 촛불을 켜두었고, 천둥이 하늘을 흔들었다. 나는 허레이쇼 뱅크스의 편지를 방에 가져와 레이디 어밀리아의 소설책 속에 숨겨두었다. 누가 우연히 읽게 되는 일은 원하지 않았다. 이틀 후에 그가 여기 나타나면 분명 소란이 일 것이다. 뱅크스 씨는 고집 센 늙은이니까. 하지만 나는 일단 지금은 아무 일도 없는 것처럼 행동할 것이다.

어쩌다 이렇게 엉망진창이 되었지? 정말 간단한 일이었는데. 버릇없는 몹쓸 아이의 열두 번째 생일에 다이아몬드를 배달해주고 500파운드 받기. 여기에 해가 될 것이 뭐가 있지? 뭐가 잘못될 수 있겠어. 아무것도 없다. 혹은 엄청나게 많다. 어쩌면 이 집의 문제인지도 모른다. 크고, 오래됐고, 아주 침울한 집이다. 어쩌면 내 마음 때문인지도 모른다. 내 마음은 크고, 젊고, 유령으로 가득하다.

좁은 뒤쪽 계단으로 가서 어두운 복도를 걸으며 머틸다와 리베카의 방을 지나쳤다. 계단참에 갔을 때 올웨이스 양이 아래 홀에서 등불을 들고 지나가는 게 보였다. 아마 서재로 가는 것 같았다. 나는 그녀를 불러서 편지 이야기를 할까 생각했다. 털어놓으면 좀 나아질지도 모른다. 하지만 올웨이스 양은 작가라서 히스테리를 일으키기 쉬웠다. 허레이쇼 뱅크스의 경고는 불에 기름을 붓는 격일 것이다. 아니, 아무 말도 하지 말자.

커다란 홀의 지붕 위로 비가 요란하게 쏟아졌다. 나는 계단 위에 서서 귀를 기울였다. 밖의 비구름 때문에 넓은 방 안은 어두웠다. 여기저기 울적한 그림자가 드리워졌고, 낮보다는 밤에 가까웠다. 나는 눈을 아주 잠시 감았다.

순식간에 일어난 일이었다.

뒤에서 누가 내게 다가오는 게 느껴졌다. 발소리는 들리지 않았다. 하늘이 우르릉거리는 소리에 묻혔는지도 모르겠다. 하지만 누군가 있다는 게 느껴졌다.

"아이비?" 계단 아래서 누가 불렀다.

나는 내려다보았다.

아래에는 아무도 없었다. 그때 생각났다. 내 뒤. 누군가 뒤에서 다가오고 있다. 나는 돌아서기 시작했다…….

하지만 내 발은 이미 내 밑에 있지 않았다. 나는 앞으로 휘청거렸다. 비틀거렸다. 날개 없는 새. 날고 있나? 아니, 떨어진다…… 굴러 떨어진다…… 떨어진다.

비명 소리. 내 비명은 아니다. 빛. 사방에 밝은 빛.

바닥이 내게 확 다가왔다.

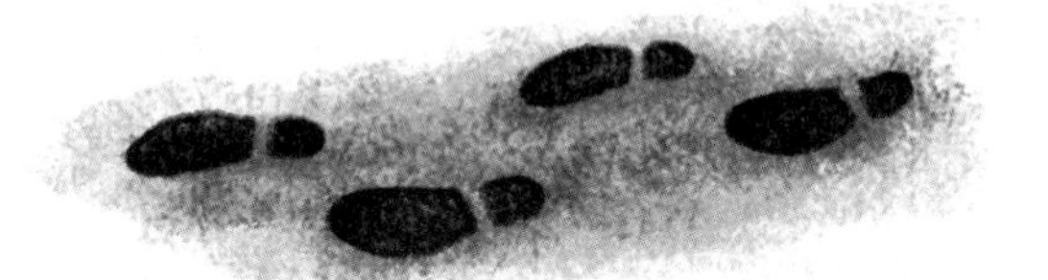

10

고통은 없었다.

그게 가장 먼저 느껴졌다.

나는 죽지 않았다.

그게 두 번째였다.

내가 어떤 자세로 떨어졌는지 잘 모르겠다. 리베카와 프로스트 양이 계단 아래서 나를 발견했을 때, 한쪽 팔이 등 뒤로 뒤틀려 있었다는 것만 알겠다. 프로스트 양이 나를 부드럽게 옆으로 돌려 누이고 팔을 빼준 게 기억난다.

"다쳤어요?" 그녀가 물었다.

"지독해요." 내가 대답했다. 하지만 마침내 정신을 차린 다음 몸이 어떤지 살펴보고 나는 놀랐다. 거대한 계단에서 굴러떨어졌는데도, 나는 전혀 아프지 않았다. 음, 두통이 조금 있긴 했지만. 피가 나는 곳도 없었다. 리베카가 내가 일어나 앉는 것을 도와주었고, 내 마음은 아까로 돌아갔다. 내가 계단 위에 서 있을 때. 누가 내 이름을 불렀을 때. 누가 내 뒤에서 다가오는 게 느껴졌을 때. 떨어졌을 때.

누가 나를 밀었나? 그럴 리가! 하지만 **누군가** 있었다는 것은 부인할 수가 없었다.

"팔은 어때?" 리베카가 다급히 물었다. "그리고 머리, 아이비, 머리는 어때? 아, 프로스트 선생님, 정말 끔찍해요!"

프로스트 양의 얼굴이 굳어지는 것이 보였다. "그래, 그렇구나." 그녀는 차갑게 말했다. "끔찍하고 불필요했어. 하지만 이미 일어난 일은 일어난 거지. 포켓 양, 다리는 움직일 수 있어요?"

"분명 부러졌을 거예요." 내가 심각하게 말했다. 솔직히 말해 나는 내 자신에게 조금 실망했다. 어떻게 여자아이가 커다란 계단에서 굴러떨어지고도 멀쩡할 수가 있지? 충격적이다!

프로스트 양은 내 두 다리를 만져보았다. 내게 무릎을 구부려보라고 했다. 내 발가락들을 이리저리 구부려보았다. "멀쩡하군요." 그녀가 선언했다.

"전혀 다치지 않았다고요?" 리베카가 내 눈앞의 머리카락 몇 올을 부드럽게 쓸어내며 말했다.

"조금도." 프로스트 양이 말했다.

"어떻게 된 거야, 아이비? 기억나니?" 리베카가 말했다.

나는 고개를 가로저었다. "전부 다 기억나진 않아. 하지만 누가 날 민 것 같아."

리베카는 숨을 헉 들이켰다. "설마 그럴 리가!"

프로스트 양은 나를 노려보았다. "실망시켜서 미안하지만, 포켓 양." 그녀가 일어서며 말했다. "하지만 당신이 떨어졌을 때 내가 지나가던 중이었는데, 계단 위 당신 근처에는 아무도 없었어요. 레이디 어밀리아와 레이디 엘리자베스에게 이 사고를 알리고, 머리에 댈 젖은 천을 가져올게요."

가정교사가 간 동안 리베카는 나를 몇 번 살폈다. 내 상처에 **완전히** 정신이 팔려 있었다. 아니, 내가 상처가 없는 것에 정신이 팔려 있었다.

프로스트 양이 거의 히스테리에 빠진 레이디 어밀리아 등의 구경꾼들을 데리고 돌아오자 리베카는 정말 놀라운 말을 했다. 아니, 속삭였다. "만약 물어보면 계단에서 거의 다 내려왔다가 조금만 떨어졌다고 말해."

나는 혼란스러워하며 리베카를 보았다. "대체 내가 왜 그렇게 말해야 돼?"

"제발, 아이비." 리베카의 눈은 어두웠고 불안했다. "설명할 수가 없어. 그냥 날 위해서 그렇게 해줘. 정말 중요한 거야."

나는 한숨을 쉬었다. "폭발할 것처럼 그러지 마. 너한테 그렇게 중요한 거라면 네 말대로 할게."

"오, 아이비, 괜찮아요? 가엾게도, 불쌍하게도!" 레이디 어밀리아가 외쳤다.

"어떻게 된 거죠? 아이비, 어디서 다쳤어요?" 서재에서 달려온 올웨이스 양이 물었다.

리베카는 사람들에게 내가 다친 데는 없고 계단을 거의 다 내려왔다가 미끄러진 거라고 설명했다. 그래서 상처는 입지 않았다.

"죽을 수도 있었어요." 올웨이스 양이 말했다(아, 다정한 사람!).

"네, 그 말이 맞아요." 내가 용감하게 말했다. "나을 때까지 휠체어에 앉아야 할 것 같아요. 하인이 들고 계단을 오르내리고, 여기저기 들고 다니고요."

"헛소리." 레이디 엘리자베스는 지팡이로 나를 가리키며 흔들었다. "네 어처구니없는 상상력도 다치지 않았다는 걸 알겠다."

"롱펠로 박사님을 부를게요." 레이디 어밀리아가 조바심을 냈다.

"그럴 필요 없어요. 전혀 다치지 않았어요." 프로스트 양이 말했다.

리베카와 올웨이스 양이 내가 일어서는 것을 도와주었다. 유감스럽게도 나는 기절하지 않았다.

"저 불쌍한 아이는 반드시 진찰을 받아야 해요." 레이디 어밀리아가 말했다.

"포켓의 목은 안 부러졌어요. 쓸데없는 걱정이에요, 어머니." 머틸다가 차갑게 말했다(그녀는 난간 옆에 서서 지켜보고 있었다).

프로스트 양은 재빨리 동의했다. 나는 계단에서 굴러떨어졌다. 보기에 다친 곳이 없어 보인다. 그것뿐이다. 그러니 이 문제는 끝이 났다. 그들에게는.

하지만 내게는 끝나지 않았다.

구경꾼들은 저녁때까지 쉬라고 나를 온실에 남겨두고 갔다. 하지만 나는 그럴 기분이 아니었다. 어쨌든 난 완벽하게 멀쩡한 상태였다. 최소한 몸은 그랬다. 마음은 달랐다. 비가 그치자 나는 숲으로 산책을 갔다. 온갖 생각이 급류처럼 쏟아졌다. 계단 위에 서 있었던 건 기억났다. 누군가 있다고 느꼈다. 누가 내 이름을 부르는 것을 들었다. 그런데 프로스트 양은 모든 걸 다 보았다. 프로스트 양은 내가 혼자 있었다고 주장했다. 그게 사실일까? 사실이 아니라면, 왜 거짓말을 하는 걸까?

비명을 지르고 싶어서 몇 번 질렀다. 그래도 괜찮았다. 숲에서는 학교와 들꽃 풀밭이 아주 잘 보였지만, 멀리 떨어져 있어서 나 혼자 있을 수 있었다. 엉망진창이다. 모든 게 다 엉망진창이다.

오후의 햇빛이 단풍나무와 오크나무를 뚫고 비쳐 들었다. 숲 속은 새벽과 좀 비슷한 장밋빛으로 빛났다. 나는 심호흡을 하고 마음을 가라앉혔다. 학교에서 리베카와 머틸다가 나오는 게 보였다. 프로스트 양이 따라 나왔다. 들꽃이나 벌 같은 것을 공부하는 것으로 보였다. 프로스트 양은 이런저런 꽃을 가리키며 이야기를 아주 많이 했다.

“재들은 정말 달라요”라는 말소리가 들려왔다.

돌아보니 여자 한 명이 서 있었다. 키가 크고 금발을 어깨 아래까지 길렀다. 섬세한 두 손은 깍지를 끼고 있었다. 그녀는 머틸다와 리베카를 보며 미소 짓고 있었다.

“뭐라고 하셨죠?”

“저 소녀들.” 여자의 목소리는 꿀 같았다. “아주 달라요. 머틸다는 답을 잔뜩 가지고 있고, 리베카는 질문을 잔뜩 가지고 있죠. 당신 생각엔 누가 더 현명한 것 같나요?”

나는 어깨를 으쓱했다. “시합이라면 내가 이길걸요. 나는 어마어마하게 현명하거든요. 다들 그렇다고 말해요.”

그녀는 부드럽게 웃었다. 이상한 점, 또한 뭔가 멋진 점이 있는 사람이었다.

“버터필드 가족을 아세요?” 내가 말했다.

“아주 오래전에요.”

나는 그녀를 조심스럽게 살폈다. 얼굴이 예뻤다. 둥글고 부드러웠다. 그녀의 눈에 관심이 끌렸다. 한쪽은 초록색이고 다른 쪽은 푸른색이었다.

“당신을 전에 여기서 본 적이 없는데요.” 그녀가 말했다.

“난 잠깐 들른 거예요. 아주 중요한 일이 있어서요.”

“그렇군요.” 그녀는 책에 들꽃을 넣어 누르고 있는 리베카와 머틸다에게로 다시 시선을 돌렸다. “저 아이들은 배울 게 정말 많아요.”

"머틸다랑 리베카를 아세요?"

"아, 네. 아주 오래전에요."

갑자기 나는 깨달았다. 이 낯설고 아름다운 사람이 누구인지 알 수 있었다. 로체스터 양, 사라진 가정교사다! 자기 학생들을 살피러 돌아온 것이다. 격하게 흥미로운 일이다!

나는 로체스터 양을 보았다가 아이들을 보았다. "가서 인사하시지 그래요?" 나는 머틸다가 데이지꽃들을 짓밟는 것을 지켜보며 말했다. "보면 분명히 신나할 텐데요."

"낙담하지 말아요, 포켓 양."

나는 그녀가 내 이름을 아는 것에 놀라서 뒤돌아보았다.

"어떻게 알았……."

하지만 가정교사는 이미 사라진 뒤였다.

내가 리베카를 찾아내기 전에 리베카가 먼저 나를 찾아냈다. 숲에서 걸어 나오는 나를 본 리베카는 고뇌의 구름 같은 얼굴을 하고 내게 달려왔다. "올웨이스 양 봤어?"

"최근엔 못 봤어. 무슨 일 있니?" 나는 좀 놀라며 대답했다.

리베카는 머리를 흔들었다. "아니. 응. 아, 아이비, 네가 계단에서 굴러떨어진 것에 대해 거짓말을 해달라고 한 것 때문에 굉장히 혼란스러울 거야. 네가 모르는 게 많……."

"나 그 사람 봤어!" 내가 의기양양하게 선언했다.

"누구?" 가엾은 리베카는 두려워하는 것 같았다. "누굴 봤는데?"

"로체스터 양. 사라진 가정교사!" 나는 신이 나서 말했다.

리베카는 얼굴을 찌푸렸다. "로체스터 선생님을 봤다고?"

"응, 분명 그런 것 같아." 나는 자랑스럽게 말했다. "물론 대부분의 사람은 전혀 눈치채지 못하고 그냥 지나가는 낯선 사람이라고 생각했을 거야. 하지만 나는 그 사람이 네 비극적인 가정교사라는 걸 알아챘지. 나는 셜록 홈스 2세의 본능을 타고났거든. 날 믿어, 리베카. 로체스터 양이 돌아왔어!"

희미한 미소가 리베카 얼굴의 찡그린 표정을 씻어냈다. "아이비, 정말 확실한 거야?"

"맞을 거야! 최소한 난 그 사람이라고 **생각해**. 전에 본 적이 없는 사람이라 전적으로 확신할 수는 없지만. 혹시 그 사람 사진 있니?"

"아니." 리베카는 침울해졌다가 다시 조금 밝아졌다. "어떻게 생겼는지 네가 설명해줄 수는 있잖아."

"그건 쉽지. 얼굴이 머릿속에 분명히 남아 있거든. 매력적인 금발, 아기 천사 같은 얼굴, 그리고 눈. 눈이 놀랍더라. 한쪽은 푸른색이고 다른 쪽은 초록색이었어. 난 그런 눈은 처음 봤어."

리베카는 대답하지 않았다. 그런데 가엾게도 떨고 있었다. 마치 병이라도 걸린 것 같은 모습이었다. 내 훌륭한 설명을 듣고 리베카는 말문이 막힌 것이다. 로체스터 양이 돌아왔다!

"정말이구나." 리베카가 속삭였다. 눈에 눈물이 차올랐다. 그러더니 내게 달려들어서 미친 사람처럼 나를 포옹했다. 물러섰다가 다시 껴안았다.

리베카의 시선이 내 얼굴을 훑었다. "다른 사람한테 그분 이야기, 했어?"

나는 그러지 않았다고 말했다. "네가 처음이야."

"아무한테도 그분 이야기는 하지 않는 게 좋을 것 같아. 지금 당장은." 리베카가 말했다.

"왜 모두에게 로체스터 양 이야기를 하면 안 되는 거지? 그 사람이 돌아온 건 좋은 일 아냐?"

엄청난 비탄이나 행복이 리베카를 휩쓸고 간 것 같았다. 리베카는 훌쩍이고 눈을 닦더니 다시 훌쩍였다. 분수처럼 울어댔다. 나는 최선을 다해 리베카를 달랬다. 머리를 두세 번 두드려주고 친절하게 미소 지었다.

"제발, 아이비. 내가 너에게 정말 많은 부탁을 한 건 알고 있어." 리베카는 허겁지겁 말했다. "하지만 이유가 없는데 이러는 건 아니야. 말도 안 되는…… 말도 안 되는 일들이 있어. 그런데 그건 사실이야. 불가능하지만 사실이야! 제발, 그냥 내가 하라는 대로 해줘."

나는 한숨을 쉬었다. "네가 바라는 대로 할게. 하지만 이 말은 해야겠다. 내 전문적인 의견으로는, 너는 완전히 미쳤어."

리베카는 다시 나를 포옹하고 내 뺨에 키스한 다음 집을 향해 달려갔다.

리베카는 저녁을 먹으러 오지 않았다. 그리고 다음 날 오전에도 거의 보지 못했다. 거대한 저택은 벌집을 쑤셔놓은 듯 북새통이었다. 파티가 내일 밤이니 놀랄 일은 아니었다. 나는 오전 시간 대부분을 올웨이스 양과 함께 서재에서 보냈다. 그녀는 머틸다의 연설문을 준비하느라 아직 바빴지만 내게는 언제나 시간을 내주었다. 최근 며칠 동안 있었던 일들에 대해 그녀에게 하고 싶은 말이 너무나 많았지만, 리베카와 약속을 했고 나는 내가 한 말을 지키는 사람이다. 대신 올웨이스 양에게 허레이쇼 뱅크스가 보낸 편지에 대해 이야기했다. 그의 음산한 경고를 이야기하고, 그가 내일 버터필드 파크로 나를 찾아올 거라고 말했다.

올웨이스 양은 굉장한 흥미를 보였다. 내게 질문을 여남은 개 해댔다. 뱅크스 씨가 어떤 기차를 타고 오는지 물었다. 그 편지를 무척 보고 싶어 했다.

가엾은 올웨이스 양은 조금 불안해 보였다. 조마조마해하는 것 같기까지 했다. 그녀는 내가 전날 심하게 굴러떨어졌던 것 때문에 아직도 신경이 곤두서 있다고 설명했다. 내가 바닥에 뻗어 있는 것을 보았을 때 심장이 목구멍으로 튀어나올 것 같았다고 했다. 내가 목이 부러지지 않아서 놀라웠다고 말했다.

올웨이스 양은 나를 친동생처럼 사랑하는구나!

"뱅크스 씨가 온다니 정말 좋은 소식이에요." 모닝티를 마시러 장미 정원으로 나오면서 그녀가 말했다(치즈케이크가 있어서 나는 무척 신이 났다). "뱅크스 씨의 편지를 보니 클록 다이아몬드에 대한 새로운 정보가 있나 봐요. 어쩌면 우리도 클록 다이아몬드의 대단한 비밀을 알게 될지도 모르겠어요!"

레이디 엘리자베스가 고양이를 무릎 위에 올려놓은 채 정자에서 자고 있었다. 레이디 어밀리아는 찻주전자를 들고 소란을 피우고 있었다. 굉장히 불안해하는 것 같았다. 모든 게 리베카 때문이었다.

"리베카가 오지 않으려 해. 밤낮으로 숨어 지내지 않았으면 좋겠는데." 레이디 어밀리아가 심각하게 말했다.

"난 엿보진 않을 거예요. 그건 정말 나쁜 매너니까." 나는 고리버들 의자에 앉으며 말했다. "하지만 말해주세요, 레이디 어밀리아. 리베카는 방에 숨어서 뭘 하나요?"

가엾은 부인의 얼굴이 창백해졌다. "그건 설명하기 어려워요, 아이비."

"걘 가둬놔야 해요. 언젠가는 미쳐서 우릴 다 죽여버릴 거예요." 머틸다가 밝게 말했다.

나는 머틸다에게 따뜻하게 웃어 보였다. "우릴 다 죽이진 않을 거야. 리베카는 너를 없애고 나면 분명 흥미를 잃을 거야."

친애하는 머틸다는 열정적인 대답을 쏟아냈다. 프랑스어였다. 분명 내 부드러운 머릿결을 칭찬한 것이겠지. 그리고 아마 내 턱도. 확신할 수는 없지만.

"프로스트 선생님 봤어?"

우리는 모두 돌아보았다. 리베카가 빠른 걸음으로 우리에게 다가왔다. 신경 흥분의 덩어리 같은 모습이었다. "봤어?" 다시 물었다.

"아니, 학교에 있지 않을까."

"프로스트 선생님은 악마야. 하는 일이라곤 **가르치는 것**뿐이야. 정상이 아니야." 머틸다가 잘라 말했다.

"프로스트 선생님은 착하고 용감하고 고귀해!" 리베카가 외쳤다. 상당히 격하게 폭발하는 바람에 모두가 주목했다. 자고 있던 레이디 엘리자베스까지도 뒤척였다.

"옷은 장의사같이 입고, 말하는 억양을 들으면 귀가 아파." 머틸다가 팔짱을 끼며 말했다. "그리고 안색과 매너가 오랑우탄 같다는 건 모두 다 알지."

"그 말 취소해, 머틸다! 취소해!" 리베카가 외쳤다.

"취소 못 해!" 머틸다가 쏘아붙였다.

나는 몸싸움이 일어나기를 간절히 바랐지만, 올웨이스 양이 우리에게 프로스트 양이 장미원에서 우리 쪽으로 걸어오고 있다고 알려주어 상황을 가라앉혔다.

나는 치즈케이크를 한 쪽 잘라서 다시 앉았다.

"리베카, 학교로 같이 갈래?" 프로스트 양이 다과회 중인 우리로부터 조금 떨어진 곳에 멈춰 서며 말했다. 다른 사람들에겐 인사를 하지 않았다.

"프로스트 양, 리베카가 오전 수업은 다 끝낸 것 아니었나요?" 레이디 어밀리아가 항의했다.

"사소한 일이에요. 오래 걸리지 않을 거예요." 프로스트 양이 경쾌하게 대답했다.

"전 괜찮아요, 이모. 제가 프로스트 선생님한테 글씨 쓰는 걸 도와달라고 부탁했거든요." 리베카가 가정교사 쪽으로 걸어가며 재빨리 말했다.

"그렇겠지." 레이디 엘리자베스가 눈을 뜨고 으르렁거렸다. "너는 글씨를 갓난아기처럼 쓰니까!"

프로스트 양과 리베카는 황급히 학교로 향했다. 두 사람은 곧바로 대화에 푹 빠졌다. 굉장히 흥미로웠다.

"맙소사, 할머니." 머틸다가 늙은 호두 머리를 보며 말했다. "뜨거운 볕 속에 얼마나 계셨던 거예요?"

레이디 엘리자베스는 쌕쌕거렸다. "모르겠다. 내 나이 정도 되면 한 시간이나 두 시간이나 그게 그거거든."

사실 저 짐승 같은 화석은 아침을 먹은 이후 내내 정자에서 자고 있었는데, 하녀는 그녀를 깨우기가 너무 무서웠다. 그래서 지금 얼굴이 토마토처럼 새빨개진 것이다. 레이디 어밀리아가 테이블에서 화석에게 레모네이드를 건네는 동안, 나는 자리를 옮겼다. 나는 몸을 숙여 부인의 얼굴을 살폈다.

"좋지 않은 소식이에요." 내가 심각하게 말했다. "안색이 삶은 바닷가재 같네요. 피부가 수분을 달라고 비명을 지르고 있잖아요. 걱정 마세요, 내가 적절한 치료법을 알고 있으니까."

"내 몸에 손대지 마!" 레이디 엘리자베스가 고함치자 무릎 위의 고양이가 재빨리 머틸다의 무릎으로 건너뛰었다.

레이디 엘리자베스가 지팡이로 손을 뻗었다. 나는 빨리 움직여야 했다.

"레이디 엘리자베스, 불안하게 하고 싶지는 않아요." 나는 적당한 것을 찾아 테이블 위를 둘러보았다. "하지만 이건 피부 비상사태라서요."

노인은 일어나려 했지만(나를 포옹하려고 그랬던 건지도 모른다) 내가 밀어서 다시 앉혔다. 테이블 건너편으로 손을 뻗어 치즈케이크와 스푼을 잡는 데는 일 초밖에 걸리지 않았다.

"아이비, 뭐 하는 거죠? 정말 아는 거 확실해요?" 레이디 어밀리아가 급히 물었다.

"당연하죠!"

"말려요, 어머니! 잰 위험해요!" 머틸다가 외쳤다.

"저리 가!" 레이디 엘리자베스가 비명을 질렀다.

어처구니가 없었다. 나는 치즈케이크를 듬뿍 떠서 노파의 얼굴에 처발랐다. 그리고 한 번 더. 또 한 번. 부인은 괴상한 소리를 내고 있었다. 다친 새끼 돼지와 조금 비슷했다. 치즈케이크에 진정시키는 효과가 있기 때문인 것 같았다. 나는 눈을 제외한 얼굴 전체에 치료제를 발랐다. 순식간에 붉은 피부 전체가 디저트로 가려졌다.

"최소 한 시간은 하고 있어야 해요, 레이디 엘리자베스." 나는 냅킨으로 손을 닦으며 말했다. "파리가 꼬일 수 있으니 실내로 들어가시는 게 좋을 거예요."

부인은 고마운지 내게 욕을 퍼부으며 벌떡 일어나 지팡이를 휘둘렀다! 그때부터 상황이 미쳐 돌아가기 시작했다.

지팡이는 휙 공중을 가르고 하녀의 엉덩이를 때렸다. 하녀가 놀라 비명을 지르며(그건 이해할 수 있었다) 레모네이드병을 쓰러뜨려

머틸다의 무릎에 내용물을 엎질렀다. 머틸다와 고양이는 흠뻑 젖었다. 머틸다는 미친 사람처럼 소리를 지르며 벌떡 뛰어올랐고, 고양이는 하늘 높이 날아올랐다. 너무나 높았다.

나는 얼른 해결책을 생각해내야 했다. 떨어지는 고양이를 받아줘야 했다. 가장 가까이 있는 것, 즉 레이디 어밀리아를 잡았다.

"각오하세요!" 나는 레이디 어밀리아를 빙 돌려 테이블 위로 밀었다. 부인의 풍만한 가슴과 물렁한 배는 고양이가 착륙하기에 적당할 것이다.

"뭘 각오해요?" 그녀가 가엾게 외쳤다.

사태는 곧 마무리되었다. 고양이는 레이디 어밀리아의 커다란 배에 정통으로 떨어져, 테이블 건너편으로 튀어서 레이디 엘리자베스 위에 떨어졌다. 고양이는 레이디 엘리자베스의 다리 위에 날아들자마자 얼굴의 치즈케이크를 핥기 시작했다. 재앙을 피했다!

물론 그 뒤로도 추태가 많았다. 머틸다는 내가 제정신인지 의심했다. 레이디 어밀리아는 기절했다. 늙은 호두 머리는 나를 우물에 빠트리라고 시켰다. 아니면 적어도 나무에 묶어놓고 몽둥이로 때려야 한다고 했다. 나는 구실을 대고 집으로 돌아가는 것이 제일 낫겠다 싶었다. 하지만 굉장히 실망했다는 건 인정해야겠다.

그렇게 애를 써줬는데 고맙다는 말도 못 듣다니!

나는 점심 전에 레이디 어밀리아의 책을 마저 다 읽으려고 방으로 올라갔다. 집은 무서울 정도로 조용했다. 머틸다는 생일에 입을 드레스를 마지막으로 맞춰보고 있었다. 레이디 어밀리아는 재단사에게 머틸다가 얼마나 예쁜지 이야기하고 있었다. 레이디 엘리자베스는 치즈케이크를 씻어내려고 목욕하고 있었다. 책을 읽으면서 쉬기에 완벽한 순간이었다.

그러나 침대에 앉으니 클록 다이아몬드 생각밖에 나지 않았다. 옆방의 분장용 보석들 틈에 숨어 있는 클록 다이아몬드. 내가 들여다봐주기를 기다리고 있는 클록 다이아몬드. 내가 무척 보고 싶어 하는 걸 보여주려고 기다리는 클록 다이아몬드. 다급하고 고통스러운 허기가 느껴져 이가 딱딱 부딪칠 정도였다.

그래서 나는 먼지투성이 트렁크들 더미 사이에 무릎을 꿇고 보석을 들여다보았다. 내게 다른 영상을 보여주길 빌었다. 다이아몬드 안에서 폭설이 빙빙 돌기 시작하자 나는 숨을 죽였다. 겨울 숲이 나타났다. 노란 보닛을 쓴 여자는 이제 나를 안고 있지 않았다. 내가 그녀 옆에서 나란히 걷고 있었다. 아니, 걷는 게 아니라 질질 끌려가고 있었다. 나는 우리가 그 숲을 몇 시간째 걷고 있음을 왠지 몰라도 알 수 있었다. 우리 뒤의 숲에서 어두운 무언가가 지나갔다. 농부였다. 눈 때문에 고개를 숙인 채, 통나무를 짊어진 말을 끌고 있었다.

나는 돌아서서 그를 보았다. 여자의 손을 뿌리치고 달리기 시작했다. 두껍게 쌓인 눈에 묻혀 내 다리는 보이지 않았다. 나는 뭐라고 외쳤다. 말소리는 들리지 않았다. 농부가 멈추었다. 쏟아지는 눈 속을 노려보았다. 내가 다시 불렀지만 손이 내 입을 막았다. 노란 보닛을 쓴 여자가 나를 뒤로 잡아끌었다. 우리는 나무 뒤에서 몸을 웅크렸다. 여자는 내 입을 꽉 막았고, 나는 발버둥 쳤지만 여자가 너무 꽉 잡고 있었다.

농부는 잠시 기다렸다가 말에 채찍질을 하고 떠나갔다.

남자가 시야 밖으로 사라지고 나서야 여자는 나를 놔주었다. 그녀는 보닛에서 눈을 털어내고 다시 나를 잡았다. 그녀는 내 손을 잡고 흰 숲 더 깊은 곳으로 들어갔다.

눈이 점점 더 많이 쏟아져 다이아몬드에서 흰 빛만이 나왔다. 어두운 안개가 빙글 돌며 빛을 삼켰다. 영상은 끝났다. 그대로 나는 그 어느 때보다 오래 다이아몬드를 바라보았다. 돌아와서 더 많은 걸 보여주길 바랐다. 그다음에 무슨 일이 있었는지 말해주길 원했다.

그러나 물론 다이아몬드는 보여주지 않았다.

11

내가 마침내 다락방에서 내려왔을 때는 이미 오후였다. 주 계단 위로 이어지는 복도로 들어섰다. 볼썽사나운 항아리, 시시한 사냥꾼, 개 그림들로 가득한 커다란 복도였다. 나는 서둘러 주방으로 가려 했다. 요리사가 내게 감자 몇 개를 줄 수 있을까 싶어서였다. 어쩌면 양배추 한두 개라도. 무척 배가 고팠지만, 어두운 복도를 보자 음식 생각이 싹 사라졌다. 복도 맞은편에 있는 것을 보고 나는 굳어버렸다. 어두운 가운을 입은 작은 사람이 있었다.

그의 얼굴은 두건에 가려져 있었지만, 나는 그가 나를 보고 있다는 확신이 들었다.

본능적으로 제일 먼저 든 생각은 무기를 찾자는 것이었다. 하지만 시간이 없었다. 바로 그때, 올웨이스 양이 코너를 돌아 나타났는데, 그와 동시에 작은 악당은 사라지는 것 같았다. 마치 올웨이스 양의 치맛자락 속으로 사라진 것 같았다. 정말 놀라웠다!

"유령이라도 본 것 같은 얼굴이네요." 올웨이스 양이 내게 와서 말하곤 얼굴을 찌푸렸다. "몸이 안 좋은가요?"

나는 절친한 친구에게 내가 방금 본 것을 털어놓았다. 가엾은 올웨이스 양은 깜짝 놀랐다.

"아이비, 정말 놀라운 이야기군요." 그녀가 진지하게 말했다. "내가 코너를 돌아 나오자 작은 신사분이 사라졌다고요? 하지만 그런 건 불가능하다는 거 알잖아요. 그렇죠? 맞죠?"

"물론 알죠." 나는 밝은 목소리를 내려고 애썼다. "그렇지만 런던에서 나를 공격했던 악당과 똑같이 생겼단 말이에요. 그리고 그런 일이 불가능하다면, 방금 내가 본 건 대체 뭐죠?"

올웨이스 양이 내 얼굴을 훑었다. 입술을 오므리고 뭐라 몇 번 중얼거리더니 말했다. "트라우마. 그렇게밖에 설명이 안 돼요."

"그래요?"

"그런 것 같아요. 런던의 그 몹쓸 도둑들이 버터필드 파크까지 당신을 따라왔다고 상상하는 건 충분히 이해할 만해요. 사실, 나는 당신이 헛것을 보지 **않았다면** 오히려 충격받았을 거예요."

정말 **진짜** 같아 보였는데. 내가 내 눈을 의심해야 하는 걸까? 그렇지만 올웨이스 양의 목소리는 확신에 차 있는 데다, 거짓말을 할 이유가 없지 않은가? 그냥 트라우마였다. 강도 사건 때문에. 그것뿐이다. 무척 안도가 되었다.

올웨이스 양은 나를 주방으로 데려가 진한 홍차를 한 주전자 타주겠다고 우겼다. 계단에서 프로스트 양을 만났다. 올웨이스 양은 어서 나를 데리고 떠나고 싶어 하는 것 같았지만, 프로스트 양이 내가 왜 그렇게 창백한지 언뜻 물어보자, 나는 내가 큰 트라우마를 입었다고 알려주었다.

가정교사는 내 트라우마보다는 내가 복도에서 본 두건을 쓴 악당의 환영에 더 관심을 갖는 것 같았다. 놀랍게도 프로스트 양은 내가 **상상한** 게 아니라고 생각했다. 충격적인 건 그것만이 아니었다. "나는 올웨이스 양이 그런 존재에 대해 물어보기에 **적당한** 사람이라고 생각해요." 프로스트 양은 믿기 어려울 정도로 단호하게 말했다.

"대체 무슨 말인지 모르겠네요." 올웨이스 양이 재빨리 말했다. "얼른 가요, 아이비. 우리……."

"신화와 전설에 대한 책을 쓰고 있지 않으시던가요?" 프로스트 양이 희미한 미소를 지으며 말했다. 내 친구가 대답하기도 전에 가정교사는 말을 이었다. "포켓 양이 설명한 것과 같은, 두건을 쓴 작은 사람들에 대해 읽은 기억이 나는데요. 생각해볼게요, 신화를 공부한 지 **너무** 오래됐거든요." 가정교사는 턱을 톡톡 두드렸다. "아, 기억났어요! 록Lock이라고 해요."

"록?" 내가 물었다.

올웨이스 양은 웃었다. 웃음소리가 조금 지나치게 컸다. "말도 안 돼, 난 그런 건 들어본 적도 없……."

"내가 기억하기로는요." 프로스트 양이 말을 끊었다(무척 즐기고 있는 것으로 보였다). "록은 어두운색 가운을 입고 모자를 쓴 존재들이에요. 작고, 대개 무리 지어 돌아다니고, 빠르고, 아주 위험해요."

나는 헉 소리를 냈다(적절한 순간 같았다). "록들이 분명해요!"

"그들은 아주 혐오스러운 여주인, 고통과 죽음의 냉혹한 할망구를 섬기는 걸로 기억해요. 그 할멈의 이름이 생각나지 않네요. 생각나시나요, 올웨이스 양?"

"아뇨." 단호한 대답이었다. "그리고 아이비는 똑똑한 사람이에요. 이류 가정교사의 미친 소리에 속아 넘어갈 사람이 아니죠."

프로스트 양은 내 절친한 친구를 노려보았다. "최근 포켓 양에게 일어난 일들을 생각하면 내 이론이 아주 합리적이라고 생각할 법한데요. 올웨이스 양, 당신이 록에 대해 들어본 적이 없다니 충격적이군요." 그녀는 팔짱을 꼈다. "사실, 그건 불가능한 일이에요."

"네, 음……." 올웨이스 양은 안경을 고쳐 썼다. "그런 존재들에 대해 언뜻 읽어본 적이 있는 것 같기도 해요. 그리고 내 기억으로는 록은 당신의 설명과는 전혀 달라요, 프로스트 양. 록은 쾌활한 수도승이에요. 폭력이 아닌 평화를 실천하는 존재죠."

"그 말은 틀렸어요. 지독한 꼬맹이예요." 내가 잘라 말했다.

프로스트 양은 걸어갔다. 자기가 한 일을 만족스러워하는 것 같았다. 올웨이스 양과 나는 계단을 내려가 커다란 홀로 갔다. 올웨이스 양이 갑자기 비틀거리더니 넘어졌다. 발을 헛디딘 모양이었다. 광을 낸 바닥에는 먼지 하나 없었기 때문에 이상한 일이었다. 가엾은 올웨이스 양이 넘어지며 쿵 소리를 냈다. 나는 일으켜주며 그녀의 손목이 붓기 시작한 것을 보았다.

"난 어설픈 바보예요." 올웨이스 양이 다친 곳을 보며 말했다.

"아무래도 그런 것 같아요." 내가 거들었다.

올웨이스 양은 얼굴을 찡그렸다. 손목에 감각이 없다고 했다. 그건 나쁜 조짐 같았다. 그녀가 빨갛게 부은 손목을 내 얼굴 앞에 들고 있었기 때문에, 나는 손을 뻗어 부드럽게 그녀의 손목에 얹는 것이 적절할 거라고 느꼈다.

"이건 느껴지나요?" 내가 물었다.

"네…… 느껴지네요." 올웨이스 양은 눈꺼풀을 떨며 눈을 감았다가 다시 확 떴다. 팔을 빼고 손목을 드레스 소매로 가렸다. "분명히 괜찮을 거예요, 아이비. 걱정할 것 없어요."

정말 이상했다. 무척 놀라웠다.

"프로스트 양의 말을 진지하게 듣지 않길 바라요, 아이비." 올웨이스 양은 차를 마시러 주방으로 들어가며 말했다. "프로스트 양이 당신을 불안하게 만들면서 즐거워하는 건 아주 잔인하다고 생각해요. 당신 마음속에 못된 생각, 어리석은 생각을 집어넣잖아요."

나는 얼굴을 찌푸렸다. "그러고 있나요?"

"음, 다른 설명이 있을 수 있나요? 당신이 봤거나 봤다고 생각하는 것이 무엇이든, 설명은 간단해요. 당신처럼 똑똑한 사람이라면 클록 다이아몬드를 훔치러 전설 속의 록들이 버터필드 파크에 올 거라고 믿지는 않겠죠." 그녀는 김이 피어오르는 차를 잔에 따라 내 쪽으로 밀었다. "하지만 프로스트 양은 당신이 믿길 바라죠. 그게 아주 재미있다고 생각하니까."

그것은 거짓말쟁이 가정교사에 대해 내가 염려했던 최악의 상황이었다.

"정말 고약한 여자예요!" 나는 설탕 그릇으로 손을 뻗으며 말했다.

그날 저녁을 먹으러 내려가던 길에 있었던 이상한 사건이 아니었다면 나는 올웨이스 양이 손목을 다친 것에 대해 더 이상 생각하지 않았을 것이다. 나는 로체스터 양에 대한 리베카의 이상한 태도가 궁금해서 리베카를 찾아다녔다. 정원에도, 학교에도 없어서 나는 온실에 가보기로 했다. 오전용 거실 앞을 서둘러 지나가다가 갑자기 멈춰 섰다. 닫힌 문 뒤에서 올웨이스 양이 내 이름을 말하고 있는데, 멈추지 않을 수가 있나?

러시아 스파이의 본능으로 나는 문에 귀를 댔다. 올웨이스 양은 다급하게 말하고 있었다. 이런 말이 들렸다.

"걔는 다른 사람들과는 달라…… 그건 확실해." 그리고 목소리가 잦아들어서 드문드문 알아들을 수 있었다. "내 손목…… 부었어…….

아이비…… 손을 댔는데…… 나았어……. 정말 흥미로워……. 내 계획은……."

그리고 조용해졌다. 내가 물러나기도 전에 문이 확 열렸고, 올웨이스 양이 의심스러운 눈초리로 나를 바라보았다. 나는 티 내지 않고 슬쩍 올웨이스 양의 어깨 너머를 보았다. 방에는 아무도 없는 것 같았다.

"아이비, 뭐 하는 거죠?" 올웨이스 양이 다소 엄격하게 물었다.

"그냥 엿듣고 있었죠. 내 이름이 들렸기 때문에 엿듣는 게 좋을 것 같았어요. 좀 이상한 일이죠, 혼자 있는 것 같은데."

단호한 눈으로 보던 그녀는 곧 키득거리기 시작했다. "내가 제정신이 아니라고 생각했겠어요!"

"그런 생각이 들긴 했어요."

내 친구는 창가의 필기용 테이블로 달려가 보닛을 집어 들었다. 그리고 내게 팔짱을 끼더니 큰 홀 쪽으로 걸어갔다.

"어머니께 편지를 쓰고 있었어요. 글을 쓰기 전에 소리 내서 말하는 게 내 버릇이거든요." 그녀는 얼굴을 붉혔다. "내가 당신 칭찬하는 걸 들어버렸겠네요, 아이비. 어머니는 당신의 멋진 말과 행동에 관한 이야기를 읽는 걸 즐기시거든요."

그 말로 상당 부분이 설명된다. 하지만 전부는 아니다.

"용서하세요, 하지만 나는 당신이 내가 당신 손목을 **낫게 했다**는 말을 했다고 생각했어요. 아까 넘어져서 다친 다음에요. 지금 생각해보니 내가 상처에 손을 댔을 때 당신이 좀 이상하게 반응하긴 했어요."

올웨이스 양은 깔깔 웃고 자매처럼 내 어깨에 머리를 얹었다. "아, 아이비, 당신은 정말 대단해요! 내가 했던 말은 '나았다'가 아니라 당신이 '나의' 손목을 만졌다는 거였어요. 내가 다쳤을 때 당신이 그렇게 애정과 친절을 보여줘서 난 정말 감동받았거든요. 그래서 그걸 편지에 써서 알리고 싶었어요."

그것도 말이 된다. 그렇지만…….

"봐도 될까요, 올웨이스 양?"

내 친구는 걸음을 멈추었다. 눈썹이 일그러졌다. 침을 꿀꺽 삼킨 것 같았다. "본다고요?"

"네, 손목을요."

"그건 불필요한 것 같네요, 아이비." 그녀는 굳은 미소를 지었다. "하지만 꼭 그러겠다면 봐요. 어차피 난 숨길 게 없으니까."

그녀는 천천히 드레스 소매를 걷었다. 손목은 날씬하고 창백했다. 붉은 기운도, 붓기도 없었다. 완전히 나은 것 같아 보였다. 반나절 만에.

나는 깜짝 놀랐다.

"보기엔 괜찮은 것 같지만 아직도 많이 아파요." 올웨이스 양이 재빨리 이야기했다. "살짝 삔 거라서 붓기는 금세 가라앉았어요. 그리고 내가 워낙 빨리 낫는 편이거든요. 이런 상처는 원래 저절로 낫는 거잖아요? 그러니까 놀랄 일은 아니에요." 그녀는 딱하다는 듯하면서도 조금은 재미있다는 표정으로 나를 보았다. "아이비, 설마 **진지하게** 그렇게 생각하는 건……?"

"절대 아니죠!" 나는 그녀의 어깨를 탁 치며 말했다. "미쳤어요?"

그녀가 내 말을 믿었기를 바랄 뿐이다.

큰 홀로 가자 올웨이스 양은 보닛을 쓰고 저녁에 외출한다고 말했다. 어디로 가는지는 말하지 않았고, 심부름을 해야 한다고만 했다. 급한 일이라고 했다. 그리고 저녁은 같이 먹지 못한다고 했다.

나는 그녀를 문까지 바래다주었고, 저녁 식사 종이 울리기 전까지 계속 리베카를 찾기로 했다.

온실은 비어 있었다. 음악실도 마찬가지였다. 응접실에 갔더니 리베카는 없었지만 레이디 엘리자베스와 레이디 어밀리아는 있었다. 두 사람은 이미 저녁 식사에 맞는 옷을 입고 있었다. 레이디 어밀리아는 자수를 놓고 있었고 늙은이는 책을 읽고 있었다.

"너는 공익을 위협하는 사람이야! 피부에서 치즈케이크를 씻어내느라 목욕을 세 번이나 했다!" 내가 방에 들어가자 그녀가 으르렁거렸다.

"고맙다는 말은 하지 않아도 돼요. 초췌한 당신 얼굴에서 멋진 빛이 나는 것만으로도 충분하니까." 내가 겸손하게 말했다.

"무시무시한 아이 같으니라고!" 그녀가 으르렁거렸다.

내가 나가려는데, 레이디 어밀리아가 바늘에 엄지손가락을 찔렀다. 피가 나기 시작하자 그녀는 비명을 질렀다.

당연히 나는 아주 즐거웠다.

"제가 좀 볼게요." 나는 얼른 가서 말했다.

레이디 어밀리아는 상류층 출신의 멍청이답게 바보 같은 소리를 내고 있었다. 자기 피를 보고 기절하려 하다니. 의사를 불러야 하나 말아야 하나 하고 있었다.

"어리석기는! 피도 별로 안 나잖아, 이 바보야! 나는 여우 사냥하다가 엄지발가락에 총을 쏜 적이 있는데 붕대도 안 감았다." 레이디 엘리자베스가 쏘아붙였다.

나는 레이디 어밀리아 앞에 쭈그리고 앉아 상처를 보았다. 아주 실망스러웠다. 겨우 피 한두 방울이 났을까 말까였다.

"붕대가 필요할까요?" 그녀가 조마조마해하며 물었다.

"안타깝게도, 그럴 필요 없어요."

레이디 엘리자베스가 나를 바라보았다. "실망한 목소리군, 포켓 양."

"솔직히 말해서, 정말 아쉬워요." 그때 환상적인 아이디어가 떠올랐다. "레이디 어밀리아, 손가락을 문틀에 얹고 문을 쾅 닫게 해줄 수 있어요?"

"뭐라고요?" 놀란 대답이 돌아왔다.

"재가 뭐라고 했어?" 레이디 엘리자베스가 으르렁거리며 앙상한 손을 컵 모양으로 만들어 귀에 댔다.

"과학을 위해 부탁하는 것뿐이에요. 아시겠지만, 가설을 실험해보려는 거예요." 나는 정말 잘 설명하고 있었다. "하지만 조금 더 심한 상처가 필요해요. 그럼 큰 도움이 될 텐데요."

레이디 어밀리아는 헉 소리를 냈다. 얼굴이 창백해졌다. "맙소사, 아이비."

레이디 어밀리아가 벌떡 일어나 달아날 기회를 잡기 전에 나는 그녀의 손을 잡고 재빨리 피 나는 엄지손가락을 움켜잡았다.

"몸을 지켜, 레이디 어밀리아!" 늙은이가 내 쪽을 향해 비난조로 손가락을 뻗었다. "난 네가 위험하다는 걸 알고 있었어, 포켓 양. 이 피에 굶주린 미치광이!"

"때려서 정신을 잃게 해!" 레이디 엘리자베스가 내게 지팡이를 휘두르며 외쳤다(그러나 턱도 없이 빗나갔다). "쟨 위험한 정신병자야!" 저 미친 화석은 화가 나서 우리를 노려보고 있었다. "쟤가 뭘 하는 거지, 어밀리아?"

"나도 모르겠어요." 레이디 어밀리아는 손을 빼려고 애쓰면서 말했다.

"날 믿어요." 내가 꼭 잡은 채 말했다. "놀랄 거예요. 경악할 거예요. 얼이 빠질 거예요."

나는 올웨이스 양의 다친 손목을 아주 잠깐 만지기만 했던 것을 떠올렸다. 하지만 확실히 하기 위해서 나는 피 나는 엄지를 일 분 동안 잡고 있었다. 눈을 감고 묘한 '으으음' 소리를 냈던 것도 같다. 그러는 게 적절한 것 같았다.

그리고 천천히 손가락을 펴고 희망을 가득 품고서 레이디 어밀리아의 엄지를 내려다보았다. 완벽해 보였다. 피를 흘린 흔적도 없었다. 나는 집에 있는 사람들을 전부 불러 모아서 내가 신비한 치유자라고 선언하려 했다. 정말 그랬을지도 모른다. 바늘에 찔린 작은 상처에서 피가 스며 나와 레이디 어밀리아의 피부에 고이는 끔찍한 모습이 보이지 않았다면 말이다. 상처는 **조금도** 치유되지 않았다. 굉장히 곤란한 일이었다.

나는 일어나서 레이디 어밀리아의 머리를 강아지처럼 두드려주고, 상처가 얼른 낫길 바란다고 말했다. 그리고 재빨리 응접실에서 나왔다.

레이디 엘리자베스가 방에서 나가는 나에게 뭐라고 외쳤던 것 같다. 내가 위험한 미친 사람이라고 하는 것 같았지만, 나는 아주 빨리 걷고 있어서 한마디도 듣지 못했다.

리베카를 서재에서 찾고는 한시름 놓았다. 리베카는 어두운 방 깊은 구석에 있는 안락의자에 누워 있었다. 두 발이 팔걸이 아래서 달랑거렸다. 죽은 것처럼 보였다. 다행히 가슴이 올라갔다 내려갔다 하는 게 보였다. 그냥 잠든 것이다. 그런데 다른 것이 눈에 띄었다. 정확히 말하면 두 가지를 발견했다. 첫 번째는 리베카 무릎 위의 작은 빨간 책이었다. 손가락 하나를 책갈피처럼 끼운 채 손에 쥐고 있었다. 그냥 책이 아니라, 프로스트 양이 읽으라고 강요한 바로 **그** 책이었다. 리베카는 자정에 프로스트 양과 만날 때도 이 책을 쥐고 있었다. 그때 **두 번째** 것이 눈에 띄었다. 손목에 감은 리본에 무언가가 묶여 있었다. 열쇠. 리베카 방의 열쇠였다.

운명이 내게 선택을 준 것 같았다. 나는 책을 읽을 수 있다. 아니면 열쇠를 가져갈 수 있다. 물론 둘 다 할 수도 있다. 하지만 책을 가져가려다 리베카가 깨면 어쩌지? 그러면 열쇠는 결코 손에 넣지 못할 것이다. 결국 선택은 쉬웠다.

금고털이의 본능을 타고난 나는 엄청나게 조심하며 리베카 손목 아래로 내 한 손을 넣고, 다른 손으로는 연한 파랑색 리본을 부드럽게 당겼다. 리본은 풀렸고, 열쇠는 기다리고 있던 내 손바닥으로 소리 없이 떨어졌다.

드디어!

나는 날 듯이 계단을 올라갔고 리베카 침실 문밖에서 시간을 조금도 낭비하지 않았다. 복도 양쪽을 살피고 또 살폈다. 근처에는 아무도 없었다. 구멍에 열쇠를 넣고 돌렸다. 경쾌한 철컥 소리가 났다. 나는 기대감을 품고 문을 열고 들어갔다.

"맙소사……."

나는 퉁방울눈을 하고 경이로운 방 안을 여기저기 빠른 눈으로 둘러보았다. 나는 이 방에 뭐가 있을 거라고 생각했지? 충격적인 것? 사악한 것? 그럴지도 모른다. 하지만 **이런 건** 예상하지 못했다. 시계로 완전히 뒤덮인 방일 줄은 몰랐다. 상상할 수 있는 모든 종류의 시계가 다 있었다. 뻐꾸기시계. 종 시계. 작은 탁상시계. 여행용 시계. 침니 시계. 랜턴 시계. 벽난로 위에 놓는 시계. 크고 작은 시계. 검정 대리석, 녹색 대리석에 든 시계. 놋쇠, 은, 금에 든 시계. 작은 조각상 시계. 나무 시계. 도자기 시계. 금시계. 은시계. 수백 개의 시계가 그곳에 있었다. 수천 개일지도 모른다. 모든 테이블 위, 모든 서랍, 모든 사이드테이블, 모든 선반을 시계가 덮고 있었다. 벽도 시계에 덮여 있었다. 바닥에도 시계가 가득했다. 시계들 틈으로 침대에서 문까지 이어지는 작은 길이 나 있었다. 다른 테이블, 책상, 벽장으로도 길이 나 있었다.

그리고 가장 충격적인 건 그게 아니었다.

내가 오싹해진 것은 이 침실에 있는 시계 전부가, 단 하나도 빠짐없이 완벽하게 똑같이 맞춰져 있다는 점이었다. 모두 동시에 째깍거렸다. 방이 흔들릴 정도였다. 째깍째깍. 마치 심장박동 같았다. 리베카의 방에서 났던 소리는 이것이었다. 그걸 듣자니 미쳐버릴 것 같았다. 어쩌면 리베카도 이걸 듣다가 미친 게 아닐까.

갑자기 리베카의 특이한 행동이 이해되었다. 기차에서 가지고 있던 비밀 상자. 머틸다가 상자에 귀를 기울이던 것. 하지만 그건 전혀 말이 되지 않았다.

나는 방 안을 거닐어보았다. 이 방은 시간의 박물관이었다. 묘한 아름다움이 있었고, 나는 거기에 정신이 팔렸던 것 같다. 그래서 리베카가 내 뒤로 들어오는 소리를 듣지 못했던 것 같다. 리베카는 소리를 지르지 않았다. 나를 내쫓지도 않았다. 내가 어떻게 열쇠를 손에 넣었는지조차 묻지 않았다.

"네가 생각하는 그런 게 아니야." 리베카가 간단히 말했다.

"내가 어떻게 생각하는데?"

"내가 미쳤다고. 이 시계들에 뭔가 나쁜 의미가 있다고."

나는 침대에 앉았다. "네가 직접 설명해주는 게 더 낫지 않겠어?"

리베카는 시계 사이의 길을 따라 내 옆에 앉았다. "어머니가 병에 걸리셨을 때, 런던에서 온 의사들이 전부 1년 남았다고 말했어. 1년밖에 더 못 사신다고 한 거야. 그 소식을 들었을 때, 난 어머니에게 남은 시간이 **정확히** 얼마나 있는지 알아내기로 결심했어. 그건 중요한 거 아니니? 어머니에게 1년밖에 없다면, 매일, 매시간, 매분이 중요하잖아. 중요한 건 오직 그것뿐이었어."

나를 보는 리베카의 두 눈은 내게 애원하고 있었다. 내게 이해하는지 묻고 있었다. 나는 내가 완전히 이해한다고 할 수는 없었지만 고개를 끄덕였다. "계속 말해." 내가 속삭였다.

"처음엔 시계 한 개로 시작했어." 리베카는 방을 둘러보며 말했다. "그러다 두 개가 됐지. 계산해봤더니 어머니에겐 8,760시간이 남아 있었어. 1년이야. 그건 525,600분이야. 나는 1년이 얼마나 긴 시간인지, **정확히** 얼마나 긴지 알아내고 분과 시간을 확인하면⋯⋯ 내가 잡아둘 수 있을 거라고 생각했던 것 같아."

"시간을?"

리베카는 고개를 끄덕였다. "내가 초와 분과 시간을 볼 수 있다면, 시간을 제어할 수 있지 않을까 생각했어. 어머니에게 어떻게든 시간을 더 드릴 수 있지 않을까, 하고. 바보 같지?" 리베카는 슬픈 웃음을 지었다.

"굉장히 어리석어." 나는 리베카의 손 위에 내 손을 얹었다. "하지만 좀 아름답기도 하다. 어머니는 네가 시계 모으는 거 아셨어?"

"아니." 리베카의 호흡이 떨렸다. "그게, 의사들이 틀렸던 거야. 의사들이 거짓말을 했어. 어머니한테는 1년도 없었어. 아홉 번째 달의 4일에 돌아가셨어. 어머니에겐 246일밖에 없었던 거야." 리베카는 나를 보았다. 얼굴 위로 눈물이 흘러내렸다. 리베카는 슬퍼하는 게 아니라 무척 화가 나 있었다. "너는 이해하지? 우리는 119일을 잃었어. 2,856시간이야. 우린 도둑맞았어. 그 모든 시간을 죄다 도둑맞은 거야.”

나는 고개를 끄덕였다. “하지만 리베카, 왜 아직도 시계를 가지고 있는 거야? 너희 어머니는…… 이제 안 계신데?”

“시계가 있으면 어머니와 가까이 있는 느낌이 드는 것 같아.” 리베카는 슬픈 미소를 지었다. “시계 수집을 멈출 수가 없어. 정말 노력해봤지만 그만둘 수가 없었어. 넌 내가 미쳤다고 생각하니?”

“물론이지. 하지만 우린 누구나 조금은 돌았어. 그리고 네가 여기서 하는 행동은 미친 게 아니야. 나라면 그냥 슬픔이라고 부르고 접어두겠어.”

리베카는 내 진단을 마음에 들어 하는 것 같았다. 우리는 오랫동안 이야기했다. 시계들, 날들, 시간들에 대해 이야기했다. 리베카 어머니 이야기를 했다. 리베카가 기차에서 어머니 이야기를 했을 때는 목소리에 슬픔과 애석함이 가득했다. 하지만 뭔가 달라졌다. 이제 리베카는 놀라울 정도로…… 희망을 품고 있었다. 그래, 희망이었다.

리베카는 자신의 시계들을 보여주었다.

다 봐갈 때쯤에는 다시는 시계를 보지 않아도 좋겠다는 마음이 들었다. 하지만 나는 마음씨가 고운 사람이라, 시계들이 전부 아주 흥미롭다고 생각하는 척했다. 리베카가 브리스톨에서 출장 판매원한테 산 다음 드레스 속에 숨겨서 집에 가져왔다는 은시계 이야기를 늘어놓는 동안 나는 방 안을 돌아다니면서 간간이 머리를 끄덕였다. 나는 시계가 잔뜩 든 창가 책장 앞에 서서 그 안의 째깍거리는 보물들을 관찰했다. 책장 안에 있는 시계는 50개 정도 되는 것 같았다. 하지만 다른 물건도 있었다. 그것은 녹슨 스탠드 위에 놓인 호두나무로 된 여행용 시계와 포브 워치(남성복 바지의 시계 주머니에 넣는 시계) 뒤에 있었다. 시계가 아니라는 점이 내 눈길을 끌었다. 형편없는 금테 액자에 든 작은 초상화였다. 나는 호기심이 생겨 시계들을 치우고 그림으로 팔을 뻗었다. 꺼내 보니 여자였다.

리베카가 갑자기 이야기를 멈추었다. 급한 발소리가 들렸다. 리베카가 내 옆에 나타나 내 손에서 초상화를 낚아챘다. "이건 아무것도 아니야." 리베카가 얼른 말했다.

하지만 이미 늦었다. 나는 벌써 그녀를 보았다. 늘어뜨린 금발. 천사 같은 얼굴. 파란색과 녹색의 눈도 그 작은 세밀화에 들어 있었다. "이건 로체스터 양이잖아!" 내가 외쳤다. "그렇지만 너 그분 그림은 없다고 했잖아."

리베카는 아무 말도 하지 않았다. 어찌할 바를 모르는 것 같았다. 확신이 없어 보였다. 시선을 사방으로 돌리면서도 나를 보지 못했다. 뭔가 문제가 있다.

나는 두려움이 목구멍으로 치밀어 오르는 것을 삼키려 애쓰면서 말했다. "이 초상화 속의 여자는 내가 숲에서 봤던 사람, 네 예전 가정교사가 맞지?"

답이 없다.

째깍. 째깍. 째깍. 째깍.

나는 그림 쪽으로 손을 뻗었지만 리베카가 그림을 뒤로 뺐다.

"리베카, 이 사람 누구야?" 나는 내 목소리에 분노가 담긴 것에 충격을 받았다. "말해줘!"

됐다. 리베카가 나를 보았다.

"우리 어머니야."

12

나는 죽은 사람에게 말할 수 있다. **예전엔** 그러지 못했다. 나는 12년 동안 유령과 한마디도 나누지 않고 살아왔다. 전에는 그랬다. 클록 다이아몬드를 맡기 전에는, 버터필드 파크에 오기 전에는. 지금은 죽은 사람과 이야기를 많이 한다. 살해당한 공작 부인. 죽은 어머니. 나는 그들 모두와 이야기해봤다.

알고 보니 내가 잘하는 일인 것 같다.

"그럴 순 없어." 나는 리베카 침실의 시계들 사이를 왔다 갔다 하며 말했다. "그건 불가능해. 내가 좀 대단한 아이긴 하지만, **이건** 다른 문제야."

"난 이런 일들을 들어본 적 있어." 리베카가 조용히 말했다. "마을에 영적인 세계에서 오는 메시지를 5실링에 전해주는 아줌마가 있어."

"그건 달라." 내가 돌아서서 방을 다시 가로지르며 말했다. "그런 여자들에겐 수정 구슬이 있고 코에 사마귀가 있고 하잖아."

리베카는 물을 한 잔 따라서 내 손에 부드럽게 쥐여주었다. "그게 그렇게 나쁜 거니, 아이비? 네가 할 수 있는 일은, 놀라워."

"미친 거지!" 내가 쏘아붙였다.

리베카는 침대에 앉았다. 리베카는 나의 새로운 재능에 대해 별로 놀라지 않는 것 같았다. 그래서 나는 리베카가 미쳤다는 생각이 더 강해졌다.

"아이비, 만약 네가 했던 것처럼 내가 어머니와 이야기할 수 있다면…… 나는 잉글랜드에서 가장 행복한 아이일 거야." 리베카가 나를 올려다봤다. "어머니가 내게 전하는 메시지는 없었어? 나에 대해선 아무 말도 하지 않으셨어?"

나는 한숨을 쉬었다. "널 멀리서 자주 지켜보고 있다는 느낌이 들었어." 리베카에게 죽은 어머니에 대해 위안이 되는 말을 해주면 내 기분이 나아질까 하는 생각이 들었다가 곧 사라졌다(내가 충격을 받은 탓에 조금 냉혹해졌기 때문인 것 같았다). "어머니가 내 이름을 알고 계셨어. 그게 어떻게 가능하지?"

"나도 몰라. 어쩌면 네겐 늘 이 재능이 있었는지도 몰라." 리베카가 말했다.

"말도 안 되는 소리."

"시간이 지나면 더 말이 되는 이야기로 들릴지도 몰라." 리베카가 조심스럽게 말했다. 리베카의 말이 벌레처럼 내 귀를 파고들었다. 리베카는 뭔가 알고 있다. 내가 모르는 뭔가를 알고 있다.

"너는 알고 있었지, 리베카?" 나는 리베카 앞에 버티고 섰다. "너는 내가 숲에서 만난 여자가 네 어머니인 걸 알고 있었어. 그런데도 너는 내가 그 사람을 로체스터 양으로 생각하게 만들었어."

리베카의 얼굴이 창백해졌다. "널 겁나게 하고 싶지 않았던 것뿐이야."

"그러면 **네가** 겁내지 않았던 이유는 뭔데? 넌 내가 너의 돌아가신 어머니와 대화를 나눴다는 걸 알게 됐던 거잖아. 지금 생각해보면, 너는…… 너는 조금도 놀라지 않았던 것 같아." 나는 재빨리 말했다.

"물론 놀랐지." 리베카는 목을 가다듬었다. "네가 놀랐던 것만큼 나도 놀랐어."

나는 그 말을 믿을 수 없었다. "넌 어디로 갔지?"

리베카는 놀란 표정이었다. "언제?"

"내가 숲에서 그 여자를 만났다고 이야기한 다음에 넌 바로 달려갔어. 굉장히 서둘렀어. 어디 갔던 거야? 아니면 이렇게 물어야 하나? **누구**에게 달려갔니?"

"나…… 나는 내 방에 갔어. 너한테 듣고 압도당해서……."

"프로스트 양 아니었어? 너 프로스트 양에게 말하러 갔지."

리베카는 고개를 떨궜다. 그녀의 입술이 떨리기 시작했다. 대답을 들을 필요도 없었다.

"왜 그 소식을 가정교사에게 알리려고 안달한 거야? 너랑 프로스트 양 사이엔 뭔가 비밀스러운 일이 있어. 넌 프로스트 양의 거미줄에 걸려들었어. 널 공범으로 만들었다고. 무슨 일이 벌어지고 있는 거야, 리베카?"

"선생님은 도와주려고 하는 거야!" 리베카는 벌떡 일어나며 외쳤다. "프로스트 선생님에겐 해야 할 중요한 일이 있어. 엄청나게 중요해. 선생님이 언제 어디에나 있을 수는 없지. 너를 감시하는 동시에 그 사람……." 리베카는 고개를 절레절레 흔들었다. "프로스트 선생님에겐 내 도움이 필요하고, 나는 기꺼이 돕고 있어."

"무슨 도움? 리베카, 뭐가 그렇게 중요해서 너랑 한밤중에 학교에서 만난 거야? 나한테 말해줘!" 나는 다급히 물었다.

"프로스트 선생님은……." 리베카의 목소리는 희미했고, 한숨은 패배를 인정하는 듯했다. "선생님은 네가 그린 그림을 보여주고 싶어서 그러셨던 거야. 장미를 돌보는 정원사 그림."

나는 그 그림을 떠올렸다. 프로스트 양이 그 그림을 가져도 되겠느냐고 했던 게 기억났다. "대체 왜?"

"그건 위컴이었어." 리베카가 애절하게 말했다.

"누구?"

"기억 안 나? 네가 버터필드 파크에 도착하던 날 이야기해줬잖아."

리베카는 슬픔 같은 것이 담긴 표정으로 나를 보았다. "위컴은 지난 겨울에 죽었어."

좀 걱정스러운 일이었다. 하지만 **엄청나게** 놀라운 것은 아니었다. 귀신들은 나를 좀 좋아하는 것 같았다. "왜 프로스트 양은 죽은 정원사 그림을 네게 보여주고 싶어 했을까?"

리베카는 말을 멈추었다. 불안해 보였다. 그녀는 어쩔 줄 몰라 했다. "네가 클록 다이아몬드를 갖게 된 뒤 이 모든 일들이 일어났다는 게 이상하다고 생각하지 않니?"

"좀 묘하긴 한 것 같아. 하지만 하녀라면 괴상한 귀족들에게 둘러싸여 생활할 땐 어처구니없는 일들에 어느 정도는 대비가 되어 있어야 해."

리베카는 고개를 가로저었다. "이 이상한 일들은 **분명** 그 보석이랑 관계가 있어." 리베카는 숨을 헐떡이며 얼굴을 찡그리고 있었다. "모든 게 다 그 목걸이부터 시작됐다는 거…… 너도 알지? 아는 것 맞지, 아이비?"

"음, 물론 알지. 하지만 트리니티 공작 부인이 내게 다이아몬드를 맡긴 뒤 일어난 이상한 일들은 대단한 미스터리는 아니야. 내겐 아니야."

리베카는 꽤나 당황한 것 같았다. "아니라고?"

"절대 아니지. 파리에서 공작 부인은 클록 다이아몬드에 어둠의 힘이 숨어 있다고 경고했어. 사악한 도둑 떼를 상대하고 있다는 건 분명해. 내가 말했던 것처럼, 이건 대단한 미스터리는 아니야."

"그러면 유령들, 널 런던에서 공격했던 록들은 어떻게 설명할 거야?"

"록 얘기는 누구한테 들었어? 맞혀볼까? 프로스트 양?" 나는 씩씩거렸다.

리베카는 내 질문을 무시했다. "이런 이상한 일들은 어떻게 설명할래, 아이비?"

나는 어깨를 으쓱했다. "버터필드같이 낡고 우울한 집에는 분명 유령이 **많이** 돌아다니겠지. 난 어쩌다 그중 한둘을 만난 거야. 뭐, 록들은 돈을 노리는 자그마한 것들에 불과해. 그 다이아몬드가 처음 발견된 부다타의 정글에서 왔거나, 형편없는 서커스단에서 왔겠지. 하지만 난 록들이 두렵지 않아. 두들겨 패줬는걸!"

"하지만 책을 보면 록들이 온 곳은……." 리베카의 목소리가 속삭이는 정도로 작아졌다. "**우리** 세상이 아닌 것 같아."

나는 우아하게 콧방귀를 뀌었다. "우리 세상? 세상이 몇 개나 있다고 생각하는 거야?"

"둘." 리베카는 엄숙하고 단호하게 대답했다. "나는 세상이 두 개 있다고 믿어."

나는 일어서서 말했다. "리베카, 너는 소중한 친구야. 그래서 보통 나는 이런 일은 네가 없을 때만 이야기하지만, 네 가족이 이미 네가 제정신이 아니라고 생각하니까 하는 말인데, 다른 세상 이야기는 하고 다니지 말라고 권하고 싶어. 무서울 정도로 미친 이야기야."

"내 말 들어야 해, 아이비." 리베카는 창백한 얼굴을 찡그렸다. "프로스트 선생님은 생일파티를 굉장히 걱정하고 계셔. 네가 엄청난 위험에 처할 거라고 믿고 있다고."

"진정해. 히스테리가 주근깨의 원인이 된다는 건 과학적 사실인데, 그렇게 보면 너는 이미 충분히 고통을 겪었어. 프로스트 양은 바보 같은 이야기로 네 마음을 뒤틀리게 만들었어. 그 사람은 내게 맡겨."

리베카는 냉담한 침묵에 빠졌다. 눈빛은 멍하고 불안했다. 나는 시계 소리가 요란한 침실에서 나가려 했지만, 리베카의 목소리 때문에 문 앞에서 멈춰 섰다. "전부 다 미안해, 아이비. 언젠가 네가 나를 이해하고 용서하기 바라."

나는 저녁 내내 리베카를 보지 못했다.

저녁을 먹고 나자 요리사는 자기 거처로 돌아갔다. 그래서 나는 간식거리를 찾으러 식료품 저장실로 갔다. 생감자 몇 개. 양배추 반 통. 이렇게 식욕이 왕성한 게 조금 걱정은 되었지만, 분명 그럴 만한 이유가 있을 거라 생각했다. 아무튼 난 케이크를 좋아한다. 지금은 엄청나게 많이 먹을 뿐이다. 하지만 나는 지금도 경주견처럼 말랐으니 식욕이 내게 해가 되지는 않을 것 같다.

배가 차자, 나는 설거지하는 하녀들이 저녁식사 그릇을 가지고 돌

아오기 전에 얼른 식료품 저장실에서 나가려 했다. 휑뎅그렁한 주방을 서둘러 가로질러 가는데, 사람들이 언성을 높여 이야기하며 내 쪽으로 오는 게 들렸다. 들킬까 봐 나는 다시 식료품 저장실로 뛰어들었다. 내가 설탕 자루 옆에 쭈그리고 앉자마자 프로스트 양과 올웨이스 양이 주방으로 성큼성큼 들어왔다. 올웨이스 양은 아직도 보닛과 장갑을 끼고 있었다.

두 사람 다 별로 즐거워 보이지는 않았다.

"퍼즐 조각들을 함께 맞춰보고 싶어요?" 올웨이스 양이 쏘아붙이며 도마 앞에 멈춰 서서 모자를 벗었다. "걔는 사방에 말하고 다닐걸요."

"그리고 당신의 정체가 드러나겠죠." 프로스트 양이 차갑게 말했다.

"우리의 정체가 드러나겠죠."

"하나로 묶지 말아요. 우린 같지 않아요."

"하지만 우린 같은 걸 원하죠." 올웨이스 양은 프로스트 양에게 아주 가까이 다가섰다. 짜릿했다! "만약 아이비가 내가 생각하는 것만큼 대단하다면, 내가 왜 그걸 무시해야 할까요?"

프로스트 양은 거칠게 웃었다. "당신은 속고 있어요."

"내가 옳아요!"

가정교사가 올웨이스 양의 팔을 잡았다. "올웨이스 양, 무슨 생각하고 있는지 알아요. 분명히 말해두는데, 내일 저녁에 뭔가 시도할 거라면 내가 막을 거예요."

내 절친한 친구는 방울뱀처럼 쉿소리를 냈다. "이 손 놔요!"

"걔를 가만히 내버려둬요!"

올웨이스 양은 복숭아가 담긴 그릇 옆의 카빙 나이프(고기 썰 때 쓰는 칼)를 집어 들고 프로스트 양 앞에서 마구 휘둘렀다. 전혀 예상하지 못했던 일이었다.

음침한 노처녀들이 도끼눈을 하고 서로를 노려보고 있었다.

"운명은 용감한 사람의 편이에요, 프로스트 양. 누가 이기는지 두고 봅시다." 올웨이스 양이 말했다.

재채기하기에 적당한 때는 결코 아니었지만, 나는 재채기를 해버렸다. 하지만 나는 세속과 떨어진 수녀의 본능을 타고났기 때문에 조용하게 재채기했다. 프로스트 양과 올웨이스 양은 아무것도 듣지 못했을 거라고 나는 확신했다. 올웨이스 양은 식료품 저장고 쪽을 보기는 했지만, 잠깐이었다. 프로스트 양은 고개를 살짝 끄덕였다. 올웨이스 양은 칼을 내리고(정말 실망스러웠다) 복숭아를 집더니 썰기 시작했다.

다시 이야기를 시작한 올웨이스 양의 목소리는 상당히 커져 있었다. "내가 파티 뒤에 아이비를 위한 특별 축하 행사를 준비하고 있다는 걸 그 애가 알면 놀라지 않게 될 거예요. 그 불쌍한 아이가 그동안 겪은 걸 생각하면 그 정도는 해줘야죠. 프로스트 양, 당신이 이런 일을 바보 같다고 생각하는 건 알지만, 아이비에게 내가 뭘 계획하고 있는지 말하지 말아줘요."

프로스트 양은 딱딱한 미소를 지었다. "안 할게요…… 지금은."

다정한 올웨이스 양! 범죄를 저지르고 칼을 휘두르는 미친 사람이 아니었다. 깜짝 파티를 준비하고 있는 다정한 친구였다. 나는 재채기를 또 하고 말았다. 식료품 저장고는 먼지투성이였다. 나는 모습을 드러내는 수밖에 없었다. 내가 나가자 프로스트 양은 별로 놀라는 것 같지 않았다. 하지만 가엾은 올웨이스 양은 무척이나 놀랐다.

"아, 아이비. 내가 프로스트 양에게 말하는 걸 듣지 않았어야 하는데요."

"깜짝 파티요? 아뇨, 한마디도 못 들었어요."

프로스트 양은 헛기침을 했다. "써야 할 편지가 있어서, 실례할게요."

프로스트 양이 새침을 떨며 부엌에서 나가는 것을 지켜보자니 마음속에서 분노가 부글부글 끓었다. 그래서 나는 이렇게 말했다. "리베카 머리에 숨겨진 세계에 대해 말도 안 되는 헛소리를 자꾸 집어넣지 말았으면 좋겠어요, 프로스트 양. 그렇지 않아도 정신없는 애라고요."

가정교사는 멈추더니 돌아섰다. "내 일은 리베카를 가르치는 거예요."

"존재하지 않는 것들에 대해서요?"

"우주는 혼란스러운 곳이에요, 포켓 양. 우리 세계 말고 다른 세계가 있다고 믿는 사람들도 있어요. 얇디얇은 베일로 가려진 세상이죠. 내 일은 리베카에게 실재하는 것뿐 아니라 실재할지도 모르는 것에 대해서도 가르치는 거예요." 프로스트 양은 내게 차가운 시선을 보냈다. "죽은 사람과 자주 이야기하는 사람이니, 당신은 좀 더 마음이 열려 있을 거라 생각했는데요."

나는 한숨을 쉬었다. "네, 네, 내 그림 때문에. 솔직히 말해서, 가끔 죽은 정원사를 보는 게 그렇게 이상한 일인가요?"

"포켓 양, 사실은 그렇답니다." 프로스트 양이 명쾌하게 대답했다.

"내가 아는 스코틀랜드의 어떤 성에는 60종류가 넘는 유령들이 나와요. 나는 아이비가 본 것이 별로 놀랍지 않다고 생각해요. 아무것도 아니에요." 올웨이스 양이 말했다.

나는 저 따분한 책벌레에게 키스하고 싶었다! 그러나 나는 그러지 않고 올웨이스 양을 돌아보며 물었다. "숨겨진 세계들에 대한 당신의 시각은 어떤가요, 올웨이스 양?"

"말도 안 되는 헛소리죠."

올웨이스 양에게 신의 축복이 있기를!

가정교사는 팔짱을 끼었다. "우리는 맨눈으로는 볼 수 없는 우주에 둘러싸여 있어요. 하지만 그건 존재해요."

나는 고개를 가로저었다. "그럴 것 같지 않아요. 미드윈터 홀의 살림 총괄을 맡았던 크랩애플 여사는 우주론, 찻잎 등을 열심히 공부했는데, 이 세계는 거대한 유리공 안에서 흐르고 있다고 권위 있게 말했어요. 흔들면 눈이 내리는 공처럼요."

"그렇군요." 콧구멍이 살짝 떨리는 것을 보니 프로스트 양은 전혀 만족하지 못한 것 같았다. "크랩애플 여사는 망원경으로 볼 수 있는 행성을 어떻게 설명하던가요?"

"떠다니는 풍선들이죠. 생일파티 같은 때에 쓰는."

프로스트 양이 입을 씰룩이고는 나를 노려봤다. "그건 내가 들어본 것 중 가장 **어처구니없는** 말이네요. 당신이 그 정도로 백치 같을 리 없어요, 포켓 양. 난 그 말을 믿길 거부하겠어요."

그녀는 주방 밖으로 나갔다.

가정교사가 자리를 뜨자 올웨이스 양은 무척이나 기쁜 것 같았다. 그녀는 식탁에 앉아 내게 옆에 앉으라고 했다. 내가 앉자 복숭아를 한 쪽 주었다.

"당신한텐 상대가 안 돼요, 아이비. 당신은 정말 똑똑한 여자예요!" 그녀가 활짝 웃으며 말했다.

새벽이 되기 직전에 유령이 찾아왔다. 나는 좀 불편한 꿈을 꾸다 놀라서 일어났다. 그녀가 와 있었다. 침대 끝에 있었다. 그녀의 거대한 몸은 물결치며 호수 위의 등불처럼 빛났다. 그녀의 거대한 귀신 몸이 작은 침대 틀에서 넘쳐 흘러내렸다. 희미하게 웃고 있었다. 입에서는 연기가 피어올랐다. 지난번에 만났을 때 그녀가 화를 내며 나를 죽일 듯이 날아오긴 했었지만, 나는 헉 소리를 내지도 떨지도 않았다.

"그들은 서로 좋아하지 않아." 그녀가 노래하듯 말했다.

"누구요?"

트리니티 공작 부인은 짜증스러운 듯 신음 소리를 냈다. "프로스트 양과 올웨이스 양. 그들은 서로를 좋아하지 않아."

"프로스트 양은 끔찍한 사람이에요. 늘 못된 짓을 꾸미고 속임수를 써요."

"올웨이스 양은?"

"내 친구예요. 절친한 친구."

공작 부인은 재미있는 모양이었다. 그녀가 웃자 머리카락에서 별빛이 비추었다.

나는 한숨을 쉬었다. 조금 짜증이 났다. "부인은 죽었으니 이 집에서 어떤 일이 일어나고 있는지 나보다 훨씬 더 많이 알겠죠." 나는 침대 옆의 촛불을 켰다. "프로스트 양이 내게 이야기한 록 말인데, 올웨이스 양 말처럼 그게 헛소리라고 나도 확신하지만, 당신 생각은 어때요? 그 작고 이상한 존재들이 실제로 있어요?"

공작 부인은 눈을 감았다. "벨그레이비어에서 공격받았던 건 네가 **진짜로** 느낀 거니, 얘야?"

"당연하죠, 이 뚱뚱한 귀신!"

"그게 내 대답이다."

"록이 뭐예요? 누구 밑에서 일하죠? 그리고 왜 난 유령을 보는 거예요? 어딜 가든 미스터리와 비밀이 있어요! 무슨 일이 일어나고 있는 건가요, 공작 부인?"

그녀는 화를 냈다. "나는 유령이지 신탁(神託)이 아니야." 그녀의 빛이 아주 잠깐 어두워졌다. "네 생각 중 한 가지는 맞았다. 이 집에는 클록 다이아몬드를 차지하려고 혈안이 된 사람들이 있어. 프로스트 양은 그중 하나다. 네가 목걸이를 머틸다에게 주지 못하게 막으려고 시도할 거야. 자기가 갖고 싶어 해."

"난 어떻게 해야 해요?"

"조심해라. 호기심과 그림자에 정신 팔지 마. 네가 버터필드 파크에 온 이유를 생각해." 유령이 노래하며 말했다.

나는 다시 물었다. "록들이 프로스트 양 밑에서 일하나요? 그녀가……."

"너, 나한테 한 약속은 잊었니?" 죽은 여인이 쇳소리를 냈다. "그게 네가 여기 온 이유고, 중요한 것은 오직 **그것**뿐이다. 목걸이를 생일파티까지 잘 숨겨두었다가 머틸다의 목에 걸어줘. 다른 것들은 너나 나에겐 상관없어." 유령은 내 침대 끝에 앉았지만 목소리는 내 귀에 대고 속삭이는 것처럼 들렸다. "500파운드를 기억해라, 얘야. 내가 부탁한 일을 해내면 네 미래는 밝아."

그녀는 죽었고 최근에 나를 잡아먹으려 한 적이 있긴 했지만, 상당히 앞뒤가 맞는 말을 하고 있었다. 중요한 것은 내 임무를 다하는 것뿐이다. 그리고 보상을 받는 것.

그리고 새 출발을 하는 것.

"그녀는 네가 위협적이라고 생각해." 유령은 입술을 핥았다. 혀가 검은색이어서 역겨웠다. "널 전혀 좋아하지 않아."

"프로스트 양요?"

"레이디 엘리자베스." 공작 부인은 두 눈(검은 웅덩이 두 개)을 내게 향했다. "너는 레이디 엘리자베스의 환심을 사려고 너무 노력했어. 하지만 아무것도 안 통했지?"

나는 어깨를 으쓱했지만, 그 상황이 마음에 걸린다고 털어놓았다. "그 늙은이는 툭하면 발끈 화를 내요."

"내 생각에는 레이디 엘리자베스의 환심을 살 수 있는 방법이 있어야만 네게 마음을 열 것 같다. 너와 둘이 친구가 되는 걸 보면 난 기쁠 텐데. 좋은 생각이 있니?"

"책을 읽어줄 수 있죠. 노인들이 좋아하잖아요. 아니면 머리를 손질해주거나 무지외반증 굳은살을 다듬어줄 수도 있고요. 분명히 엄청난 무지외반증이 있을 거예요."

공작 부인은 깊이 생각에 잠긴 것 같았다. "뭔가 간단한 것이어야 해. 네가 자기에게 좋은 인상을 주려고 노력하는 게 아닌가 레이디 엘리자베스가 의심하지 않게 해야 해." 부인은 한숨을 쉬었다. "우리가 어렸을 때 싸우고 나면 나는 화해하는 방법을 **정확히** 알고 있었는데. 하지만 너는 그게 아주 바보 같다고 생각할 거야."

나는 너무 안달을 내지 않으려고 애썼다. "분명히 엄청나게 멍청한 거겠지만, 그냥 궁금해서 그러는데, 그게 뭐였는데요?"

"아이스티. 바닐라 몇 방울을 떨어뜨리고 라임을 짜 넣은 아이스티. 레이디 엘리자베스의 마음을 얻는 데 그보다 더 확실한 방법은 없어. 좋았던 시절이 기억나겠지. 말로 표현할 수 없을 만큼 감동할 거야."

그러곤 이렇다 할 작별 인사도 없이 유령은 아침 안개처럼 침대에 녹아들어갔다. 그녀가 가고 나자 나는 다시 혼자가 되었다. 그녀의 목소리가 상쾌한 공기 속에 남아 떠다녔다. "얘야, 기억해라. 바닐라와 라임을 짜 넣은 아이스티."

나는 이불을 확 걷고 침대에서 뛰쳐나왔다.

13

머틸다의 생일파티 날이 되었다. 아침을 먹으러 아래층으로 내려가기 전에 클록 다이아몬드를 확인했다. 다이아몬드는 무가치한 분장용 보석들 속에 잘 묻혀 있었다. 나는 보석을 빛 앞에 들어올렸다. 사실 다이아몬드의 신비한 아름다움을 보고 감탄하려고만 그런 것은 아니었다. 나는 지난번에 이 보석이 내게 보여주었던 것에 깊은 호기심을 갖고 있었다. 눈 속에서 끌려가던 소녀. **나.** 하지만 다이아몬드는 버터필드 파크의 아침 해처럼 빛나기만 할 뿐 아무것도 보여주지 않았다.

실망스러웠다. 만약 이 보석이 수수께끼라면, 나는 이 보석이 대답이기도 하길 바랐다. 나는 한숨을 쉬고 목걸이를 보석 상자에 다시 넣은 다음, 그 위에 먼지투성이 드레스를 몇 벌 얹었다. 슬프게 생긴 멧돼지 잡는 창 하나와 집에서 만든 석궁 몇 자루를 추가로 얹었다.

주 계단을 내려오며 보니 큰 홀은 벌집처럼 분주했다. 온갖 체형의 하녀들이 바삐 돌아다니고 있었다. 하인들은 가구를 옮기고 있었다. 집사들은 문손잡이를 광내고 있었다.

머틸다의 생일 케이크가 벌써 놓여 있었다. 런던에 있는 어마어마하게 중요한 사람이 구워서 밤새 역마차로 날라 온 것이다. 홀 한가운데, 거대한 샹들리에 바로 아래의 오크 원탁에 놓여 있었다. 케이크는 다섯 층으로 되어 있었다. 한 층은 노란색, 다음 층은 파란색, 이런 식이었다. 엄청나게 맛있어 보였다.

서재로 가는 동안 귀에서 공작 부인의 말이 울렸다. 사악한 프로스트 양, 록, 내가 클록 다이아몬드를 갖게 된 이후 생긴 모든 이상한 일. 그때 뱅크스 씨가 생각났다. 그는 내게 어떤 끔찍한 소식을 전해줄까? 시계를 확인했다. 그는 아침 기차로 온다고 했다. 내가 그를 보고 싶어 안달이 나 있다는 걸 인정하려니 부끄러웠다.

"난 정말 혼란스러워!" 나는 소리 내어 투덜거렸다. 혼잣말을 더 많이 했을 수도 있었다. 내가 얼마나 무시무시한 소동에 휘말렸는지, 내가 얼마나 멋지고 용감한 여자아이인지 말할 수도 있었지만 하지 않았다. 투덜거리며 서재에 들어갔더니, 뱅크스 씨가 있었기 때문이다!

허레이쇼 뱅크스가 짙은 색 양복과 실크해트를 쓰고 내 앞에 서 있었다.

"한 시간은 더 있어야 기차가 도착하는 걸로 알고 있었는데요?" 내가 그에게 달려가며 말했다.

"음, 난 지금 여기 와 있잖아요." 그가 강철 같은 초록 눈으로 나를 빤히 보며 근엄하게 말했다. "포켓 양, 해야 할 이야기가 아주 많아요."

"맙소사, 이 방은 무척 춥네요."

"포켓 양, 시작합시다. 난 시간이 많지 않아요. 시간이 정말 없어요."

"네, 바로 시작해요." 나는 어두운 표정의 그에게 소파에 앉으라고 권했는데 그는 거절했다. 그때 나는 그의 이마에 베인 상처가 있는 것을 알아차렸다. 모자 바로 아래였다.

"뱅크스 씨, 다치셨네요." 내가 손수건을 꺼내며 말했다.

"아, 이건 아무것도 아니에요." 그는 손을 내저으며 딱 부러지게 말했다. "편지에 썼듯이, 당신을 마지막으로 본 이후 클록 다이아몬드에 대해 연구를 많이 했어요. 그 보석이 공작 부인 손에 들어왔을 무렵 부인과 거래를 했던 대(大)범죄자와 연락이 닿았어요, 포켓 양. 그 **신사분**은 힘든 시기를 겪고 있어요. 그래서 몇백 파운드를 주면 클록 다이아몬드의 역사에 대해 말해주겠다고 했어요. 아주 많은 이야기를 들려주겠다고 했어요. 그런데 우리가 리버풀에서 만난 다음 날, 그 사람은 심장에 칼이 꽂힌 채 발견됐어요."

나는 숨을 헉 들이마셨다. "당신한테 말해서 살해당했다고 생각하나요?"

"확신해요. 나는 그 보석을 추적하던 사람들이 나를 따라왔다고 생각해요." 그는 먼 곳을 보았다. "내가 그 사람들을 그 불쌍한 남자에게 데리고 간 셈이죠."

"정말 끔찍한 일이군요." 나는 고개를 절레절레 흔들었다. 걸어 다니고, 이야기해야 할 필요가 느껴져서 걸으며 이야기했다. "이렇게 말하고 싶진 않지만 내가 굉장히 좋지 못한 대우를 받고 있는 것 같아요, 뱅크스 씨. 트리니티 공작 부인은 내게 아주 간단한 제안을 했어요. 빌어먹을 다이아몬드 하나를 영국으로 가져가서 머틸다 버터필드의 열두 번째 생일에 주어라. 정말 간단하죠. 물론 나는 수락했어요. 잘못될 일이 뭐가 있겠어요?" 나는 돌아서서 뱅크스 씨를 노려보았다. "정말 많더군요. 나는 유령에게 시달리고, 침대에 묶이고, 불속으로 쓰러지고, 벽에다 내던져지고, 누가 밀어서 계단에서 굴러떨어지고, 클록 다이아몬드를 통해 이해할 수 없는 환상을 봤고, 죽은 사람과 말도 했어요. 지난 일주일 동안!"

내 장황한 비난을 듣고 뱅크스 씨가 충격을 받았는지는 모르겠지만 그는 티를 내지 않았다.

그는 꼼짝도 않고 서 있었다. 그가 나를 보았는데, 처음으로 눈에서 슬픔 같은 것이 보였다. 머리의 상처에서 피가 나기 시작했다. 피 한 줄기가 천천히 얼굴을 타고 흘렀다.

"다 연결되어 있어요." 그는 단어 하나하나에 진한 의미를 담아 천천히 말했다. "벨그레이비어에서 당신이 공격당한 것, 그 전에 공작 부인이 살해당한 것. 우연한 일은 **아무것**도 없어요." 그는 천천히 고개를 절레절레 흔들었다. "그 목걸이를 왜 목에 걸었나요, 포켓 양?"

"무슨 말이죠, 뱅크스 씨? 털어놔요!"

"내 말은, 당신이 공작 부인과 다이아몬드를 만난 건 우연일 수 있지만, 유감스럽게도 다른 것도 작용한 것 같다는 뜻이에요." 그는 정말 슬픈 표정으로 나를 보고 있었다! "운명 같은 거죠, 포켓 양."

"드디어 이야기가 진전이 되네요." 나는 침착한 목소리를 내려고 애썼다. "이제 무슨 뜻인지 **정확히** 말해주세요."

"일단, 머틸다 버터필드에게 줘선 안 되……."

"거기 있었군요, 아이비!" 레이디 어밀리아였다. 아주 당황한 목소리였다.

돌아보니 레이디 어밀리아가 마차를 부르는 것처럼 양손을 흔들며 서둘러 우리에게 오고 있었다. "내가 중요한 일을 방해하는 건 아니겠죠?"

"방해하고 있어요. 사실 우리는 굉장히 진지한 대화를 나누고 있었거든요."

그녀는 내 말을 듣지 못한 것 같았다.

"레이디 엘리자베스가 지독한 두통을 앓고 있어요. 머틸다 생일 파티 날인데! 할 일이 너무 많아요." 레이디 어밀리아는 내 앞에 멈춰 서서 내 어깨에 손을 얹었다. "도와줄 수 있겠어요, 아이비?"

"물론이죠." 뱅크스 씨가 있다는 걸 기억하지 못했더라면 나의 여러 재능에 대해 더 말할 뻔했다. "내가 너무 무례했네요. 레이디 어밀리아, 내 오래된 친구 허레이쇼 뱅크스 씨를 소개할게요."

레이디 어밀리아는 내 어깨 너머를 보더니 당황한 것 같았다. 뱅크스 씨에게 인사도 건네지 않다니 엄청나게 무례하다는 생각이 들었다. 나는 레이디 어밀리아에게 뱅크스 씨를 소개해주려고 돌아보았다. 뱅크스 씨라면 적어도 인사는 하겠지. 그러나 뱅크스 씨는 없었다. 완전히 사라졌다. 나는 즉시 이해했다. 뱅크스 씨는 자기가 이 집에 와 있는 걸 비밀로 하고 싶은 거구나!

"네⋯⋯ 음, 아이비. 지금 날 따라와서 레이디 엘리자베스를 봐줄 수 있다면 정말 고맙겠어요. 치료제로는 양파와 라벤더를 사용해주면 좋겠어요. 레이디 엘리자베스는 당신이 또 치즈케이크로 공격할까 봐 겁내고 있거든요."

"난 그 노인의 피부를 구해준 거라고요." 내가 항의했다.

"네, 물론 그랬죠. 따라와요, 아이비. 서둘러야 해요!"

레이디 어밀리아는 거의 달려 나가다시피 했다. 나는 따라가다가 서재 문에서 멈췄다. 돌아보니 뱅크스 씨가 돌아와 있었다. 정원이 보이는 큰 창문 앞에 서 있었다.

"금방 돌아올게요. 편하게 계세요."

"난 시간이 별로 없어요, 포켓 양."

"아이비? 아이비, 오고 있어요?" 레이디 어밀리아가 복도에서 불렀다.

"네. 하지만 먼저 주방에 들러야 해요."

나는 뱅크스 씨에게 손을 흔들고 서둘러 갔다.

레이디 엘리자베스는 굉장히 많이 끙끙거렸다. 그리고 신음 소리를 무지하게 많이 냈다. 하지만 라벤더 가지 두 개를 코에 꽂아주자 몇 분 만에 잠잠해졌다. 맛있는 아이스티를 한 잔 권했는데 부인은 전혀 감동받은 인상이 아니었다. 내가 직접 만든 거라고 하자 그녀는 놀라 할 말을 잃었다.

"왜 이러는 거지?" 부인이 으르렁거렸다.

"좋아하시지 않을까 생각했어요. 이 레시피는……."

공작 부인 이야기를 꺼낼 필요는 없다. 전부 내 공으로 돌리자.

"포켓 가문의 비법이에요." 나는 좀 거창하게 말했다.

레이디 엘리자베스는 내가 든 잔을 받아 들었다. "뭐가 들었어?"

"재료는 절대 비밀이에요. 하지만 맛을 보면 길 잃은 아이가 엄마를 찾은 것처럼 울게 될 게 분명해요. 이제 닥치고 마셔요."

늙은 호두 머리는 쌕쌕거리며 내가 시키는 대로 했다. 꿀꺽꿀꺽 몇 모금 크게 마셨다. 입술을 닦더니 얼굴을 찡그렸다. "**완전히** 역겹지는 않군."

"맛있다는 거 알잖아요. 다 마셔요." 나는 의기양양한 기분이 들었다.

"저 문을 열어. 방 안이 용광로 같다." 레이디 엘리자베스가 으르렁거렸다.

이상한 일이었다. 방이 좀 추웠기 때문이다. 나는 유리문을 여느라 정신이 팔려서 잔이 떨어지는 소리조차 듣지 못했다. 하지만 뒤돌아서 보니 레이디 엘리자베스가 감자 자루처럼 소파에 축 처져 있고 잔은 바닥에 뒹굴고 있었다.

나는 달려가 그 옆에 무릎을 꿇었다. 얼굴이 끔찍한 주름투성이 풍선처럼 부풀어 오르고 있었다. 혀가 부어서 입 밖으로 나오려 했다(목마른 짐 노새 같았다). 눈도 부어서 감겨 있었다.

그녀는 신음하고 있었고 피부는 엄청나게 뜨거웠다.

레이디 어밀리아가 방에 들어왔다는 걸 알 수 있었다. 레이디 엘리자베스를 보고 비명을 질렀기 때문이다. 이제 부인은 바다표범 같았다. 몸 전체가 굉장히 부어 있었다.

"대체 무슨 일이죠?" 레이디 어밀리아는 하녀 한 명을 시켜 롱펠로 박사를 데려오라고 한 다음 외쳤다.

"방금 전까지만 해도 멀쩡했어요. 즐겁게 아이스티를 마시고 있었어요."

"뭐가 들었나요, 아이비?"

"그냥 평범한 재료들요. 얼음, 홍차, 바닐라 몇 방울."

레이디 어밀리아는 안심하는 것 같았다.

"그리고 라임즙을 짜 넣었어요."

그녀는 헉 소리를 냈다. "레이디 엘리자베스는 라임 알레르기가 있어요! 오, 아이비……."

끔찍할 정도로 불운한 일이다.

우리는 레이디 엘리자베스 버터필드라는 부풀어 오른 괴물을 젖은 수건으로 싸고 의사가 올 때까지 기다렸다. 롱펠로 박사가 없어서 옆 마을의 그레이스 박사가 대신 왔다. 그는 부인을 훑어보더니 가방을 열고 다양한 고문 도구를 꺼냈다. 부인의 맥박을 재고 이것저것을 살핀 다음 간단한 알레르기 반응이라고 선언했다. 몇 시간 지나면 괜찮아진다고 했다. 하인 여섯 명이 레이디 엘리자베스를 위층 방으로 날랐다. 파티 전까지 쉬면서 붓기가 빠지길 기다릴 것이다.

기분이 정말 나빴다. 레이디 어밀리아는 내 잘못이 아니라고 안심시켜주었다. 그건 사실이었다. 나는 누구 잘못인지 **정확히** 알았다. 트리니티 공작 부인! 하지만 공작 부인은 나중에 상대하고, 일단은 얼른 뱅크스 씨에게 돌아가야 했다. 자기가 시간이 별로 없다고 우겼으니, 그를 기다리게 하고 싶지 않았다(나는 배려심이 굉장하기 때문이다).

"리베카가 아무 데도 없어요!" 나와 레이디 어밀리아가 큰 홀에 들어가는데 머틸다가 외쳤다. "내 마음에 들게 머리를 만져줄 수 있는 사람은 개뿐인데." 머틸다는 굶주린 사자 같은 모습이었다. "날 피해 숨은 게 분명해요. 찾아내면 팔에서 피가 날 때까지 꼬집어줘야지!"

"그러지 마. 그러면 내가 널 냄비 선반에 매달고 당근으로 두들겨 팰 거야. 그러면 네 거창한 생일파티에는 전혀 어울리지 않는 모습이 될 거야."

머틸다는 나를 노려보았다. 내 얼굴을 긁어버리고 싶은 게 분명했다. 적어도 눈 하나는 뽑고 싶은 것 같았다. "넌 왜 아직 여기 있어, 포켓? 오늘은 내 생일이니까 다이아몬드를 넘기고 꺼져!"

"절대 안 돼." 내가 잘라 말했다. 그렇게 말할 생각은 아니었다. 내가 하려던 말은 "아직 안 돼"나 "오늘 밤까진 안 돼"였다. 그런데 나는 마치 다이아몬드가 내 것인 것처럼 말해버렸다. 내 것이고, 절대 내놓지 않을 것처럼. 내게 영상을 더 보여주기 전에는 안 돼. 눈 속 소녀의 영상. 그리고 노란 보닛을 쓴 여자. 내 이야기가 끝날 때까진 안 돼.

"너 뭐라고 했어?" 머틸다가 쏘아붙였다.

나는 우아하게 기침을 했다. 나는 프리마 발레리나의 본능을 타고났기 때문이다. "넌 파티장 손님들 앞에서 목걸이를 받게 될 거야. 그게 트리니티 공작 부인의 죽기 전 마지막 소원이었거든."

"제기랄!" 머틸다는 머리카락을 확 넘기더니 내 옆을 지나 쿵쿵 걸어가며 리베카의 이름을 외쳤다.

큰 홀에 사람이 이렇게 많은 것은 처음 보았다. 마치 버터필드 파크의 하인이 전부 모여서 광을 내고 바닥을 쓸고 꽃 장식을 하는 것 같았다. 빠져나가기 딱 좋은 기회였다. 레이디 어밀리아는 케이크를 두고 소란을 피우고 있었다. 내가 거의 빠져나왔을 때, 정문 앞에 마차가 서는 소리가 들렸다.

급한 발소리가 복도에 울렸다. 그리고 젊은 남자 목소리가 들렸다.

"아이비 포켓?" 그는 숨을 고르느라 말을 멈추었다. "아이비 포켓 양 있나요?"

레이디 어밀리아가 나를 가리켰다. 젊은 남자의 이름은 퍼거스 그린이었는데, 마을에 사는 롱펠로 박사의 심부름을 온 것이었다.

"당신이 아이비 포켓?"

"네. 무슨 일이죠?"

그는 침을 꿀꺽 삼켰다. 삼키는 게 보였다. "런던의 허레이쇼 뱅크스 씨를 아나요?"

나는 안도했다. "물론 알죠. 지금 여기 서재에 있어요, 어리석은 멍청이 같으니라고."

퍼거스 그린은 굉장히 이상하다는 표정으로 나를 보았다. 마치 내가 잉글랜드의 여왕이라고 자기 소개라도 한 것 같았다. "사고가 있었습니다, 아가씨. 롱펠로 박사가 호출을 받고 현장에 다녀오셨어요."

레이디 어밀리아가 헉 소리를 냈다. "사고요? 어떤 사고죠?"

"기차입니다, 부인. 도개교에서 강으로 떨어졌어요. 누가 신호기에 손을 댄 것 같아요. 끔찍한 참사입니다. 여섯 명이 죽었어요."

"맙소사!" 레이디 어밀리아는 성호를 그었다.

젊은 남자는 주머니에서 구겨진 봉투를 꺼내 내려다보았다. 그걸 뒤집어보았다. 그러고는 내게 건넸다. 봉투에는 피가 묻어 있었고, 앞에는 내 이름이 쓰여 있었다.

"롱펠로 박사가 뱅크스 씨의 코트 주머니에서 이걸 발견했어요. 당신에게 보내는 거라서, 우린 당신이 이걸 받아야 한다고 생각했죠."

나는 당황했다. 정말 슬프고 바보 같았다. 이제 뱅크스 씨 머리에 상처가 났던 걸 이해할 수 있었다. 하지만 사고 이야기는 하지도 않

았다. 정말 그 사람답다!

나는 봉투를 보았다. "나는 당신이 뱅크스 씨의 코트를 뒤질 권리가 있다고 생각하지 않아요." 나는 단호하게 말했다. "그리고 난 이걸 열어보지 않을 거예요. 뱅크스 씨에게 돌려주면 어떻게 할지 결정하시겠죠."

퍼거스는 모자를 벗고 레이디 어밀리아를 보더니 다시 나를 보았다. "그분께는 이 편지가 필요 없을 겁니다. 그분이 계신 곳에서는요."

"대체 무슨 말을 하는 거예요? 뱅크스 씨는 서재에 계시다니까요." 내가 쏘아붙였다.

"그럴 수는 없습니다, 아가씨. 뱅크스 씨는 그 사고에서 돌아가셨거든요." 그가 정색하며 말했다.

14

"왜 말을 하지 않죠?"

"충격을 받았나 봐요."

"의사를 불러와야 하나요?"

"쉬게 해, 리베카. 포켓 양은 자기가 알아서 깨어날 거야."

모두 내 방에 와 있었다. 올웨이스 양. 리베카. 프로스트 양. 심지어 머틸다도.

뱅크스 씨는 후했다. 1천 파운드. 그게 내 상금이었다. 내가 평생 본 그 어떤 돈보다도 거금이었다. 모두 뱅크스 씨 덕분이다. 고(故) 허레이쇼 뱅크스 씨. 이 봉투는 내 앞으로 온 것이었다. 그의 프록코트 주머니에서 발견된 봉투. 지금은 피가 묻은 채 내 침대 옆 테이블에 놓여 있는 봉투. 봉투에는 돈이 들어 있었다. 공작 부인이 내게 주는 보수였다. 1천 파운드. 하지만 금액이 틀리지 않나? 보수는 500파운드였다. 그렇지만 뱅크스 씨는 두 배의 금액을 넣었다. 그 이유를 나는 안다. 내가 도망가기에 충분한 돈을 갖기를 그는 원했던 것이다. 이 혼란에서 탈출할 수 있도록. 그는 나를 구하러 오고 있었다.

그렇지만 여기까지 오지 못했다.

"대체 무슨 일이 있었나요?" 올웨이스 양이었다. 겁에 질린 목소리였다. "레이디 어밀리아가 기차가 강에 빠졌다고 말씀하시는 걸 들었어요."

"도개교 신호가 작동하지 않았다는 보고가 있어요. 기사는 다리가 내려가 있다고 생각했는데, 사실은 올라가 있었다네요." 프로스트 양이 차분하게 말했다.

헉 하는 소리. 리베카다. "어떻게 그런 일이 있을 수 있죠?"

"누가 신호기에 손을 댔던 것 같네요. 어젯밤에 외출하셨죠, 올웨이스 양? 밖에서 뭔가 수상한 걸 목격하지 못하셨나요?" 프로스트 양이 말했다.

"나는 마을에 가서 무어 목사와 이야기했어요." 올웨이스 양은 부드러운 눈으로 나를 보며 말했다. "힘들어하는 내 친구를 위해 기도해달라고 부탁했죠. 하지만 별다른 건 못 봤어요."

"정말 안타깝군요." 프로스트 양이 대답했다.

나는 유령들에게 둘러싸여 있다. 마지막으로 셌을 때는 넷이었다.

악마 같은 공작 부인, 천사 같은 어머니, 옛날 정원사, 짜증을 잘 내는 변호사. 모두 죽었다.

나는 그를 찾으러 갔다. 기차 사고 소식을 듣자 미친 사람처럼 서재로 달려갔다. 난 거기 있을 거라고 확신했다. 나랑 같이 있었던 곳에 있을 줄 알았다. 하지만 그는 없었다. 올웨이스 양이 예전에 설명했던 대로였나 보다. 뱅크스 씨는 지상에 묶여 있는 유령이 아니었다. 건너가기 전에 잠깐 들를 시간밖에 없었던 것이다. 그리고 이제는 돌아오지 않을 것이다.

"물 한잔 줄까, 아이비?" 리베카가 물었다. 리베카는 침대 옆에 앉아 내 머리를 쓰다듬고 있었다. "배고프니?"

나는 고개를 가로저었다.

"친구 일은 정말 안됐어요, 아이비. 내가 당신 기분이 나아지게 해 줄 수 있다면 좋으련만. 이런 끔찍한 사고가 일어나면 우리는 이해하지 못해 당황하죠. 하지만 절망에 굴복해선 안 돼요." 올웨이스 양이 말했다.

"뱅크스 씨가 나를 보러 왔어."

리베카가 다시 헉 소리를 냈다. "유령이?"

나는 고개를 끄덕였다. "상처를 입은 채였어. 나와 급하게 할 말이 있었는데, 내가 헛소리만 하느라 바빠서 뱅크스 씨는 말할 기회도 별로 없었어."

"무슨 말을 하던가요, 포켓 양?" 프로스트 양이 태연하게 물었다.

나로선 기회였다. 내가 생각하고 있는 것을 전부 소리 내어 말할 기회. 내가 들었던 말을 그들에게 들려줄 기회. 그들은 내가 정신이 나갔다고 생각할 것이다. 아니면 더 나쁜 경우, 그들은 내 말을 전부 믿을 것이다. "기억이 안 나요."

"꿈이었을지도 몰라요, 아이비." 올웨이스 양은 작은 창문으로 걸어가 커튼을 걷었다. "아주 충격적인 경험을 했으니까, 우리가 놀랄 일은 아닌 것 같아요. 네, 그냥 꿈일 거예요. 그보다 심각한 건 아니겠죠."

"농담이시겠죠. 당신은 유령에 대한 책을 쓰시지 않나요?" 프로스트 양이 차갑게 말했다.

올웨이스 양과 가정교사는 충격적일 정도로 강렬하게 서로를 노려보았다. 저건 증오일까? 저 침묵 속에서는 천 개의 단어로 표현할 수 있는 것보다 많은 대화가 오가고 있을 거라고 나는 확신했다.

"만약 뱅크스 씨가 **정말로** 유령이 되어 찾아왔다면, 아마 아이비에게 자신은 괜찮다는 걸 알려주려 왔나 보죠. 죽음은 끝이 아니라는 걸 알려주려고. 네, 분명 그랬을 거예요." 올웨이스 양이 마침내 말했다.

"포켓은 정신적 장애가 있는 거예요." 머틸다가 친절하게 말했다. "대체 어떤 여자애한테 죽은 사람들이 찾아와요? 정말 터무니없죠! 쟤는 계단 아래로 몸을 던지고, 가엾은 할머니를 치즈케이크와 아이스티로 공격하고, 황당한 이야기들을 지어내요. 쟤가 미쳤다고 생각하는 사람이 나 하나뿐일 리 없어요."

"어떻게 그렇게 잔인할 수가 있어요?" 올웨이스 양이 떨리는 목소리로 말했다.

머틸다는 위협조로 미소 지었다.

"몇 시간만 있으면 파티가 시작돼." 프로스트 양이 머틸다의 등에 손을 얹고 문 쪽으로 데려갔다. "너한텐 여기서 못되게 구는 것보다 더 급한 일들이 분명 있을 거야." 가정교사는 잠깐 나를 보았다. "게다가 포켓 양은 쉬어야 하고."

"네, 그건 사실이에요." 올웨이스 양은 내 뺨에 키스하고 얼른 나갔다.

하지만 머틸다는 화살을 하나 더 날리지 않고는 나갈 수 없었다. "내 사촌이 널 아주 잘 보살펴줄 거라 믿어, 포켓." 머틸다는 다정한 미소를 지었다. "째깍째깍."

프로스트 양은 악랄한 멍청이를 끌고 갔다.

"재는 무시해. 자기가 하는 지독한 말 중에 진심인 건 절반도 안 되니까." 두 사람의 발소리가 복도에서 멀어져갔고, 나는 리베카에게 말했다.

"아니, 다 진심이야." 리베카가 말했다.

나는 희미하게 웃었다. "사실 그래. 하지만 언젠가는 머틸다가 정신을 차리고, 자신이 얼마나 끔찍하고 우둔하고 멍청하고 속이 검은 말똥 같은 사람인지 깨닫는 날이 올 거라고 믿어."

리베카는 미소를 지었지만 웃음기는 곧 가셨다. 리베카는 다시 침대에 앉았다. "뱅크스 씨 일은 유감이야."

"나도야."

"아이비…… 처음 고아원에 들어갔을 때가 몇 살이었니?"

이런 질문은 예상하지 못했다. 사실, 리베카에게 내가 '해링턴의 원치 않는 아이 보호소'에서 자랐다는 말은 한 적이 없었다. 그런데도 리베카는 알고 있는 게 분명했다. 환상적인 이야기를 지어낼까 생각해봤지만, 그럴 용기가 나지 않았다.

"다섯 살."

"그 전에는?"

"당연히 부모님이랑 살았지." 나는 재빨리 말했다.

하지만 리베카는 그 말을 믿는 것 같지 않았다. "그 시절 일은 뭐가 기억나, 아이비?"

"전부 다. 멋진 추억이 있어." 나는 거짓말을 했다.

"안 믿어. 아이비, 제발 사실대로 이야기해주면 안 될까? 아주 중요한 거야."

나는 한숨을 쉬었다. 나는 원칙적으로 진실을 싫어한다. 하지만 한번 해보기로 했다. "고아원 전에는 기억나는 게 별로 없어."

"부모님 기억은 전혀 없어?"

"그런 셈이야. 하지만 누가 날 부모님에게서 데리고 온 거였어. 예전부터 늘 그렇지 않을까 생각해왔지. 누가 나처럼 사랑스러운 아이를 버리겠어? 그런데 클록 다이아몬드에서 영상을 봤더니 사실이었어. 누가 나를 훔쳐간 거야."

리베카가 충격이나 혼란을 느꼈는지 모르겠지만 그녀는 전혀 티를 내지 않았다. "뭘 봤어, 아이비?"

"누가 나를 집에서 데리고 나와 숲 속으로 갔어. 긴 코트와 노란 보닛을 입은 여자였어. 나를 내 부모님으로부터 데리고 나온 거야. 날 훔친 거지."

리베카는 울기 시작했다. 이 가엾은 아이는 펑펑 울어댔다. "미안해, 아이비."

나는 어깨를 으쓱했다. "네 잘못이 아닌걸."

"일어났던 모든 일들. 뱅크스 씨가 탄 기차…… 계단…… 끔찍해!"

리베카가 너무 끔찍해해서 나는 억지로 긍정적인 면을 찾아보았다.

"기차가 어떻게 추락했는지 누가 알아? 그냥 사고였을 수도 있잖아." 나는 리베카의 머리를 두드리며 말했다(이렇게 하면 늘 굉장히 마음이 편해진다). "그리고 계단은, 음, 내가 몽상에 빠져서, 앞길을 보지 않고 걷고 있었나 보지."

리베카는 나와 눈을 맞추었다. "누가 민 거야."

나는 헉 소리를 냈다. 도움이 필요한 여자처럼. 부끄러웠다. **"확실해?"**

리베카는 고개를 끄덕였다. 눈물이 리베카 얼굴 위를 줄줄 흘러내렸다. 마치 파이프가 터진 것처럼 울고 있었다.

"확실해."

내 입에서 다음 질문이 급히 나왔다. "누가 그랬어, 리베카? 날 민 게 누구야?"

"나였어." 리베카가 속삭였다.

리베카는 이유를 말하지 않았다. 그게 최악이었다. 아니, 최악이었던 것은 내 다정한 **친구** 리베카 버터필드가 나를 계단 아래로 떠밀었다고 고백했다는 사실이다. 나를 죽이려 했다고 생각할 수도 있다. 뉴스치곤 참 으스스한 뉴스였다. 흥미롭고 충격적이지만 으스스했다.

"너는 날 싫어하겠지." 리베카가 말했다.

나는 이제 창가에 서 있다. 리베카는 침대에 앉아 있었다. 지치고 낙담한 모습이었다. 나는 열 번인가 열한 번째 말했다. "나는 아무것도 이해가 가지 않아."

"네가 생각하는 것과는 달라. 이건……." 리베카가 희미하게 말했다.

"너 나한테 화났었니? 내가 뭔가 **한** 게 있니?"

"아니, 아무것도." 리베카는 나를 올려다보았다. 자신을 이해해줄 수 없겠느냐고 비는 눈빛이었다.

"도와줘, 리베카. 지금 이 순간 내 머릿속의 목소리는 네가 살인을 저지르는 광인이라고 소리 지르고 있거든."

"널 해치고 싶지 않았어." 리베카가 흐느꼈다.

"음, 너한테 알려줄 게 있어. 네가 나를 해치고 싶지 않았다면, 넌 날 거대한 계단 위에서 떠밀지 말았어야 해. 내가 하녀로 일한 얼마 안 되는 기간 동안 나를 죽이겠다고 협박한 사람들은 아주 많았지만 실제로 시도한 사람은 아무도 없었어."

"아냐. 그런 게 아니야. 정반대야."

나는 미친 사람 보듯 그녀를 보았다. "무엇의 반대라는 거야?"

리베카는 일어서서 내게 달려왔다. 당연히 나는 리베카가 나를 창 밖으로 밀려는 줄 알았다. 그래서 물러서자 그녀는 또 울음을 터뜨렸다.

"아, 아이비, 네가 모르는 것들이 있어."

"그럼 말해줘!"

리베카는 고개를 가로저었다. "프로스트 양이 말하면 안 된대."

"왜 안 돼?" 이건 합리적인 질문 같았다.

하지만 결코 나를 해치려는 게 아니었다고만 되뇔 뿐, 더 이상 아무 말도 하지 않았다. 정말 말도 안 된다. 그런데 나는 프로스트 양과, 그녀의 리베카의 마음을 흔드는 역할에 더 흥미가 생겼다.

"넌 프로스트 양을 위해 날 계단 아래로 민 거야?"

"아니, 그건 아니야. 내 말은…… 내가 그랬던 건…… 아, 이게 무슨 소용이야, 아이비? 넌 어차피 내 말을 믿지 않을 테고, 그건 네 잘못이 아니야."

노크 소리가 났다.

"실례합니다, 리베카 양. 머틸다 양이 와서 머리를 손봐달라고 하네요." 하녀 데이지였다.

"바로 간다고 전해줘요." 리베카가 단호하게 말했다.

하녀는 자리를 떴다.

"미안해, 아이비." 리베카가 속삭였다.

"응, 그 말은 벌써 했잖아."

나는 등을 돌리고 창밖을 바라보았다.

"당장 이리 와요, 이 몹쓸 떠버리. 이 살찐 짐승!"

나는 양손을 엉덩이에 얹고(무척 편했다) 허공에 대고 외쳤다. 공작부인이 나타나기를 조바심 내며 기다렸다. 부인은 나타나지 않았다.

하지만 싸우지도 않고 물러설 수는 없었다.

"당장 나타나요, 공작 부인. 안 그러면 우리 약속은 끝이에요!" 나는 딱 잘라 확고하게 말했다. "돈은 다시 가져가요. 나는 클록 다이아몬드를 숲에 묻을 거예요. 머틸다는 목걸이를 절대 걸지 못할 거야!"

부인은 물병에서 나왔다. 평소와는 좀 달랐다. 달그락 소리가 들려서 봤더니 화장대 위 물병이 받침대 위로 떠오르고 있었다. 물병은 내 앞에 와서 뜬 채 멈추었다. 마치 보이지 않는 손이 물병을 기울이는 듯 주둥이에서 물이 쏟아졌다. 양이 아주 많았다. 물은 바닥에 고이지 않고 죽은 공작 부인의 형상을 이루었다.

물결이 이는 거대한 탑이 된 부인의 모습은 제법 아름다웠다.

부인의 빛나는 몸이 물을 스펀지처럼 흡수하기 시작했다. 금세 유령은 익숙하게 빛나는 악몽 같은 모습이 되어, 피투성이 잠옷을 입은 채 떠다니고 있었다.

물병은 계속해서 부인의 머리 위를 떠다니는 게 만족스러운 모양이었다.

"언짢아 보이는구나, 애야." 부인이 가르랑거리듯 말했다.

"날 속였잖아요. 레이디 엘리자베스에게 라임즙을 넣은 아이스티를 주게 했잖아요. 그 노인에겐 알레르기가 있는데! 어마어마하게!" 내가 쏘아붙였다.

공작 부인은 헉 소리를 냈다. "아프지 않았길 바란다!"

"아파요? 그 불쌍한 할멈은 풍선처럼 부풀어 올랐어요! 혀가 돼지고기 소시지처럼 부풀었어요!" 나는 눈을 가늘게 뜨고 노려보았다. "레이디 엘리자베스와 화해하고 싶어서 나를 여기 보냈다면서, 해치고 싶어 하는 건 왜죠? 대체 무슨 일인 거죠, 공작 부인?"

유령의 반응이 어떨 거라고 내가 생각했는지는 모르겠다. 하지만 울기 시작할 줄은 예상하지 못했다. 눈물이 잉크처럼 검을 줄도 상상하지 못했다. 그러나 부인은 검은 눈물을 흘렸다. 살찐 손을 얼굴에 대고 흐느꼈다. 빛나는 얼굴 위로 검은 눈물의 계곡이 생겼다.

"애야, 죽음은 머리를 엉망으로 만든단다. 정신이 혼란스러워져. 레이디 엘리자베스가 제일 좋아하는 음료를 말해주는 대신에 너덜너덜해진 내 기억은 하필이면 내 옛 친구를 아프게 만들 음료를 떠올렸구나. 날 결코 용서하지 못할 거야. 내 수치심은 영원할 거야."

상당히 놀라웠다. 굉장히 미안해하는 것 같았다.

"외로운 늙은 유령을 용서해줄 수 있겠니?" 부인이 흐느꼈다.

나는 어깨를 으쓱했다. "힘들 것 같은데요. 나는 뒤끝이 꽤 오래가거든요. 한번은 겨울 내내 원한을 짊어지고 다닌 적도 있어요. 등이 엄청나게 아팠죠."

부인은 희미하게 으르렁거리며 말했다. "넌 우리 약속을 깨지 않을 거라고 믿어도 되겠지? 약속한 대로 클록 다이아몬드를 가져다줄 거지?"

"아마도요." 나는 한숨을 쉬고 유령을 진지하게 바라봤다. "내가 가는 곳마다 미스터리가 있고 재앙이 생기네요, 공작 부인. 뱅크스 씨가 죽었어요. 그건 벌써 알고 계시죠?"

공작 부인은 고개를 끄덕였다.

"부인처럼 나를 만나러 왔어요. 으르렁거리고 가구를 뒤집고 하진 않았지만요. 만났나요? 전하고 싶은 말이 있어서 그래요."

"뱅크스 씨는 내 변호사지 내 친구가 아니야. 뭐하러 나를 찾아오겠니?" 부인은 씩씩거리다 키득키득 웃었다. "게다가, 나는 찾기 쉬운 유령이 아니야."

"공작 부인…… 리베카가 왜 나를 계단에서 밀었는지 아세요?"

부인은 대답하지 않았다. 우리 거래를 기억하라는 말만 다시 했다. 나를 둘러싼 어둠은 무시하고, 목걸이를 머틸다에게 전달하는 데만 집중하라고 했다. 그리고 새 삶을 시작하라고 했다. 버터필드 파크에서 멀리 떨어진 곳에서.

생각만 해도 즐거웠다.

부인은 피를 흘리기 시작했다. 아니, 피가 아니라 물이었다. 부인은 수많은 작은 물방울로 변해 존재 전체가 물결의 조류에 묻혔다. 이 물은 물기둥이 되어, 고래 머리 위의 구멍에서 솟아나는 물처럼 솟아올라 부인 위에 떠 있던 물병으로 들어갔다. 마지막 한 방울까지 되돌아가자 물병은 휙 날아서 받침대 위에 내려앉았다. 물이 튀는 소리가 희미하게 들렸다.

또다시 나는 혼자였다.

레이디 엘리자베스는 나를 보지 않으려 했다. 암살자를 자기 침실에 초대할 정도로 어리석지 않다고 했다. 충분히 이해할 수 있었다. 그래서 하녀가 나올 때까지 기다렸다가 슬쩍 들어갔다. 늙은이는 침대에 앉아 있었다. 아까 보았을 때보다 붓기가 많이 빠져 있었다.

레이디 엘리자베스가 도와달라고 비명을 지르기 전에 나는 재빨리 비굴하게 사과했다. 내 의도는 순수했지만 내가 바보였다고 말했다. 무지외반증을 다듬어주겠다, 관자놀이를 문질러주겠다, 구레나룻을 다듬어주겠다고 했다. 내일이면 내가 버터필드 파크를 떠날 테니 나를 체포할 필요는 없음을 되새겨주었다. 오늘 밤 파티에서 내가 부인의 소중한 머틸다에게 전해주게 될 하나뿐인 다이아몬드 이야기도 했다.

부인은 한마디도 대꾸하지 않았지만, 내 머리를 향해 시계를 던지긴 했다.

굉장히 힘이 나는 일이었다.

"파티에서 만나요." 나는 방 밖으로 달려가며 말했다. 내가 나가서 문을 닫자마자 튤립이 든 꽃병이 문에 부딪쳐 깨졌다. "앞으로 여러 해 동안 우리는 이 작은 사고를 이야기하며 웃게 되겠죠!"

죽은 공작 부인에게 했던 말과는 달리 나는 뒤끝을 좀처럼 품지 못한다. 용서는 내 천성에 들어 있다. 나는 승려의 본능을 타고났기 때문이다. 그래서 리베카를 찾아서 화해하기로 결심했다. 왜 날 죽이려 했는지 이해한 건 아니었다. 그러나 확실히 알고 있는 게 두 가지 있었다. 첫째, 리베카는 마음이 착하다. 둘째, 리베카는 지금 이 집에서 일어나고 있는 일들에 대해 나보다 더 잘 안다.

나는 리베카가 아는 게 무엇인지 알아내야 했다.

리베카는 아까 나를 포옹했다. 꽤 격렬했다. 우리가 이야기를 나눠야 한다고 했다. 그건 힘이 나는 일이었다. 그러고는 곧 돌아오겠다고 약속하고 파티를 위해 머틸다를 손봐주러 달려 나갔다. 그래서 나는 리베카의 침실에 서 있는 것이다. 시계들과 함께.

발소리가 다가오는 게 들리기에 리베카가 온 줄 알고 돌아보았는데 프로스트 양이었다.

"리베카는 여기 없어요."

"그런 것 같군요." 프로스트 양은 들어오려고 하지 않았다. "오늘 아침에 큰 충격을 받았는데, 기분이 좀 나아졌나요?"

"난 보기보다 강해요. 보기보다 예쁘기도 하죠."

프로스트 양은 희미한 미소를 지었다.

"리베카가 계단에서 날 밀었다는 거 알아요."

가정교사는 꿈쩍도 하지 않았다. 난 그게 정말 화가 났다!

"당신이 시킨 일이라는 것도 알아요."

"난 그런 짓 하지 않았어요." 프로스트 양이 차분히 대답했다.

"하지만 관련은 있었죠. 어떤 식으로든." 내가 쏘아붙였다.

프로스트 양은 날 바라보기만 했다.

"말해봐요, 프로스트 양. 리베카가 왜 그런 짓을 했을까요?"

"당신을 시험해본 걸지도 모르죠."

"무엇 때문에?" 내가 화를 냈다. "내가 공처럼 **튀는지** 보려고?"

프로스트 양은 대답하지 않았다. 어색한 침묵을 좋아하는 것 같았다.

"리베카의 머리에 그런 끔찍한 생각들을 집어넣다니, 부끄러운 줄 알아요." 나는 대담하게 말하고 눈을 가늘게 떴다. "당신이 나를 굉장히 흥미롭게 생각하는 것 같은데, 물론 내겐 그 이유를 알 권리가 있어요."

프로스트 양은 두 손을 등 뒤에 얹었다. "당신은 아주 특별한, 하나뿐인 사람이에요, 포켓 양."

그건 사실이었지만, 무슨 뜻으로 한 말일까? 프로스트 양은 입을 굳게 다물고 있었다. 저 끔찍한 여자를 상어가 있는 수조에 밀어 넣고 싶은 살인적인 욕구를 느꼈다. 최소한 전기뱀장어가 가득한 욕조

에라도 넣고 싶었다. 하지만 그 대신에 나는 입질을 끌어내보기로 했다. "아침에 뱅크스 씨 기차 일은 어떻게 된 거예요? 사고였나요?" 나는 그녀의 차가운 눈을 바라보며 말했다.

"나는 사고가 아닐 거라고 의심하고 있어요."

"뱅크스 씨가 클록 다이아몬드에 대해 알게 된 것을 내게 말하지 못하게 하려고 일부러 벌인 일인가요?"

"그럴 수 있죠. 아마 그럴 거예요."

"당신이 했나요?"

프로스트 양은 한숨을 쉬었다. 지쳐 보이는 것 같았다. "오늘 밤에 답을 알게 될 거예요, 포켓 양. 알아낼 준비가 되어 있길 바라요."

"오늘 밤 뭐가 그리 특별한데요? 말해줘요!"

프로스트 양은 심호흡을 했다. "당신은 상당히 사악한 일에 말려들었어요, 포켓 양. 당신 잘못은 아니지만, 그렇게 되었어요. 당신이 영리하다면 내게 보석을 주고 해가 지기 전에 버터필드 파크를 떠나요. 나머지는 내가 알아서 할게요."

정말로 내가 그렇게 간단히 클록 다이아몬드를 넘겨줄 거라 생각한 걸까? 이 **모든** 일이 일어났는데? 나는 고개를 가로저었다. "그렇겐 안 돼요."

놀랍게도 프로스트 양은 전혀 언짢아하지 않았다. "원하시는 대로."

나는 아주 오랫동안 그녀를 노려보다 마침내 말했다. "당신은 평범한 가정교사가 아니죠, 프로스트 양?"

프로스트 양은 험악한 미소를 지었다. "그리고 당신은 평범한 하녀가 아니고요, 포켓 양."

15

올웨이스 양에겐 계획이 있었다. 놀라울 정도로 간단하고, 정말 완벽한 계획이었다. 시작은 내 머리였다. 올웨이스 양이 파티 전에 내 머리를 매만져주러 왔다. 나는 이미 완벽히 멋진 모습이라고 생각했다. 귀한 종마의 자연스러운 부드러움을 타고났기 때문이다. 아니면 최소한 잘 키운 당나귀 정도는 된다.

"성대한 파티에는 이걸론 안 돼요." 올웨이스 양이 내 머리칼을 들고 말했다.

나는 내 친구를 보았다. 칙칙한 갈색 드레스, 박박 문질러 닦은 창백한 얼굴, 뒤로 넘겨 묶은 갈색 머리. **이렇게** 볼품없는 사람이 나를 변신시켜준다고? 그렇게 될 모양이다. 올웨이스 양은 나를 작은 욕실 한가운데에 앉히고 작업을 시작했다. 클립 몇 개, 교묘한 곳에 찔러 넣은 빗 몇 개, 그리고 푸른 리본으로 올웨이스 양은 순식간에 내 머리를 눈부시게 아름답게 만들어주었다.

"우린 가야 해요." 올웨이스 양은 굉장히 간단하게 잘라 말했다.

"간다고요?" 나는 거울에 비친 올웨이스 양의 모습을 올려다보았다. "어딜 가요?"

"여기서 먼 곳으로." 올웨이스 양은 벽 앞의 의자를 끌어와 내 앞에 놓았다. "뱅크스 씨가 준 돈이 있는데 뭐하러 여기에 더 있어요?"

나는 깜짝 놀라면서도 굉장히 신이 났다. "나랑 같이 갈래요?"

"우린 절친한 친구 아니었나요?" 올웨이스 양은 나를 버린다는 것은 생각할 수도 없는 일이라는 듯이 말했다. "남쪽으로 가서 우리 어머니를 만나요. 시골집이 작긴 하지만 우리가 지낼 정도는 돼요. 어머니는 당신이 오면 무척 기뻐하실 거예요."

나는 부끄러워서 얼굴을 붉혔다. 그래야 할 것 같았다. "정말이에요?"

"당연히 정말이죠!" 올웨이스 양은 있는 대로 활짝 웃었다. "최근 며칠 동안 다른 생각이라곤 하나도 못 했어요. 이 집은 당신에게 좋지 않아요, 아이비. 당신이 악몽을 꾸고, 가엾은 뱅크스 씨 사고도 있고, 계단에서 당신에게 일어난 일도 있고……. 하지만 나는 당신이 오늘 밤에 이곳을 뜨면 더 안전할 거라는 생각을 떨칠 수가 없어요."

나는 헉 소리를 냈다. "오늘 밤?"

"안 될 거 있나요? 나는 머틸다 생일 연설문을 다 썼고, 당신이 그들에게 빚진 건 클록 다이아몬드 하나뿐이죠. 물론 가기 전에 다이아몬드를 넘겨야 하겠지만, 파티까지 기다릴 필요가 있어요?"

공작 부인과 한 약속을 깨는 것이기도 했지만, 올웨이스 양의 제안대로 할까 생각하니 짜릿한 만큼 겁도 났다. 묘했다. 이 보석은 내 것이 아니다. 나는 그저 배달하는 사람이다. 머틸다에게 지금 다이아몬드를 주고 버터필드 파크를 탈출하는 게 낫다.

"좋아요, 올웨이스 양. 얼마나 빨리 떠날 수 있을까요?"

내 친구는 기뻐하며 손뼉을 쳤다. "지금 당장만 한 때가 없죠! 짐만 싸면 돼요." 그녀는 일어나서 나를 뚫어져라 바라보았다. "그러고 나서 우린 숨겨놓은 클록 다이아몬드를 가져다 머틸다에게 주면 돼요. 지금 가져오는 게 좋겠네요. 벌써 늦어지고 있고, 마지막 기차를 타려면 서둘러야 하니까."

나는 마냥 행복했다. 황홀했다. 무엇보다도 희망이 느껴졌다. 그냥 모든 걸 다 뒤로하면 된다. 유령. 나를 죽이려 하는 시계에 집착하는 여자아이. 사악한 가정교사. 그래서 나는 이렇게 말했다. "아주 좋은 생각이에요. 난 옆방에 가서……."

나는 말을 멈추었다. 문장을 끝까지 말하지 않았다. 그걸 말하기는 쉬웠을 테지만, 나는 클록 다이아몬드가 내게 이상한 영향을 준다는 걸 그동안 알게 되었다. 내가 카펫 가방을 다 싼 다음에 직접 가져오는 게 나을 것 같았다.

난 올웨이스 양에게 그렇게 말했다.

그녀는 얼굴을 찡그리고 내 손을 잡았다. "내게 뭔가 말하지 않은 게 있나요, 아이비?"

"굉장히 많아요. 내 머리는 '뭔가'들로 터질 것 같아요. 괴로운 점은, 더 많이 알게 될수록 더 이해를 못 하겠다는 거예요."

"그래서 우리가 떠나는 거예요." 그녀는 다시 미소 지었다. "나는 당신을 위한 훌륭한 계획을 많이 세워뒀어요, 아이비. 우리 어머니가 사는 마을엔 좋은 학교가 있어요. 난 당신이 적절한 교육을 받게 해줄 거고, 그리고 내 책을 완성할 거예요. 우린 굉장히 만족하며 지낼 거예요."

나는 울지 않았다. 그런 유형의 사람은 아니다. 하지만 울고 싶었다. 올웨이스 양이 내 영혼을 들여다보았기 때문이다. 물론 소리 내서 그렇게 말할 수는 없었기 때문에, 나는 내 친구를 안고 말했다. "고마워요."

올웨이스 양은 시간을 다시 말해주고는 짐을 싸기 위해 서둘러 자리를 떴다.

우리에겐 계획이 있다. 한 시간. 그리고 버터필드 파크를 영원히 떠날 것이다.

가방은 금세 쌌다. 나는 올웨이스 양을 기다리며 작은 침실 안을 괜히 걸어 다녔다. 그러다 창가에 가게 되었다. 밖을 보니 리베카와 프로스트 양이 학교에서 나오고 있었다. 리베카는 예쁜 라벤더색 드레스를 입고 있었지만(분명 파티 의상일 것이다), 프로스트 양은 평소처럼 칙칙한 검은색 프록코트를 입고 있었다. 그들은 정원 길을 걸으며 내내 열심히 이야기를 나눴다. 저 대화를 엿들을 수 있으면 정말 좋으련만!

훔쳐보기에 바빠 소리가 들려오는 것도 눈치채지 못했다. 피아노였다. 괴로운 음 하나하나가 다락을 울렸다. 가까운 동시에 먼 곳에서 들렸다. 틀림없는 〈배를 저어라〉였다. 그녀가 와 있다는 걸 나는 뒤돌아보기 전에 알았다.

하지만 전혀 두렵지 않았다. 왜 왔는지도 알고 있었기 때문이다.

트리니티 공작 부인의 거대한 침대가 문을 막고 있었다. 피에 젖은 잠옷 안의 엄청난 살이 부풀어 사방으로 흘러넘쳤다. 부인의 피부는 지금도 겨울처럼 성에 같은 푸른색으로 빛났다. 콧구멍에서는 아직도 검은 연기가 피어올랐다.

"어디 가니?" 그녀는 노래하듯 말했다.

나는 설명하지 않았다. 부인이 안다는 걸 내가 알았기 때문일 것이다. "목걸이 때문에 온 거죠. 걱정 마세요. 떠나기 전에 머틸다에게 주고 갈 거니까."

"생일파티에서. 그게 우리 약속이었다, 얘야." 부인이 가르랑거렸다.

"그게 왜 중요하죠? 머틸다의 생일에 보석을 주고 싶어 했잖아요. 난 꼭 줄 거예요. 지금이든 오늘 밤이든, 다를 게 뭐가 있죠?"

부인은 고개를 가로저었다. "파티에서. 너는 파티에서 머틸다에게 줘야 해."

"왜요? 왜 파티에서 줘야 해요?"

"왜냐하면 그게 내가 바라는 거니까." 부인은 굶주린 듯한 미소를 지었다.

"듣기 좋은 말이 아니라는 건 알지만, 당신은 정말 불쾌한 늙은이예요." 나는 침대 옆 테이블 위의 수지(獸脂) 양초 두 개를 카펫 가방에 넣었다. "그리고 내가 가는 곳에 따라올 생각은 하지 마요. 나는 새 삶을 시작할 거예요. 멋진 삶. **당신은** 초대받지 않았어요."

"정말 이렇게 간단하다고 생각하는 거냐?" 공작 부인은 엽기적으로 킬킬 웃었다. "그냥 **갈** 수 있다고 생각해? 이렇게 나를 배신하고 고통받지 않을 것 같아? 얘야, 빠져나갈 길은 없어. 게다가 지금 떠나버리면 가장 재미있는 부분을 못 보게 돼."

"난 갈 거예요." 나는 의기양양하게 가방을 가리켰다. "그리고 당신은 날 막지 못해!"

"넌 보석을 들여다봤지. 뭘 봤니? 작은 아이비를 칙칙한 집에서 데리고 나오는 것. 작은 아이비를 데리고 숲 속을 가는 것. 하지만 넌 그 이야기가 어떻게 끝나는지는 보지 못했지." 부인은 사악한 미소를 지었다. "보고 싶어 하는 거 알아."

"틀렸어요." 나는 거짓말을 했다.

내 계획은 상당히 단순했다. 등을 돌리고 부인이 사라질 때까지 창밖을 보려 했다. 눈만 오지 않았다면 그렇게 했을 것이다. 다락방에 눈이 겨울 성에처럼 쏟아졌다. 서까래 아래에서 눈송이 몇 개가 부드럽게 떨어지며 시작하는 눈이 아니었다. 갑자기 쏟아졌다. 폭설이 작은 방 안에 휘몰아쳐, 온통 두꺼운 성에와 진눈깨비로 뒤덮어 버렸다.

이제 공작 부인은 보이지 않았다. 내려다보니 눈에 발자국이 새겨지고 있었다. 의심할 여지없이 유령의 침대에서 내 쪽으로 오는 무시무시한 발자국들이었다. 눈이 바닥과 내 구두와 발목을 덮고 있었다.

공작 부인은 어디에도 없었다.

갑자기 나타났다.

부인은 얼음 속에서 솟아나는 불사조처럼 눈 속에서 나타났다. 부인의 피부는 차갑고, 미끄럽고, 얼어 있었다. 움직이려 했지만 내 발은 눈에 잡혀 있었다.

"너는 결코 내게서 자유로워질 수 없어." 부인이 속삭였다. 뚱뚱한 손가락이 펴지면서 고드름처럼 딱딱 소리를 내며 내 뺨을 쓰다듬었다. "나는 너를 무덤까지 따라다닐 거야, 얘야. 무덤, 그리고 그 너머까지. 정말 그런 운명을 원하니? 파티가 열릴 때까지 여기 있다가 약속한 대로 보석을 전달해. 내가 시키는 대로 하면 너를 평화롭게 내버려두마. 그건 약속한다." 공작 부인은 내게 더 다가왔다. 성에 낀 입술이 내 귀에 스쳤다. "그리고 하나 더. 올웨이스 양은 너에 대한 계획을 세워뒀어. 경계를 늦추지 마."

부인은 눈사태처럼 무너져 내렸다. 갑자기 내 발치에 쏟아져 눈과 고드름 더미가 되었다.

"아이비?"

올웨이스 양이 가방을 든 채 문 앞에 서 있었다. 여행용 보닛을 쓰고 있었다. 그녀의 미소에는 따스함과 자매의 사랑이 가득했다. 그 끔찍한 유령은 **정말로** 내가 절친한 친구를 의심할 거라고 생각한 걸까? 물론 올웨이스 양에겐 나에 대한 계획이 있다. 함께 새로운 삶을 시작하겠다는 계획. 거기엔 사악함이라곤 없다.

"아이비, 너무 창백해 보여요!" 올웨이스 양이 말했다. 그녀는 가방을 내려놓고 침실로 들어왔다. 놀랍게도 15센티미터나 쌓인 눈에 걸려 넘어지지 않았다. 눈이 사라졌기 때문이었다.

"두통이 좀 있었어요. 그래도 다행히 지나갔어요." 간신히 말했다.

"아이비, 생각해봤는데, 당신이 머틸다에게 클록 다이아몬드를 줄 때 내가 옆에 있는 게 나을 것 같아요. 이해하겠지만, 법적인 문제 때문에요. 어떻게 생각해요?"

"뭘요?"

"다이아몬드요. 우리 지금 당장 가지러 가요. 당신이 영리하게 숨겨놓은 곳은 이제 비밀로 할 필요가 없어요. 지금 바로 가지러 가서 여길 떠나요." 올웨이스 양은 간절히 말했다.

"마음을 바꿨어요." 나는 밝은 표정을 지으려 애썼다. "공작 부인은 내가 손님들 앞에서 머틸다에게 보석을 주길 바랐으니, 그렇게 하는 게 적절할 거예요. 나는 내 말을 지키는 사람이에요."

"아, 알겠어요." 올웨이스 양은 창문으로 가서 다가오는 황혼을 보았다. "오늘 밤에는 반달이 떠요. 알고 있었어요, 아이비?"

프로스트 양이 학교에서 똑같은 말을 했던 게 기억났다. "네."

"반달에는 특별한 종류의 아름다움이 있어요. 그렇지 않아요?" 올웨이스 양은 몸을 돌려 나를 보았다. 눈이 보석처럼 반짝거렸다. "우리 더 가까이서 볼까요, 아이비? 복도 계단으로 가면 지붕까지 갈 수 있을 거예요. 이따 시간을 절약하기 위해 목걸이를 가져와서 같이 지붕으로 가면 파티 전까지 별을 볼 수 있을 거예요. 우린 두 명의 천문학자 같겠죠! 멋지지 않아요?"

"달을 바라본다고요? 끔찍하게 들리는데요." 나는 옷장을 열고 내가 제일 좋아하는 파란 드레스를 꺼냈다. "게다가 우린 남기로 했으니까, 나는 파티 옷을 입어야 해요."

올웨이스 양은 고개를 끄덕였다. 양손을 꽉 맞잡고 있었다. "원하는 대로 해요, 아이비."

파티는 깜짝 놀랄 정도로 성대했다. 큰 홀은 반짝이는 샹들리에 아래서 방금 자른 오렌지처럼 빛났다. 루비, 사파이어, 다이아몬드, 진주, 티아라로 잔뜩 장식하고 빛나는 드레스를 입은 엄청난 수의 숙녀들이 돌아다녔다. 모피와 망토가 끝도 없이 있었다. 실크해트를 쓰고 연미복을 입은 남자들. 실크 드레스를 입고 장갑을 끼고 머리에는 꽃이나 보석을 단 여자아이들. 하인들은 제일 좋은 제복을 입고 군침이 도는 음식과 스파클링와인을 얹은 은쟁반을 들고 다녔다. 현악사중주단이 뒤에서 부드럽게 음악을 연주했다.

나는 손님들 사이를 돌아다녔다. 며칠 동안 이렇게 기분 좋은 적은 없었다. 클록 다이아몬드는 안전하게 숨겨둔 채였다. 낯선 사람들이 이렇게 많이 돌아다니는데 그걸 들고 다닌다고 생각하니 굉장히 불안했다. 머틸다가 연설하기 전에 목걸이를 잃어버리면 공작 부인은 내가 죽는 날까지 나를 따라다닐 것이다. 마지막 순간까지 숨겨놓는 게 훨씬 나았다.

보통 이런 멋진 파티에서 나는 주방에서 음식을 날라 온다. 아니면 코트를 받는다. 하지만 지금 나는 **그들** 중의 하나였다. 진짜 파티의 진짜 손님이다.

빛나는 샹들리에 아래의 케이크는 5층짜리 거석 같아 보였다. 거대한 홀의 중심에 있었다. 가장 눈길을 끄는 존재였다. 음, 생일을 맞은 여자아이를 제외하면 그렇다는 말이다.

머틸다는 불가에서 사람들에게 재미있는 이야기를 하고 있었다. 모여 있는 여자아이들은 머틸다의 말 한 마디 한 마디에 귀를 기울이는 것 같았다. 노란 벨벳 테두리 장식이 달리고 자수가 놓인 흰 실크 드레스를 입고, 검은 머리를 왕관처럼 틀어 올리고 머틸다는 심지어 나조차도 아주 매력적이라고 인정할 수밖에 없었다. 나는 리베카를 발견했다. 그녀는 큰 계단 옆에 불안한 듯 서 있었다.

올웨이스 양은 어디 있는지 보이지 않았다. 우리가 떠나는 것을 미루기로 한 뒤 보지 못했다. 나를 위한 깜짝 파티를 준비하느라 바쁜 게 분명하다. 프로스트 양은 보였다. 계단 위로 서둘러 올라가고 있었다. 본능적으로 리베카를 찾아보니 사라지고 없었다.

"내 손녀의 손님 중 누구라도 속일 수 있으리란 생각은 마, 포켓 양. 하녀는 공주 행세를 할 수 없어. 소설에 나오는 거랑은 달라."

지팡이를 짚은 레이디 엘리자베스는 번쩍이는 검은 드레스를 입은 멋진 모습이었다. 얼굴은 아직 약간 부어 있었는데 좋아 보였다. 부인은 나를 미심쩍은 눈으로 보았다. "왜 나를 보고 미소를 짓지? 당장 그만둬!"

왠지 나는 머틸다가 이야기했던 부인의 첫 남편 이야기가 생각났다. 참을 수가 없었다. "부인이 젊었을 때 모습을 상상해보고 있었던 거예요." 나는 밝게 말했다. "분명 예쁘셨을 거예요. 흉미롭지 않은 미모였겠죠. 대단한 사랑을 하셨나요? 왠지 그랬을 것 같아요. 하지만 그 남자는 다른 사람을 마음에 품었겠죠. 끝이 좋지 않았을 거예요. 벼락만큼 실연을 잘 말해주는 건 없죠. 그렇게들 말하더라고요."

잔인했다. 하지만 부인도 잔인했다.

레이디 엘리자베스는 먹이를 보는 독수리처럼 나를 바라보았다. "누구한테 들었지?"

나는 순진한 미소를 지었다. "뭘 들어요?"

"클록 다이아몬드가 네게 많은 힘을 줬구나. 그렇지 않니, 포켓 양?" 그녀의 시든 얼굴이 분노로 발끈했다. "너는 네 지위보다 높은 삶을 즐기며 내 손녀를 나흘 동안 기다리게 했어. 하지만 네 시간은 이제 끝이야. 곧 케이크를 자를 거고, 머틸다는 연설을 할 거야. 십오 분 안에 다이아몬드 내줄 준비를 해둬."

나는 부인의 머리를 두드려주었다(적절한 순간 같았다). "좋은 생각이에요."

웅웅거리는 목소리와 현악사중주단의 달콤한 멜로디를 뒤로하고 나는 계단을 올랐다. 위층을 지나 복도로 들어가는 내내 머릿속은 보석을 떠나보내는 생각으로 가득했다. 때가 왔다. 더 이상 영상을 보지 못한다. 나는 내 이야기의 결말을 알지 못할 것이다. 참담할 정도로 슬펐다.

삐걱거리는 뒤쪽 계단을 올라 다락으로 들어갈 때는 눈물이 터질 것 같았다. 수치스러웠다! 나는 서둘러 좁은 복도를 걸어가 오른쪽 문을 열었다. 부드러운 달빛이 기울어진 지붕의 좁은 틈새로 새어 들어왔다. 나는 촛불을 켜지 않았다. 그럴 필요가 없었다. 잠시만 있을 테니까. 트렁크 앞에 서서 멧돼지 창과 석궁을 치웠다. 트렁크를 열고 무가치한 보석 더미에 손을 넣었다. 영리하게 이런 곳에 숨길 생각을 하다니, 아직도 흥분되었다. 클록 다이아몬드를 찾아서 엉켜 있는 모조 목걸이들을 들어냈다. 밝지 않았지만 진실을 깨닫는 데는 오래 걸리지 않았다. 분장용 목걸이들이 내 손가락에 잔뜩 걸려 있었다. 나는 확인하고 또 확인했다.

공포가 주먹처럼 나를 때렸다.

다이아몬드가 사라졌다.

성냥을 켜고 초에 불을 붙였다. 혹시라도 다이아몬드가 떨어져 나와 모자나 보닛 밑에 있을지 모른다는 실낱같은 희망으로 트렁크 바닥까지 뒤졌다. 아니었다. 내 심장이 미친 듯이 뛰었다.

트렁크를 닫고 뚜껑에 앉아 심호흡을 했다. 공작 부인은 나를 **죽일** 거야!

누가 훔쳤을까? 프로스트 양? 그래, 정직하지 못한 가정교사는 딱 클록 다이아몬드를 훔칠 만한 유형이야! 부자연스러울 정도로 집착했잖아? 불과 몇 시간 전에 자기한테 넘기라고 말했잖아? 프로스트 양이 도둑이다. 교수형에 처해야 해!

그녀를 잡을 것이다. 그녀가 악당이라는 걸 밝힐 거야! 바닥이 삐걱거리지만 않았으면 그렇게 했을 것이다. 방의 어두운 구석에서 소리가 났다. 아주 희미했지만 부정할 수는 없었다. 나는 꼼짝 않고 서서 귀를 기울였다. **딱**. 이번엔 다락방 반대편에서 났다. 희미한 발소리가 들렸다.

"저기요?" 나는 대담하게 말했다. "프로스트 양? 모습을 드러내요, 이 사악한 멍청이!" 나는 멧돼지 창을 들었다. "난 무기가 있고, 엄청난 힘으로 이걸 휘두를 거예요!"

다른 손에 든 촛불이 떨렸다. 나는 초를 트렁크 위에 놓고 방 가운데로 갔다. 발소리. 빠른 발소리. 그들은 발을 맞춰 움직이고 있었다. 그러다 어둠 속에서 악귀처럼 나타났다. 두건을 쓴 록 넷이 방의 네 구석에서 하나씩 모습을 드러냈다. 나는 멧돼지 창을 앞으로 하고 시계 방향으로 돌았다. "포기하고 보석을 돌려줘! 분명히 말해두는데, 나는 사나운 여자애고, 주저하지 않고 너희를 꿰뚫어버릴 거야!"

록들은 발을 맞춰 움직였다. 엄청나게 빨랐다. 방 한가운데로 돌진해왔다. 몇 초 만에 나를 에워쌌다. 차가운 발톱이 내 팔을 잡고 내 발목을 감싸는 게 느껴졌다. 록 중 하나가 앙상한 손가락에 클록 다이아몬드를 감은 것이 촛불로 보였다. 내가 쥐었던 창이 날아갔다. 나는 빙글빙글 돌고 있었다. 그리고 그들은 내 발을 휙 잡아당겼다. 나는 쾅 소리를 내며 넘어졌다. 신음하다 겨우 일어나 둘러보았다.

나는 혼자였다.

나를 공격한 자들은 클록 다이아몬드를 가지고 가버렸다.

나는 바람처럼 달렸다. 삐걱거리는 뒤편 계단을 마구 내려갔다. 계단참까지 이어지는 복도를 질주했다. 복도 끝에 검은 망토가 언뜻 보였다. 가슴이 타오르는 것 같았지만 나는 멈추지 않고 황소처럼 내달렸다. 발을 더 빨리 움직이려 애썼다. 저 흉측한 작은 악당들을 잡아야지! 또 한 번 언뜻 보였다. 록이 복도 입구로 서둘러 들어갔다. 방향을 홱 바꾸더니 문 안으로 사라졌다. 리베카 침실 문이었다.

내 안에서 공포가 피어올랐다.

"리베카!" 내가 외쳤다.

나는 추적을 시작했고 리베카 침실 앞에 미끄러지며 멈추었다. 문은 열려 있었다. 나는 전속력으로 들어가다 시계를 열 개 정도 바닥에 떨어뜨렸다. 나는 미친 듯이 방 안을 둘러보았다. 도둑질하는 불한당들의 흔적은 없었다. 침대 아래를 보았다. 아무것도 없었다. 벽장. 비었다. 예고도 없이 갑자기 문이 쾅 닫혔다. 달려가 손잡이를 돌려보았더니 잠겨 있었다.

"제기랄!" 나는 문을 쾅 치며 외쳤다.

"아이비?"

나는 깜짝 놀라 소리를 지르며 돌아보았다. 구석에 올웨이스 양이 서 있었다. 짙은 갈색 옷은 어둠과 섞이는 것 같았다. 계속 방 안에 있었던 걸까? 그녀는 조심스럽게 시계들을 피해가며 내게 걸어왔다.

"올웨이스 양. 놀랐잖아요." 내가 숨을 고르며 말했다.

"미안해요. 워낙 급히 방에 달려 들어와서 내가 말문이 막혔나 봐요. 무슨 일이죠?"

"다이아몬드가 없어졌어요. 나는 다이아몬드를 훔친 록들을 뒤쫓고 있었어요!"

올웨이스 양은 나를 지나치고는 작은 테이블 앞에 서서 천천히 말했다. 찻주전자가 놓여 있었다. 잔 두 개, 숟가락 한 개, 설탕 그릇이 있었다. "당신은 제정신이 아니에요, 아이비. 계단에서 떨어진 데다, 친구 뱅크스 씨 일로 충격을 받았고, 프로스트 양의 바보 같은 이야기들까지 들었죠. 당신 신경에 큰 부담이 되었을 거예요."

내 친구는 아주 조심스럽게 차를 한 잔 따랐다. 김이 구름처럼 피어올랐다. 그녀는 잔을 받침에 얹어 내게 내밀었다. "이걸 마셔요. 기분이 나아질 거예요."

"올웨이스 양, 지금은 차 마실 때가 아니에요. 내가 지어낸 이야기라면, 저 문은 누가 잠근 거죠? 내 신경이 **그랬을까요**?" 그때 새로운 생각이 떠올라 불안해졌다. "그나저나 리베카 침실에서 뭐 하고 있는 거예요?"

"무슨 소리가 난 것 같아서요." 올웨이스 양이 말했다.

"그렇다면 내 말을 믿어야죠! 당신이 들은 소리가 그 사악한 록들이에요."

올웨이스 양은 희미한 미소를 지었다. "하지만 보다시피 여기엔 당신과 나밖에 없어요."

"이봐요, 지금은 내가 진실을 말하고 있다고 당신을 설득하고 있을 때가 아니에요." 나는 문을 열려고 애쓰며 말했다. "그들이 도망가고 있어요. 시간이 없다고요!"

리베카의 시계들이 내는 묵직한 째깍째깍 소리가 마치 내 머리를 두들기는 망치 같았다. 심장이 멎을 듯한 위기의 순간에 내 가장 뛰어난 아이디어가 태어난다. 나는 갇힌 광부의 본능을 타고났기 때문이다.

나는 망설이지 않고 공들여 정리한 시계들을 넘어 침대로 껑충 뛰어올랐다. 창턱에 올라서서 창문을 올렸다. 대단한 기술이 필요하겠지만, 나는 창턱을 따라 걸어서 옆방인 레이디 어밀리아의 침실 창문으로 들어갈 자신이 있었다. 위험은 컸지만 다른 것은 아무것도 중요하지 않았다. 나는 보석을 되찾아야 해! 마치 내 생명이 걸린 일 같았다.

"나중에 데리러 올게요!" 내가 외쳤다.

창문 밖으로 몸을 반쯤 내밀었을 때 손 하나가 내 팔을 잡고 안으로 끌어당기려 하는 게 느껴졌다. 그 사악한 록들이 돌아왔구나. 나는 팔을 빼려고 하면서 고개를 돌렸다. 하지만 내 눈에 들어온 것은 사악한 록이 아니라 올웨이스 양이었다. 힘이 천하장사였다.

"아이비, 그러지 마요. 떨어져 죽을 거예요!" 올웨이스 양은 이를 악물고 소리쳤다.

"말도 안 되는 소리!" 나는 으르렁거리고 팔을 당겼다. 올웨이스 양이 움켜쥔 것이 조금 풀렸다. 나는 창턱에 한쪽 발을 얹고 균형을 잡았다. "나는 내가 뭐 하는지 알고 있어요! 놔줘요!"

나는 마지막으로 용감무쌍하게 팔을 확 당겨서 빠져나왔다. 올웨이스 양은 비틀거리며 뒷걸음질 쳤다. 나는 균형을 잡고 발을 디뎠다. 그러자 올웨이스 양이 무시무시한 까마귀처럼 비명을 질렀다. 나는 멈추고 창을 통해 안을 보았다. 올웨이스 양이 나를 노려보고 있었다. 얼굴은 귀신처럼 하얬다. 눈빛이 험악했다. 방이 떨리는 것 같았고, 창문이 흔들렸다. 시계들이 달가닥거리다 떨어졌다. 그녀의 뒤에서 그들이 나타났다. 대부분 그녀의 드레스 주름에서 나오는 것 같았다. 두건을 쓴 록 여남은 명이었다. 그들은 광견병에 걸린 늑대들처럼 날아왔다. 한 번에 두 명씩. 망토가 부풀어 올랐다. 팔을 앞으로 뻗고 있었다.

나는 굉장히 놀랐다. 겁에 질렸다. 저 흉측한 작은 악당들은 한 몸처럼 움직였다. 그들의 앙상한 손가락이 족쇄처럼 내 팔을, 곧이어 내 발목을 잡았다. 나를 무슨 헝겊 인형처럼 끌어당겼다. 나는 열린 창문으로 날아 들어와 침실 바닥에 떨어졌다.

올웨이스 양은 겁에 질려 외쳤다. "이건 사실이 아닐 거야!"

그중 하나가 내 위로 다가왔다. 나는 시선을 들어 그것의 얼굴을 흘끗 보았다. 구릿빛 피부. 두 개의 어두운 달 같은 눈. 창백한 입술. 그리고 다른 뭔가가 있었다. 가슴팍이 오르내리고 있긴 했지만 숨 쉬는 소리는 들리지 않았다. 숨소리 대신에 들리는 소리는 틀림없이 째깍째깍 소리였다! 나는 그 몹쓸 짐승을 최대한 세게 걷어찼다. 그는 뒤로 날아가 바닥에 부딪쳤다. 올웨이스 양은 비명을 지르며 침대에 쓰러졌다. "아이비, 조심해요!" 그녀가 외쳤다.

남아 있는 다섯 명 정도의 록은 계속해서 내게 다가왔다. 올가미처럼 죄어들었다. 내겐 무기가 필요했다. 둘러보았다. 아무것도 없었다. 아무것도 없었……

이거야!

나는 빙글 돌아 큰 시계를 두 개 집어 들었다. 하나는 금, 하나는 은이었다. 조준하고 금시계를 던졌다. 록의 얼굴에 정통으로 맞았다. 두 번째 시계는 다른 록의 가슴에 정통으로 맞았다. 작은 괴물들은 비틀거리며 쉿쉿 소리를 내더니 바닥에 쓰러졌다. 남은 악당들이 내게 달려들었지만 나는 빨랐다. 하나의 배를 걷어차고 시계 두 개를 더 집었다. 아까처럼 시계를 던져 둘의 머리를 맞혔다. 그들은 쓰러져 움직이지 못했다. 하나만 남았다. 록은 나를 향해 달려들면서 두건이 뒤로 벗겨졌다. 정말 불쾌한 몰골이었다. 머리카락은 없었고 이빨은 유리 같았다. 눈은 잉크처럼 검었다. 피부는 등불처럼 타올랐다. 발톱이 내 목을 향하고 있었다. 나는 양손으로 대리석 시계를 잡고 악당의 머리를 내려쳤다.

시끄럽던 멍청이는 벽돌처럼 바닥에 떨어졌다. 그가 떨어지며 망토 안에서 클록 다이아몬드가 튀어나왔다. 나는 달려들어 다이아몬드를 주워 들고 열린 창문으로 달려가 기어 나갔다. 보석을 주머니에 넣고 창턱으로 뛰어나갔다. 조심하면서도 서두르며 나는 저택의 벽을 타고 나아갔다. 아래에는 도착하는 마차들을 위한 횃불들이 늘어서서 1층부터 2층까지를 밝게 비추고 있었다. 나는 겁에 질렸다. 그러나 무척 용감하기도 했다. 어마어마하게 불안했다. 그렇지만 용감무쌍했다.

올웨이스 양이 창밖으로 머리를 내밀어 소리쳤다.

“아이비, 돌아와요! 그러다 죽어요!”

나는 그 말이 틀렸기를 빌었다.

16

나는 내려다보지 않았다. 숨도 거의 쉬지 않았다. 창문. 중요한 것은 레이디 어밀리아 침실의 창문뿐이었다. 나는 옆으로 짧게 걸으며 재빨리 움직였다. 돌벽 틈에 손을 넣었다. 이젠 올웨이스 양의 목소리가 들리지 않았다. 며칠 동안이나 좁은 창턱 위를 걸은 것 같은 기분이었다. 손을 뻗었더니 드디어 차가운 유리창이 만져졌다. 성공이다!

"제발 잠겨 있지 마."

나는 숨을 한번 깊이 들이쉬고 창문을 당겼다. 열렸다! 한 손으로 여닫이창을 잡은 채 나는 레이디 어밀리아의 침실로 들어갔다. 침대 옆 테이블에 등불이 켜져 있었다. 방 안은 조용했다. 내가 보기엔 텅 비어 있었다. 흥분한 상태에서 나는 한 가지만 생각했다. 클록 다이아몬드. 주머니에 든 다이아몬드를 만져보았다. 떨어지지 않아 천만 다행이다.

침실 문을 향해 달려갔지만 문까지 가지는 못했다. 손잡이를 돌리는 끽 소리가 들렸기 때문이다. 누군가 들어오고 있다! 얼른 나는 레이디 어밀리아의 침대 발치에 있는 트렁크의 뚜껑을 열고 뛰어들었다. 나는 놀란 토끼의 재빠름을 타고났기 때문이다. 조용히 뚜껑을 닫으며 침실 문이 열리는 것을 보았다. 그리고 잰 발소리가 들렸다. 그들이었다.

문이 열리고 닫히는 소리가 들렸다. 서랍을 뽑고 창문을 올리는 소리가 들렸다. 나는 간신히 담요를 덮었다. 트렁크 안은 완전히 깜깜했다. 관 속 같았다. 록들은 소리를 거의 내지 않았다. 그들의 흉물스러운 작은 몸 안에서 나는 째깍째깍 소리만 들렸다. 나는 숨을 죽이고 그들이 나를 찾지 못하기를 빌었다.

록 하나가 근처를 지나가는 소리가 들렸다. 록은 멈추었다. 나는 눈을 꼭 감고 기도했다. 다시 움직이는 소리가 들렸다. 작은 발이 빠르게 멀어지는 소리가 들렸다.

그들이 나가고 있다!

뚜껑을 열 용기는 나지 않았다. 아직은 안 된다. 이게 속임수가 아니라는 걸 확신하기 전에는 못 나간다. 하지만 최소한 눈을 뜰 정도로 차분해지기는 했다. 트렁크 안이 어둡지 않고 흐릿한 빛이 나서 놀랐다. 강한 빛은 아니었지만 나무 상자 속을 밝힐 정도는 되었다.

클록 다이아몬드였다. 내 주머니 속에서 달빛처럼 빛나고 있었다. 나는 다이아몬드를 꺼냈다.

순수한 기쁨이 물결처럼 몰려와 나를 감쌌다.

눈이 아니었으면 나는 꺅 소리를 질렀을지도 모른다. 보석 안에서 예전처럼 눈이 내리기 시작했다. 눈. 그리고 숲. 발자국. 두 사람. 노란 보닛을 쓴 여자와 소녀. 나였던 소녀.

여자와 나는 온종일 걸은 뒤였다. 그랬다는 걸 척 보니 알 수 있었다. 우리가 터덜터덜 걸어가는 동안 장면이 바뀌기 시작했다. 숲이 사라지며 눈 속으로 가라앉았다. 그 자리의 얼음에서 건물들이 솟기 시작했다. 도시 주택들과 공장. 은행과 빵집. 성에로 미끄러워진 자갈길. 차로와 좁은 길. 말과 마차, 그리고 굴.

런던. 우리는 런던에 있었다.

여자는 나를 끌고 사람이 많은 거리를 지나갔다. 얼굴은 아직도 노란 보닛에 가려져 보이지 않았다. 그녀는 나의 손을 잡고 끌고 가다가 붉은 벽돌 건물 앞에 섰다. 좁고 높은 건물이었다. 창문은 희고 문은 파랬다. 빛바랜 놋쇠 명판이 초인종 아래에 붙어 있었다. 읽을 필요도 없었다. 나는 그들이 어디에 있는지 **정확히** 알았기 때문이다. '해링턴의 원치 않는 아이 보호소'. 문이 홱 열렸다. 나는 너무 어려서 명판을 읽을 수 없었지만 내가 어디에 있는지 알았고 그것이 무엇을 뜻하는지도 알았다.

바람이 휭휭 불었다. 나는 여자의 손을 뿌리치고 계단을 달려 내려갔지만 멀리 가지 못했다. 나는 얼음 낀 자갈에 발이 미끄러져 넘어졌다. 여자가 곧 내게 왔다. 그녀는 나를 일으켜 세웠다. 그때 바람이 몰아쳐서 머리에서 노란 보닛을 날려버렸다. 여자의 빨강 머리는 눈보라 속에서 횃불처럼 펄럭였다.

그 여자는 프로스트 양이었다!

그녀는 나를 일으키고 다시 계단 위로 올라가 고아원으로 갔다. 우리는 안으로 들어갔고, 등 뒤로 문이 쾅 닫혔다. "아니, 아직 안 돼!" 나는 외치고 싶었다. 어두운 안개가 보석 안에서 빙빙 돌며 빛을 삼켰다.

영상은 끝났다.

그녀였다. 사악한 사람! 그녀가 나를 부모님에게서 데리고 왔다. 내가 살았던 삶에서 나를 뜯어냈다. 기억나지 않는 그 삶에서. 프로스트 양이었다. **전부 다** 프로스트 양의 짓이었다. 하지만 어째서 나를 납치한 걸까? 버터필드 파크에 온 이유는 뭘까? 리베카는 왜 그녀의 흉계를 돕고 있을까?

내겐 답이 필요했다. 답을 얻을 것이다. 이 사악한 모든 것에 대한 진실을. 나는 트렁크를 밀어서 열고 밖으로 기어 나왔다. 심장이 아까처럼 쿵쿵 뛰었지만 두려워서는 아니었다. 내 핏줄 안에는 분노가 흘렀다. 레이디 어밀리아의 침실에서 뛰어나가는 내게 분노가 힘을 주었다. 분노가 내 짙은 눈을 빛나게 했다. 완전히 다 끝내버릴 것이다.

그 사악한 가정교사를 찾아낼 것이다.

복도는 비어 있었다. 하지만 프로스트 양은 멀지 않은 곳에 있을 것이다. 아까 계단을 올라가는 것을 봤다. 그 흉측한 록들의 일을 감독했다고 생각하면 앞뒤가 맞았다.

나는 뒤쪽 계단을 향해 힘차게 뛰었다. 종마처럼 달려갔다. 복도가 흐릿하게 스쳐 지나갔다. 그래서 양쪽 문가에 록이 하나씩 숨어 있는 걸 보지 못했다. 록들은 쏜살같이 뛰어나왔다. 내 팔을 잡는 게 느껴지기도 전에 나는 붕 떠서 뒤로 날아갔다. 그들에게 잡히는 것은 죽음과도 같았다. 내가 등부터 떨어지자 우레 같은 소리가 났다.

하지만 나는 곧 회복하고 가까이 있는 록의 배를 찼다. 그 몹쓸 괴물은 복도 중간에 뒤엉킨 채 자빠졌다. 두 번째 록이 다가오는 동안 나는 벌떡 일어났다. 록은 굉장히 빨랐다. 나를 벽에 던지고 발톱을 내 목에 댄 채 머리를 벽에다 눌렀다. 숨이 가빠지는 게 느껴졌다. 시야가 흐려지기 시작했고 목에는 불이 붙은 것 같았다. 록은 더 단단히 나를 죄었다. 나를 죽이고 있다.

나는 록의 팔을 힘껏 물었다. 나는 엄청난 이를 가지고 있다. 조금 크다. 낙타 같지는 않지만 크다. 쓸모가 있다. 록은 쉭 소리를 냈다. 록의 검은 눈에 파문이 일었다. 죄는 힘이 약해졌다. 가까운 스탠드 위에 금색과 보라색으로 된 끔찍하게 생긴 항아리가 있었다. 나는 항아리 주둥이 부분에 손가락을 걸어 록의 흉측한 작은 머리를 내려쳤다. 항아리는 멋지게 깨졌다. 록은 바닥에 쓰러졌다. 팔은 멋진 빨간색이었고 잇자국이 잔뜩 나 있었다. 상처에서 투명한 액체가 배어났다. 그게 피라면 내가 본 그 어떤 피와도 달랐다.

그때 기억났다. 프로스트 양. 나는 다시 복도를 내달렸다. 그들이 모퉁이를 돌아 나왔다. 넷이었다. 엄청난 속도로 돌진해 왔다. 가운이 케이프처럼 펄럭였다. 이 끔찍한 놈들은 끝없이 있는 걸까? 나는 미끄러지며 멈췄다. 돌아서서 왔던 길로 되돌아갔다.

나는 복도를 나와 파티가 열렸던 큰 홀 위의 계단참으로 달려갔다. 왼쪽에는 큰 계단이 있었다. 거기에는 록 둘이 경비를 서고 있었다. 그들은 내게 덤비지 않고 그냥 선 채로 나의 탈출을 막고 있었다. 서쪽 건물 방향으로 계단참을 가로질렀다. 거의 도착했을 때 록들이 나타났다. 열 명 정도였다. 굶주린 자칼 무리처럼 복도로 쏟아져 나왔다. 뒤를 돌아보았다. 나를 쫓던 록들이 멈춰 서 있었다.

나는 사방으로 둘러싸였다.

도망칠 곳이 없었다.

계단에서 록 하나가 발톱이 달린 손을 내게 들어 보였다. 발톱이 펼쳐졌다. 다른 록들도 똑같이 따라 했다. 말은 한마디도 하지 않았다. 어쩌면 록은 말을 못 하는 건지도 모른다. 하지만 그들이 무슨 말을 하고 있는지 나는 완벽하게 알아들을 수 있었다. '클록 다이아몬드를 넘겨라. 넘기거나, 죽어라.'

그들은 한 몸처럼 움직이기 시작했다. 우리에 갇힌 동물처럼 나는 필사적으로 주위를 둘러보았다. 빠져나갈 길은 없었다. 음, 난간 아래로 뛰어내리는 걸 제외하면 말이다. 그러면 목이 부러질 수도 있고, 최소한 다리 한두 개는 부러질 수 있다. 록들이 가까이 다가왔다. 그래서 나는 난간을 향해 뛰기 시작했나 보다. 그리고 껑충 뛰어올랐다. 두 발이 난간 위에 닿았다. 나는 두 발로 난간을 밀며 더 높이 뛰어 올랐다. 아래의 큰 홀은 보지 않았다. 나는 그저 구원을 향해 날아갔다. 다다르거나…… 죽거나다.

상들리에가 내게 돌진해 왔다. 나는 두 팔을 마구 버둥거렸다. 몸이 떨어지는 게 느껴졌다. 나는 절박해져서 손가락을 뻗었다. 빛나는 촛불들 사이의 쇠다리에 걸렸다. 나는 끙 소리를 냈다. 팔에 꾹 힘을 주었다. 쇠다리를 움켜쥔 손마디가 하얗게 되었다. 샹들리에는 거칠게 흔들렸다. 다리에 달린 크리스탈들이 아래쪽 홀로 떨어져 비커스 백작 부부 머리에 맞았다. 당연히 그들은 위를 보았다. 주위 사람들도 위를 보았다.

비명 소리가 들리기 시작했다.

"맙소사, 저게 뭐지?" 어떤 멍청한 여자가 소리 질렀다.

"아이다! 어린아이야!" 다른 사람이 외쳤다.

"도와줘요. 누가 좀 도와줘요!" 어떤 소녀가 소리 질렀다.

"난 괜찮아요! 그냥 계속 파티 하세요! 내가 없다고 생각하고!" 내가 외쳤다.

하지만 전혀 괜찮지 않았다. 손가락이 미끄러지고 있었고, 샹들리에를 꽉 잡을 수가 없었다. 나는 나도 모르는 사이에 떨어지고 있었

다. 우레 같은 비명 소리가 들렸다. 눈을 감고 딱딱한 바닥에 부딪혀 뼈가 부러지기를 기다렸다.

그런데 내가 떨어지자 철퍽 소리가 났다.

마치 진흙탕에 떨어진 것 같았다.

아니면 5층짜리 생일 케이크에.

엄청난 양의 크림과 아이싱과 바닐라케이크가 분수처럼 공중으로 치솟았다. 서포크 상류층에게 맛있는 소나기가 쏟아져, 이마와 모자와 눈과 드레스를 신날 정도로 정확하게 맞혔다.

눈을 번쩍 떴다. 나는 머틸다의 케이크에 박혀 있었다. 등이 아팠지만 부러진 데는 없는 것 같았다. 하인 두 명이 달려와 나를 들어내주었다.

케이크에서 내려오는 건 조금 굴욕적이었다. 사람들이 전부 모여 있었다. 나는 설명을 해야 할 것 같았다. 위층에서 실제로 일어난 무서운 사건 말고 사람들의 호기심을 만족시킬 만한 것으로 말이다.

"사실 **아주** 웃긴 이야기예요." 나는 드레스에서 커다란 바닐라케이크 덩어리를 떼어내며 말했다. "미끄러운 바닥, 마멀레이드 한 병, 아주 솜씨 없는 공중 곡예사였던 내 과거와 관련된 이야기죠."

"내 케이크를 망쳐놨어!"

머틸다였다. 당연하지.

"난 네가 내 파티에 오는 게 싫었어! 내 집에 있는 것도! 천장에 원숭이처럼 매달려서 구경거리가 되다니. 너 정말 그렇게 관심을 받지 못해 안달인 거니? 안됐다는 마음이 들 지경이다, 포켓. 네가 고아인 것도 놀랄 일이 아니야. 너희 부모님은 아마 수치스러워서 돌아가셨을 거야." 머틸다는 충격받은 표정을 짓고 있는 친구들을 보았다. "이 꼬마 하녀를 딱하게 생각할 필요 없어. 언제나 이런 일을 벌이거든. 다이아몬드는 어디 있지, 포켓? 나한테 주고 이 집에서 나가!"

내 마음은 다른 곳에 있었다. 프로스트 양. 록들. 이러고 있을 시간이 없다. 음, 잠깐은 괜찮으려나.

나는 머틸다에게 미소 지었다. "언짢아 보이는구나. 케이크 좀 먹어."

곧 내 손은 머틸다의 머리 뒤에 가 있었다. 머틸다의 얼굴은 망가진 생일 케이크로 날아가 보기 좋게 처박혔다. 커다란 크림 한 덩어리가 날아가 레이디 엘리자베스의 코에 명중했다. 머틸다는 화난 앵무새처럼 빽빽 소리 질렀다. 레이디 엘리자베스는 나를 공개 처형하라고 외쳤다. 주변의 모든 손님들은 충격받아 헉 소리를 내고, 몰래 키득거렸다. 레이디 어밀리아마저 웃음을 참는 것 같았다.

하지만 나는 남아서 그 순간을 즐기지 않았다. 프로스트 양이 위쪽 계단참에서 엄청난 속도로 달려가는 것을 보았기 때문이다. 굉장히 화가 난 표정이었다. 나는 손가락에 묻은 설탕을 핥고 그녀의 뒤를 쫓아 계단을 뛰어올랐다.

프로스트 양은 동쪽 건물로 사라졌다. 그 이유는 알 수 없었다. 내가 클록 다이아몬드를 지닌 걸 알 텐데 왜 나를 뒤쫓지 않았지? 나는 복도를 달리며 열린 문마다 들여다보았다. 프로스트 양이나 그녀의 사악한 록들의 흔적은 없었다. 리베카의 방문도 다시 활짝 열려 있었다. 올웨이스 양이 탈출해서 나는 마음을 놓았다. 복도 끝에서 왼쪽으로 돌아 다락으로 이어지는 좁은 계단을 올라갔다. 내 침실은 조용하고 잠잠했다. 그렇지만 내가 목걸이를 숨겼던 방에서는 굉장히 시끄러운 소리가 났다.

나는 내 침실로 달려가 벽난로의 부지깽이를 집어 들고 서둘러 복도로 나온 다음 전쟁을 벌일 준비를 하고 창고 문을 확 열었다.

프로스트 양이 긴 칼을 들고 있었다. 그녀는 빠르게 숨을 헐떡이고 있었다. 주위에는 두건 달린 가운 여남은 개가 맨바닥에 떨어져 있었다. 옷에서는 꺼져가는 잉걸불에서처럼 흰 연기가 피어올랐다.

프로스트 양이 나를 보았다. 그녀는 칼을 내렸다. "포켓 양, 저녁 내내 찾아다녔어요."

순간 내 마음속에서 클록 다이아몬드가 보여준 영상이 떠올랐다.

나는 부지깽이를 들어 그녀를 겨누었다. "난 다 알아요!" 내가 외쳤다.

"무기를 내려요." 그녀가 차갑게 말했다.

"내리지 않을 거야!" 나는 그녀에게 다가가며 고함쳤다.

프로스트 양이 칼을 들었다. 우리는 서로 마주하고 빙글빙글 돌기 시작했다.

"클록 다이아몬드는 어디 있죠?" 가정교사가 물었다.

"당신이 찾지 못할 곳에, 이 악당!"

"진정해요, 포켓 양. 당신은 오늘 밤 일에 대해 궁금한 게 많겠죠. 하지만 지금 나는 당신을 안전하게 지키려고 혼신의 힘을 다하고 있어요. 올웨이스 양은 때가 왔다고 믿고 있고, 필요하다면 무슨 일이든 할 거……."

"올웨이스 양 탓 좀 그만해요! 당신이 날 데려간 걸 알아요! 보석에서 봤어요. 당신이 나를 집에서 납치했어요. 내 가족에게서. 나를 그 끔찍한 고아원으로 끌고 갔잖아!"

내 안에서 분노가 끓어올랐다. 가슴속에 폭풍이 치는 것 같았다. 나는 돌진하며 부지깽이로 가정교사를 찔렀다. 그녀는 칼을 써서 손쉽게 옆으로 흘려보냈다.

프로스트 양은 한숨을 쉬었다. "클록 다이아몬드를 쫓아다니면서 여러 어두운 곳에 가게 됐어요, 포켓 양. 내가 당신을 발견한 곳이 그런 곳이었어요."

마침내 진실을 듣게 되니 상당히 충격적이었다. 너무나 많은 생각과 질문이 떠올라 무엇부터 시작해야 할지 알 수 없었다. 나는 마침내 물었다. "내가 보석 속에서 본 집, 당신이 나를 데리고 나온 집은 내가 자란 집인가요?"

프로스트 양은 고개를 가로저었다. "그 집에는 부랑자들과 범죄자들, 그 밖에도 좋지 못한 사람들이 가득했어요. 버림받은 곳이었어요, 포켓 양. 마지막 수단으로 가는 곳."

"구빈원이었나요?"

"나는 클록 다이아몬드와 관련된 정보를 따라가고 있었어요. 당신과 당신 어머니가 안쪽 방에 있었어요. 당신은 어머니의 다리 위에서 고양이처럼 웅크린 채 자고 있었죠."

나는 꺅 소리를 냈다. 기쁨이 물결처럼 내 몸에 번졌다. 어머니!

그러나 프로스트 양은 얼굴을 찌푸리고 있었다. "돌아가신 뒤였어요, 포켓 양. 돌아가셨어요."

프로스트 양은 내게 한 걸음 다가왔지만, 나는 물러섰다.

"당신이 곤히 잠들어 있어서 내가 데려왔죠. 내가 어떻게 했어야 하나요? 거기 두고 와요? 네, 당신은 도망가려고 했어요. 그리고 내가 막았죠." 프로스트 양은 헛기침을 했다. "내 사정 때문에 눈에 띄고 싶지 않았어요. 그래서 걸어서 나왔고 숲을 지났죠. 당신이 일어나서 당신이 이름을 말해줬고…… 어머니를 찾았어요. 고아원에 도착하자 당신은 난리를 피웠어요. 책상에 머리를 부딪었죠. 다음 날 다시 가봤더니 당신은 나를 못 알아보더군요. 의사 말이 전날 기억이, 어머니에 대한 기억이 아예 없대요. 나는 안도했죠."

"그게 누구였죠? 내 어머니는 누구였죠?"

프로스트 양의 시선이 잠시 흔들렸다. 아주 잠깐이었다. "나는 몰라요. 당신 어머니는 가진 물건이 없었어요. 옷은 낡아서 올이 다 드러날 정도였고, 보석류는 없었어요. 가족이 길거리로 쫓아냈는지도 모르죠. 누가 알겠어요?"

"그렇지만 내 아버지는요?" 내 목소리가 비통함으로 떨렸다. "아버지가 있긴 할 거 아니에요? 왜 아버지를 찾으려고는 안 해봤어요? 뭐든 나를 그 끔찍한 곳으로 보내는 것보단 나았을 텐데."

"포켓 양, 내가 당신을 발견한 장소를 고려해볼 때, 난 당신 아버지는 돌아가셨거나 당신의 존재를 모를 거라고 생각해요." 가정교사는 나와 시선을 맞추기 위해 고개를 숙였다. "삶은 어머니와 당신을 버렸던 거예요, 포켓 양. 어머니는 결혼반지를 끼고 있지 않았어요. 이해하겠어요?"

물론 이해한다.

"내게 내내 거짓말을 해왔군요. 거짓말하고, 나 몰래 계획을 세우고, 책략을 꾸미고."

프로스트 양은 대답하지 않았지만 얼굴에 그림자가 스쳐 지나갔다.

"리베카도 알아요? 둘이서 그림자 속에서 꾸미던 음모가 이런 거예요? 큰 비밀이 뭐죠? 말해줘요, 프로스트 양. 내겐 알 권리가 있어요!"

"지금은 때가 아니에요."

그녀는 틀렸다. 지금이 **바로** 그때다. 나는 답을 원했고, 답을 얻을 것이다. "버터필드 파크에는 클록 다이아몬드 때문에 왔어요, 나 때문에 왔어요?" 내가 외쳤다.

"간단히 대답하면, 둘 다예요."

"이 자리를 차지하려고 리베카의 예전 가정교사를 죽였겠죠?"

프로스트 양은 못마땅해하는 눈으로 나를 보았다. "나는 서포크를 떠나서 이탈리아에서 여름을 보낼 수 있도록 로체스터 양에게 200파운드를 줬어요."

정말 실망스럽다.

"보석이요, 포켓 양." 그녀는 차분하고 싸늘하게 말했다. "어디 있죠?"

나는 두 번째로 달려들었다. 프로스트 양은 뒤로 물러서며 손목을 휙 움직여 내 목에 칼을 댔다. 나는 증오가 타오르는 눈으로 그녀를 보았다. "당신은 나쁜 사람이에요, 프로스트 양."

"어쩌면."

비명 소리가 긴장을 깼다. 바깥 복도에서 난 것이었다. 분명히 리베카였다. 나는 문 쪽으로 몸을 돌렸다.

"리베카?" 내가 외쳤다. "리베카한테 무슨 짓을 했나요, 프로스트 양?"

침묵.

다시 돌아봤더니 가정교사는 사라지고 없었다.

나는 삐걱거리는 뒤쪽 계단을 달려 내려왔다. 모퉁이를 돌아 복도로 들어갔다. 복도 끝에서 리베카가 룩 무리에 에워싸여 있었다. 그들은 리베카를 잡아 끌고 가고 있었다. 내가 가만 놔두지 않을 거야!

"가고 있어!" 내가 외쳤다.

땀이 나는 손으로 부지깽이를 꽉 잡고 속도를 냈다. 리베카는 계단참 근처 문 안으로 끌려 들어가고 있었다. 문틀 양쪽을 붙들고 안간힘을 쓰며 버티고 있었다. 머틸다의 침실 앞을 달려가는데 록 하나가 내게 날아왔다. 나는 멈추지 않았다. 부지깽이를 휘둘러 그 구릿빛 얼간이의 배를 후려쳤다. 록은 몸을 구부리며 떨어졌다.

"서둘러, 아이비!" 리베카가 날카롭게 외쳤다.

이제 록들과 싸우기 시작했다. 둘이 발톱을 드러내고 내게 달려왔다. 나는 한 놈의 머리를 쳤다. 다른 록이 내 손목을 잡고 바이스 기구처럼 죄기 시작했다. 나는 그 록의 손을 깨물었다.

나의 멋진 싸움 기술을 보고(나는 군사 지도자의 본능을 타고났기 때문에) 리베카도 다른 록의 발을 밟았다. 이어서 용감하게 정강이를 걷어찼지만 미끄러져 넘어졌다(리베카는 나처럼 싸움에 재능이 있지 않다). 그래도 사악한 난장이는 놀란 토끼처럼 도망갔다. 나는 다른 두 록과 맞붙어서 하나는 머리, 다른 하나는 가슴을 쳤다. 나는 정말 대단했다! 우리에게 덤비는 작은 괴물들이 새로 나타났으리라 생각하고 복도를 둘러보았지만, 하나도 없었다……. 적어도 지금은. 나는 리베카의 손을 잡고 일으켜 세웠다.

우리 주위 바닥에는 록들이 널려 있었다.

"다쳤니?" 내가 리베카에게 물었다.

가엾은 리베카는 숨을 고르며 팔을 내밀었다. 손목 주위에 상처가

세 개 있었다. "난 괜찮을 거야. 아이비……."

우리 뒤편 복도에서 빠른 발소리가 들렸다. 비명 소리도 들렸다. 오싹할 정도의 비명이었다. 재빨리 돌아보았다. 올웨이스 양이 휙 지나갔다. 록 셋이 재빨리 그 뒤를 쫓았다. 그리고 끔찍한 쿵 소리가 들렸다. 올웨이스 양의 비참한 비명이 들렸다. 뒤이어 복도 끝을 지나간 광경은 나를 소름 끼치게 했다. 악당들이 올웨이스 양을 곡식 자루처럼 질질 끌고 가고 있었다. 올웨이스 양은 다리를 버둥거렸고, 그들을 멈춰보려고 손톱으로 바닥을 긁었지만 소용없었다. 그녀는 시야에서 사라져 뒤편 계단 쪽으로 끌려갔다.

"두려워하지 말아요, 올웨이스 양. 내가 구해줄 테니!" 내가 외쳤다.

"아이비, 저건 속임수야!" 리베카가 내 팔을 잡으며 말했다. "올웨이스 양은 네가 생각하는 것처럼 좋은 친구가 아니야. 올웨이스 양은 이제까지 너를 끔찍하게 이용해왔어. 그녀를 따라 지붕으로 가지 않겠다고 내게 약속해줘!"

지붕? 프로스트 양이 사악한 음모를 실행에 옮기는 데가 지붕이구나!

"이 가엾은 얼간아, 네가 속은 거야." 내가 부드럽게 말했다. "만약 올웨이스 양이 클록 다이아몬드를 원했다면 배에서 가져갈 수 있었어. 하지만 그녀는 결코 **보지** 않으려 했다고."

"그건 네가 자기에게 쓸모가 있을 것 같아서 그랬던 것뿐이야." 이런 불쾌한 대답이 돌아왔다. 리베카는 내 팔을 더 꽉 잡았다. "너 올웨이스 양에게 클록 다이아몬드를 목에 걸어본 적 있다고 했지?"

그게 대체 무슨 상관이람? "응, 그랬던 것 같네."

리베카는 고개를 끄덕이며 중얼거렸다. "그게 증거라고 믿은 거야."

"무슨 증거?"

"모든 것." 리베카의 목소리는 떨리고 있었다. "아, 아이비. 올웨이스 양의 마음은 시꺼매."

"그리고 프로스트 양은 성자고? 그 사람은 나를 납치했어, 리베카. 나를 고아원에 데려가서 거기서 썩게 내버려뒀다고."

"다른 방법이 없어서였다면?"

나는 깜짝 놀랐다. 리베카가 프로스트 양의 배반을 알았다고? 그런데도 편을 들어? 그렇다면 설명은 한 가지뿐이다. "얘, 넌 뇌염을 앓고 있어. 머리를 과일 펀치에 담그도록 해. 아주 좋은 치료법이야."

나는 얼른 지붕을 향해 갔다.

"아이비, 내가 도와줄게!" 리베카가 외쳤다.

"필요 없어. 프로스트 양을 처리하겠어." 나는 돌아보지 않고 말했다.

"하지만 아이비, 네가 이해 못 하는 게 있어! 제발 지붕 위로 올라가지 마. 그건 속임수야!"

리베카는 계속 나를 부르며 쉴 새 없이 이야기했지만 리베카의 말은 곧 멀어졌다.

이미 난 가고 있었다.

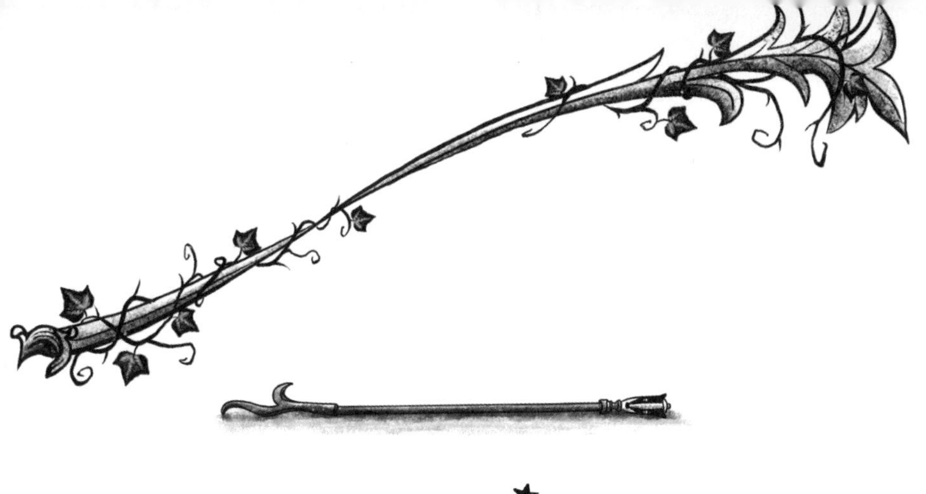

17

천장에 달린 문이 열려 있었다. 하늘에서 별들이 반짝이는 게 언뜻 보였다. 금속과 금속이 부딪치는 소리가 들렸다. 끙끙, 헉헉 하는 소리가 들렸다. 나는 흔들리는 작은 계단의 첫 단에 발을 얹었다가 멈췄다.

클록 다이아몬드.

왠지 몰라도 그걸 들고 지붕에 올라가는 건 심각한 실수일 것 같았다. 그래서 나는 얼른 내 침실로 가서 숨길 만한 곳을 찾았다.

얼마 걸리지 않았다.

나는 화장대로 달려가서 주머니에 든 보석을 꺼내 물병에 넣었다. 기분 좋은 퐁당 소리와 함께 바닥으로 가라앉았다. 완벽해!

나는 천장의 문으로 기어올라 지붕에 올라갔다(큰 부지깽이를 들고 가자니 쉽지 않았다). 이 집은 동쪽과 서쪽 건물의 지붕은 기울어져 있고 큰 홀 위쪽은 평평했다. 나는 평평한 곳에 서 있었다. 금속끼리 부딪치는 날카로운 소리가 요란하게 울려 퍼졌다. 먼 곳에, 올웨이스 양과 프로스트 양이 있었다. 두 사람 주위에는 검게 그은 망토들이 쌓여 있었다. 둘 사이의 거리는 1미터도 되지 않았다. 올웨이스 양의 발치에는 단검이 떨어져 있었고, 목 앞에는 칼날이 있었다.

제일 먼저 올라온 내 본능은 소리 지르는 것이었다. 고함을 치며 "하지 마!"라든가 "칼을 내려, 이 악마 같은 멍청아!"처럼 아주 쓸모 있는 말을 하고 싶었지만, 둘 다 하지 않았다. 그러는 대신, 몰래 그들에게 다가갔다. 프로스트 양은 내게 등을 돌리고 있었다. 올웨이스 양은 놀라울 정도로 용감했다. 눈에 공포는 어려 있지 않았다. 사실 전혀 겁먹지 않은 것 같았다. 나는 기울어진 기둥의 들보 위를 조심스레 밟으며 살금살금 걸어갔다. 올웨이스 양이 내 쪽을 보고 있다는 걸 눈치챘다. 하지만 아주 잠깐이었다. 올웨이스 양은 영리하다. 내가 자신을 구하러 올 것을 알고 있었지만 비밀을 드러내지 않았다.

"왜 이러는 거죠, 프로스트 양?" 그녀가 갑자기 외쳤다. "난 이해가 안 돼요!"

프로스트 양은 당황한 것 같았다. "이건 무슨 수작이지?"

"나에겐 클록 다이아몬드가 없어요. 내가 가지고 있지 않은 걸 줄 수는 없어요. 제발 날 죽이지 말아요!" 올웨이스 양이 굉장히 흥분해서 말했다.

"난 널 죽여야 돼." 대답은 차가웠다. "네가 왜 위험에 처한 여인처럼 행동하는지는 상상이 안 가지만 말이야."

이제 나는 바로 뒤에서 때릴 준비를 갖추고 있었다. 바로 그 순간에 프로스트 양이 내가 지붕 위에 있는 걸 느낀 것 같았다. 프로스트 양이 몸을 홱 돌렸지만 너무 늦었다. 나는 부지깽이로 그녀의 손을 때렸고, 칼이 땅에 떨어졌다. 용감한 올웨이스 양이 순식간에 발치의 단검을 주워 들고 프로스트 양을 압도했다.

"잘했어요, 아이비!" 그녀가 말했다.

프로스트 양은 항복의 표시로 두 팔을 들고 물러서기 시작했다.

"바보처럼 굴지 마요, 포켓 양. 당신 눈앞의 모습을 봐요. 당신의 친구는 겉보기와는 달라요." 가정교사가 말했다.

"그녀를 지켜봐요, 아이비." 올웨이스 양이 프로스트 양을 향해 단검을 흔들며 말했다. "교활한 짐승이에요. 클록 다이아몬드를 가지고 싶어 하는 암살자죠. 그걸 손에 넣기 위해서라면 뭐든 하고, 누구든 죽일 거예요."

"올웨이스 양은 진실을 왜곡하고 있어요. 보석을 손에 넣으려고 무슨 짓이든 할 사람은 저 사람이에요. 나는 그걸 지키고 싶어 해요. 저 사람은 그걸 통제하고 싶어 하고요."

가정교사는 조심스럽게 자신을 겨눈 단검으로부터 뒤로 물러섰다. 지붕 끝의 난간에 등이 닿았다. 올웨이스 양이 덤벼들며 프로스트 양의 창백한 목에 칼날을 댔다.

나는 올웨이스 양 옆에 서서 부지깽이로 가정교사를 겨누었다.

"저 흉측한 록들은 **저 사람** 말을 듣죠?"

올웨이스 양은 대답하지 않았지만 프로스트 양이 대답했다.

"록들은 문지기의 명령을 따라요."

"그게…… 그게 당신인가요?" 내가 물었다.

프로스트 양은 고개를 가로저었다. "그건 올웨이스 양이에요."

"거짓말! 프로스트 양의 공포정치를 끝내는 유일한 방법은 죽음이에요."

나는 헉 소리를 냈다. "당신…… 당신은 프로스트 양을 죽이고 싶어요?"

"그래야만 해요." 올웨이스 양이 대답했다.

"나를 죽이고 나서, 당신에 대한 계획도 세워놨어요, 포켓 양. 지독한 계획이죠." 프로스트 양이 말했다.

머리가 핑핑 돌았다. 뭘 믿어야 하지? 당연히 나는 올웨이스 양을 믿었다. 하지만 이런 모습은 본 적이 없었다. 내가 알던 올웨이스 양은 말벌만 봐도 기절할 여자였다. 그런데 지금은 프로스트 양의 목을 베고 싶어 안달이 났다고? 이해할 수 없었다. 그렇지만 내가 어떻게 프로스트 양을 믿는담? 악당인데.

"이제까지 나는 나를 그 끔찍한 곳에 집어넣은 사람이 내 어머니였다고 생각했어요. 하지만 그건 프로스트 양, **당신**이었어요. 당신이 나를 거기에 넣었어요." 내가 가냘프게 말했다.

"그 고아원은 깨끗하고 평판이 좋았어요." 프로스트 양은 명쾌하게 대답했다 "나는 당신이 맞거나 굶주리지 않을 거라는 걸 알았어요. 당신이 살 곳과 음식을 가질 거라는 걸요."

"거긴 끔찍했어요." 내가 속삭였다.

"거긴 고아원이었어요, 포켓 양. 나는 여러 해 동안 언제나 거리를 두고 당신을 지켜봤어요. 당신 옷과 몇 가지 특권을 위해 돈을 냈죠. 나는 당신이 세상에서 성공할 수 있게 해주려고 노력했어요. 미드윈터 가족이 왜 당신을 하녀로 받아들였다고 생각해요?"

나는 숨을 헉 들이켰다. "그게 당신이 한 일이었어요?"

"나는 그런 자리를 얻으면 당신에게 괜찮은 미래가 있을 거라고 느꼈어요. 당신이 파리에 가서 클록 다이아몬드를 지니게 될 줄은 몰랐죠. 내가 막을 수 있다면 막았을 테지만, 내가 보석을 추적해서 프랑스까지 갔을 때는 공작 부인은 죽은 뒤였고, 당신은 배를 타고 잉글랜드로 오고 있었죠."

"대단한 우연의 일치로군." 올웨이스 양이 비웃으며 말했다. "너는 클록 다이아몬드를 찾아다니다 **우연히** 아이비와 아이비의 어머니를 만났어. 그런데 아이비가 **우연히** 파리에서 클록 다이아몬드와 만나게 되었군. 선정적인 소설이라면 재미있겠지만, 아무도 믿지는 않을 것 같은데."

"좀 있을 법하지 않은 일로 들리긴 해요." 내가 프로스트 양에게 말했다.

"그런데 그게 진실이에요." 프로스트 양은 차분하게 대답했다.

"나는 당신 어머니가 살아 계시다고 믿어요, 아이비." 올웨이스 양이 말했다. 나는 깜짝 놀랐다! "아마 당신을 찾고 계시겠죠. 우리 같이 당신 어머니를 찾아봐요. 필요하다면 잉글랜드 전체를 샅샅이 뒤져봐요. 프로스트 양에게 속지 말아요. 프로스트 양은 납치범이고 살인자예요. 도개교 신호를 조작해서 뱅크스 씨를 죽인 게 누굴까요? 트리니티 공작 부인의 심장에 단검을 꽂은 건 누굴까요? 전부 그녀였어요."

자, 평상시에 나는 위기 상황에서 머리가 잘 돌아간다. 하지만 어느 정도 혼란을 느꼈음을 고백한다. 다행히 한 가지 생각이 떠올랐다. 나는 내 친구를 돌아보았다. "당신은 어떻게 내 어머니에 대해 그렇게 잘 알죠?"

올웨이스 양은 대답하지 않았다. 곧바로 답하지 않았다. 마침내 그녀는 이렇게 말했다. "나는 프로스트 양과 프로스트 양이 저지른 사악한 일들에 대해 연구를 좀 해봤거든요…… 내가 모은 정보들은 정말 충격적이었어요…… 이 여자는 아주 먼 곳에서 왔어요…… 확실해질 때까지는 당신에게 말하고 싶지 않았어요, 아이비."

"올웨이스 양은 연구를 아주 직접적인 방식으로 해요. 범죄를 저지르고 그걸 내 탓으로 돌리죠." 프로스트 양이 건조하게 웃으며 말했다.

생각을 해봐야 했다. 하지만 시간이 없었다. 프로스트 양이 움직였기 때문이다. 목의 단검을 밀어내고 순식간에 내 부지깽이를 빼앗았다. 몸을 빙 돌리며 올웨이스 양의 손에 들린 단검을 쳐냈다. 단검은 빙빙 돌며 날아갔다. 이제 벽에 등을 댄 사람은 올웨이스 양이었다.

가정교사에게 돌진하려 했지만(그게 영웅적인 일 같았다) 프로스트 양이 나를 보며 말했다. "**생각해봐요**, 포켓 양. 내가 원하는 게 클록 다이아몬드뿐이었다면, 왜 당신에게 숨기라고 했겠어요? 며칠 전에 내가 당신을 힘으로 제압하고 뺏는 게 더 쉽지 않았겠어요? 클록 다이아몬드를 추적하는 건 내 일이지만, 살인은 내 일이 아니에요."

"프로스트 양은 사랑이 넘치는 집에서 당신을 훔쳐냈어요, 아이비." 올웨이스 양의 시선은 프로스트 양의 무기와 나를 오갔다. 당신이 행복해질 수 있었던 한 번의 기회를 파괴했어요. 나는 당신을 아끼고 안전하게 지켜주려 하지 않았던가요? 아이비, 절친한 친구의 말보다 납치범의 말을 정말로 믿을 수 있나요?"

갑자기 아주 명확해졌다. 내가 올웨이스 양을 처음 만난 이후 있었던 모든 일을 생각해보았다. 우리가 공유한 모든 것. 우리가 이야기한 모든 것. 그리고 나는 처음으로 전체 그림을 볼 수 있었다. 내가 짜 맞추지 않으려 했던 모든 조각들. 무시무시했다. 나는 내 친구를 보고 말했다. "지금 생각해보니, 당신은 처음부터 클록 다이아몬드에 집착했어요. 배에서 언제나 다이아몬드에 대해 물어봤죠. 그리고 배에서 내릴 때는 내가 런던에서 어디에 묵는지 **엄청나게** 관심을 가졌고요. 내가 벨그레이비어의 집에 있을 거라는 사실을 아는 유일한 사람은 올웨이스 양, **당신**이었어요. 그리고 그 집에 도둑들이 들어왔을 때, 그림자 속엔 여자가 있었어요."

"프로스트 양! 그건 프로스트 양이었어요!" 그녀가 내게 외쳤다.

나는 고개를 가로저었다. "난 배에서 당신을 봤어요. 출판인에게 오랫동안 못 만난 아들은 없었죠? 록이랑 음모를 꾸미고 있었던 거예요. 그리고 오늘 밤 나는 당신 드레스에서 그 끔찍한 것들이 나오는 걸 봤어요. 그래서 나는 당신이 사악하고, 다이아몬드를 뒤쫓고, 록을 사랑하는 미치광이라는 결론을 내릴 수밖에 없어요. 엄청나게 실망스럽네요."

"잘했어요, 포켓 양." 가정교사의 눈이 자랑스러움으로 이글거렸다. "시간이 좀 걸렸지만 그래도 결국 알아냈군요."

올웨이스 양은 잘 받아들이지 못했다. 사실, 좀 언짢아했다. 머리를 뒤로 젖히더니 사람도 죽일 것 같은 비명을 질렀다. 얼굴 피부에 물결이 치기 시작했다. 눈이 잉크처럼 새까매졌다. 목이 도마뱀처럼 부풀었다. 그녀의 드레스에서 사악한 록이 여남은 명 튀어나왔다. 아주 무서운 동시에 대단한 장관이었다. 그들은 폭풍처럼 프로스트 양을 둘러쌌다. 얼음 같은 발톱으로 프로스트 양을 할퀴었다. 그녀의 손에 쥐어 있던 부지깽이가 날아갔다. 그녀는 뒤로 털썩 쓰러지며 난간에 등을 댔다. 올웨이스 양은 지붕 반대편으로 달려가 단검을 주웠다.

프로스트 양은 미친 사람처럼 발로 차고 주먹을 휘둘렀다. 그녀는 몸을 숙여 부지깽이를 줍고, 록들의 심장을 하나하나 날카로운 부지깽이 끝으로 무자비하게 꿰뚫었다. 록들은 내 눈 앞에서 하나씩 쓰러져 검게 잿더미가 되었다. 남은 것은 록의 망토뿐이었다.

나는 지붕 반대편에 있는 올웨이스 양을 찾았는데, 이미 없어져 보이지 않았다.

"아이비, 조심해요!" 프로스트 양이 외쳤다.

너무 늦었다.

올웨이스 양이 나를 홱 돌려서 난간으로 밀고, 단검을 내 심장에 댔다. "클록 다이아몬드는 어디 있어요, 아이비?" 그녀가 부드럽게 물었다.

"당신이 절대 찾지 못할 곳에. 당신은 내 친구였어요, 올웨이스 양. 당신은 우리가 자매나 다름없다고 했잖아요."

"나에겐 이미 여동생이 있어요. 아홉 살 때 우물 아래로 밀어버렸죠. 안타깝게도 죽지 않았어요." 악당은 차갑게 말했다.

"공작 부인을 죽인 건 당신이죠, 그렇죠?"

광기 어린 자부심이 그녀의 어두운 눈에서 빛났다.

"어떻게 그렇게 잔인할 수가 있어요? 나는 당신을 믿었어요, 올웨이스 양. 당신을 신뢰했다고요."

그녀는 희미하게 웃음 지었다. 한 손으로 단검을 내 가슴에 대고 누른 채, 다른 손으로 내 드레스의 주머니를 뒤졌다. "거짓말한 것 사과할게요, 아이비." 그녀의 목소리는 밝았다. "믿지 않을지도 모르지만, 나는 배에서 당신을 죽이기 직전에 진실을 말해주려고 했어요. 하지만 당신이 목걸이를 걸어봤다는 걸 알게 됐죠."

"그게 대체 무슨 상관이에요?" 내가 쏘아붙였다.

"**엄청난** 의미가 있죠." 올웨이스 양은 사악한 기쁨을 느끼며 말했다. "당신은 그 이후로 훨씬 더 흥미로워졌어요."

프로스트 양이 긴 칼을 되찾았다. 그녀는 무기를 뻗은 채 올웨이스 양을 향해 달려왔다. 하지만 올웨이스 양이 그녀를 멈춰 세웠다. "한 걸음만 더 오면 심장을 꿰뚫겠어."

"넌 그녀를 **못** 죽여. 너도 알잖아." 프로스트 양이 조금씩 다가오며 차분하게 말했다. "게다가, 포켓 양과 보석이 없으면 너한텐 아무것도 없어."

칼날이 내 살을 찌르는 게 느껴졌다. 비명을 지르지는 않았지만 지르고 싶었다.

"오늘은 반달이 떴어요, 아이비. 그게 무슨 뜻인지 알아요?" 올웨이스 양이 말했다.

"전혀 모르겠어요."

"내가 집에 갈 수 있다는 뜻이에요. 그리고 당신은 나와 함께 가야 해요."

"그런 일은 없을 거야. 그녀는 살아남지 못할 거야." 프로스트 양이 사납게 말했다.

"뭐라고? 살아남아요?" 나는 좀 불안했다.

"내가 예전에 들려줬던 이야기 기억해요, 아이비?" 올웨이스 양은 방울뱀처럼 쉿쉿 하는 목소리를 냈다. "듀얼에 대한 옛 전설?"

기억하고 있었다. 숨겨진 세계. 끔찍한 전염병. 수백만 명의 죽음. 그리고 두 세계를 자유롭게 오갈 수 있는 소녀에 대한 바보 같은 이야기. 전염병을 치유하고 왕좌에 오르는 소녀라고 했던가. 나는 한숨을 쉬었다. "그게 왜요?"

그녀는 나를 노려보았다. "짐작이 안 가요?"

"올웨이스 양은 당신이 듀얼이라고 생각해요." 프로스트 양의 목소리엔 의혹이 가득했다. "그녀는 틀렸어요. 완전히 틀렸어요. 하지만 그래도 증명해 보이려 해요."

나는 올웨이스 양을 보았다. 머릿속에서 온갖 질문이 빙글빙글 돌았지만, 나는 오직 한 가지밖에 생각할 수 없었다. "왜 그렇게 생각하죠?"

악당은 프로스트 양을 보며 웃었다. "**네**가 이야기할래? 내가 할까?"

가정교사는 얼굴을 찌푸리고 있었다. "증거는 빈약해요."

"당신은 지금 여기 있어요, 아이비." 올웨이스 양의 눈이 불타는 듯했다. "클록 다이아몬드 역사상 그런 일은 한 번도 없었어요. 이상하지 않아요? 짜릿하지 않나요?"

이 얼간이가 무슨 말을 하는지 도저히 알 수가 없었다!

"그리고 듀얼에겐 치유의 힘이 있다고 적혀 있어요." 올웨이스 양은 숨 가쁘게 말을 이었다. "놀라운 치유 능력이죠. 아이비, 내가 손목을 접질렀을 때 당신이 내 손목을 잡았죠. 당신이 만지자 몇 초 만에 상처가 나았어요. 나는 그럴 거라고 믿고 있었는데, 사실이었던 거죠!"

"그냥 그랬으면 하고 바라는 것에 불과해요." 가정교사가 쏘아붙였다.

"프로스트 양이 맞는 것 같아요." 나는 정신 나간 친구를 보며 말했다. "그날 아침에 방에서 당신이 말하는 걸 듣고, 레이디 어밀리아에게 내 치유력을 시험해봤어요. 바늘에 찔린 손가락조차 고칠 수 없던 걸요. 그러니까, 나는 조금도 기적적이지 않아요."

올웨이스 양은 웃고 있었다. 조금도 신경 쓰는 것 같지 않았다. "듀얼은 이 세계에선 힘이 없어요." 그녀는 유쾌하게 웃었다. "다른 소녀들과 똑같아요. 듀얼이 치유할 수 있는 건 **내** 세계에서 온 나 같은 사람들뿐이에요. 그리고 당신은 나를 치유했잖아요." 눈이 툭 튀어나온 괴짜가 달을 올려다보았다. "오늘 밤에 건너갈 수 있어요, 아이비. 그 과정은 쉬워요. 나와 함께 가요. 당신의 운명을 실현하러 가요."

미친 소리였다. 전부 말도 안 된다. 하지만…… 만약 저 말들 중 조금이라도 사실인 것이 있다면, 전염병을 치유하고 왕국을 다스리는 등의 일은 나쁘지 않을 것 같았다. 더 나은 할 일이 있는 것도 아니고.

이제 프로스트 양은 내게 칼을 대고 있는 올웨이스 양에게서 1미터 정도밖에 떨어져 있지 않았다. 프로스트 양이 말했다. "유혹을 느끼고 있죠, 포켓 양? 올웨이스 양이 아주 신나게 들리도록 말했으니까요. 그리고 올웨이스 양이 그러지 않을 이유가 있을까요, 어차피 잃을 것이 없는데? 만약 당신이 듀얼**이라면**, 그녀는 당신을 권력과 통제의 수단으로 사용할 거예요. 당신은 그녀의 꼭두각시가 되겠죠. 그리고 내 생각대로 당신이 듀얼이 **아니라면**……."

"아니라면요?"

"내가 다시 데려올게요. 잉글랜드로 안전하게 다시 데려올게요." 올웨이스 양이 급히 약속했다.

"그럴 수 없어요, 포켓 양. 당신은 조금도 남지 않을 테니까. 두 세계를 오가는 건 평범한 아이를 파괴할 거예요. 팔다리가 다 뜯길 거예요." 가정교사가 잘라 말했다.

그건 정말이지 불쾌하다.

내가 올웨이스 양의 너그러운 제의를 거절하기도 전에 프로스트 양이 갑자기 덮쳤다. 그녀의 칼이 공기를 갈랐고, 올웨이스 양의 단검에 부딪혀 불꽃이 튀었다. 올웨이스 양은 재빨리 휙 돌며 프로스트 양의 목을 향해 단검을 휘둘렀다. 하지만 가정교사는 몸을 숙여 피하고 칼로 내리쳤다. 올웨이스 양의 손이 마치 버터처럼 잘려 나갔다.

상처에서 피가 나기도 전에 프로스트 양은 올웨이스 양의 손에서 단검을 차내고 구석에 몰았다. 턱 밑에 칼을 댔다.

"당신은 갇혔어, 올웨이스 양." 그녀는 숨을 헐떡이며 말했다. "여자아이를 데리고 보석을 챙겨서 탈출할 수는 없어. 시간이 없어. 너는 이 지붕에서 죽는 거야. 내가 그렇게 되게 하겠어."

"이제 우린 못 가겠네요?" 올웨이스 양은 이글거리는 눈으로 나를 보았다. "믿지 않을지도 모르지만, 나는 우리가 함께했던 시간을 즐겼어요. 하지만 우리의 여행은 연기해야겠어요. 지금은요. 그러나 영원히는 아니에요."

순식간에 일어난 일이었다. 올웨이스 양은 프로스트 양의 정강이를 훌륭하게 걷어차고 밀치더니 난간에 뛰어올랐다. 그녀는 나를 돌아보며 사악한 미소를 지었다. 두 팔을 양옆으로 펼치더니 뛰어내렸다.

나는 비명을 지르며 지붕 끝으로 달려갔다. 프로스트 양도 나와 함께 갔다. 땅은 달빛을 받아 은색으로 어렴풋이 빛났다. 나는 떨어져 죽은 올웨이스 양을 보게 될 줄 알았다. 하지만 그녀는 죽지 않았다. 스커트가 크게 부풀어 있고, 두 팔은 뻗은 채였다. 그녀는 웅크린 자세로 자갈길 위에 착륙하더니 쉽게 일어났다. 야생화 초원 옆에서 기다리고 있는 어두운 마차를 향해 빠른 속도로 뛰어갔다. 그녀가 다가가자 마차 문이 홱 열렸다. 그녀가 뛰어들자 마부는 말 네 마리에 채찍질을 했고, 그들은 숲 속으로 사라져버렸다.

프로스트 양은 내 어깨를 꼭 잡았다. "포켓 양, 내 말을 들어요. 머틸다에게 목걸이를 주지 말아요. 큰 피해를 입힐 수 있어요. 보석은 당신이 가져요, 포켓 양. 보석을 가지고 여기서 떠나요. 내가 나중에 찾아갈게요."

"날 찾아와요? 어디로요?"

"날 믿나요, 포켓 양?"

"물론 안 믿죠. 나는 방금 무슨 일이 일어났는지 전혀 모르겠어요. 당신들이 실제로 누구인지 **전혀** 모르겠어요. 올웨이스 양이 지붕에서 뛰어내렸는데 왜 목이 부러지지 않은 거죠? 당신들이 계속 이야기하는 다른 세계는 어디 있어요? 지금 무슨 일이 일어나고 있는 거예요?"

"당신이 그 목걸이를 건 순간 당신은 전쟁에 뛰어든 거예요, 포켓 양. 이제 내가 말하는 대로 해요. 보석을 가지고 이곳을 떠나요."

그녀는 나를 놓더니 난간으로 뛰어올랐다. 칼을 허리에 단 칼집에 넣었다.

"어디 가요?" 내가 외쳤다.

"당신 친구를 죽이러요."

그리고 그녀는 뛰어내렸다. 나는 그녀가 강하하는 독수리처럼 우아하게 날아가는 것을 지켜보았다. 머리가 풀어져 바람을 맞으며 다홍색 리본같이 펄럭거렸다. 그녀는 가볍게 내려앉더니 마구간으로 달려갔다. 잠시 후 말 한 마리가 뛰어나왔다. 프로스트 양이 타고 있었다. 그녀는 숲 속으로 말을 몰았고 곧 사라졌다.

"기다려요! 당신은 말한 것보다 더 많은 걸 알고 있잖아요! 내 어머니가 누구였어요? 내가 누군지 말해줘요!" 나는 외쳤다.

하지만 내 말은 차가운 밤공기 속에서 스러졌다.

지붕에서 내려와보니 손님들은 가고 없었다. 록의 흔적들은 전부 사라졌다. 계단에서 하녀 두 명이 뒷이야기를 하는 것을 들었다. 케이크 사건 이후 파티는 활기를 되찾지 못했던 모양이다. 생일을 맞은 머틸다는 침실에 들어가 문을 잠가버렸고, 새 말을 사준다고 해서 겨우 다시 나왔다고 한다.

계단을 내려오면서 보니 하인들이 큰 홀을 치우고 있었다. 파티가 망한 게 전부 내 탓인 것처럼 나를 흘겨보는 하녀들이 있었다. 내 잘못일 수도 있다. 나는 이제 아무래도 좋았다. 답이 없는 수수께끼들. 알고 보니 적이었던 친구들. 태양처럼 반짝이고, 달처럼 빛나고, 영상을 보여주며 약 올리는 다이아몬드. 어머니는 돌아가셨다. 이 세상이 내 어머니가 누구였는지 대답해주지 않겠다면 나는 더 이상 묻지 않을 것이다. 신경 쓰지 않겠다.

내 주머니에는 클록 다이아몬드가 있었다. 내겐 할 일이 있다.

그리고 나는 이 일을 마칠 생각이다.

가족은 서재에 모여 있었다. 리베카만 없었다. 레이디 엘리자베스는 케이크가 묻은 머틸다의 머리를 쓰다듬으며 언젠가는 그녀가 버터필드 홀의 여주인이 될 거라고 귀에다 속삭여주고 있었다. 그러면 최후로 웃는 사람은 네가 될 거라고. 레이디 어밀리아는 불안한 표정으로 둘러보고 있었다. 내가 들어가자 모두 시선을 들었다.

"난 네가 미워, 포켓! 난 네가 밉고 네가 죽었으면 좋겠어!" 머틸다가 내뱉었다.

"물론 그렇겠지. 평소라면 그 말이 큰 충격이었겠지만, 오늘 밤은 아니야. 네 생일 케이크에 네 얼굴을 들이박아서 미안해, 머틸다." 나는 무표정하게 말했다.

"그렇겠지!" 레이디 엘리자베스가 쏘아붙였다.

"내가 그랬잖아, 머틸다? 포켓 양이 무척 미안해할 거라고 말했잖니?" 레이디 어밀리아가 말했다.

"며칠 전에 그러지 않은 게 유감이에요. 머틸다, 너는 굉장히 지독한 애야. 너는 리베카를 엄청나게 경멸하지. 네가 조금이라도 배려하는 사람은 레이디 엘리자베스인데, 그 유일한 이유는 레이디 엘리자베스는 언제 죽을지 모르기 때문이지. 그리고 이 거대한 저택을 네게 물려주기를 원하기 때문이야."

"채찍으로 때려요! 누가 내게 말채찍을 가져다줘요!" 머틸다가 외쳤다.

레이디 엘리자베스는 지팡이로 테이블을 쿵 쳤다. 빛나는 눈으로 나를 노려보았다. "사악한 아이구나! 짐 싸고 여기서……."

"걱정 마세요, 갈 거니까. 하지만 먼저 해야 할 일이 있어요."

나는 드레스 주머니에서 클록 다이아몬드를 꺼냈다. 다이아몬드는 내 손안에서 빛났다. 별들처럼, 반달처럼. 머틸다는 탐욕스러운 눈으로 다이아몬드를 보았다. 레이디 어밀리아는 감탄하며 헉 소리를 냈다. 레이디 엘리자베스는 얇고 쪼글쪼글한 입술을 핥았다.

"오늘 밤에 누가 내게 이걸 가지고 있으라고 했어요. 누군가에게 줘선 안 된다고요. 하지만 내가 아는 한 이건 내게 말썽만 일으켰어요."

"내게 줘, 포켓. 당장 내게 넘겨!" 머틸다가 명령했다.

나는 목걸이를 내밀었다. 손안의 클록 다이아몬드는 심장처럼 고동쳤다.

"가져가." 내가 말했다.

나는 서재 문을 등지고 서 있어서 리베카가 조용히 방에 들어오는 것을 보지 못했다. 리베카는 남몰래 돌아다니는 재능이 있다. 그래서 내게 아주 가까이 다가올 수 있었다. 다이아몬드에 아주 가깝게.

머틸다는 내 손에서 보석을 가로챘다. 클록 다이아몬드와 떨어지자니 마음이 아팠지만 티는 내지 않았다. 머틸다는 목걸이를 치켜들었다. 머틸다의 눈에 경탄과 자부심이 차올랐다.

"아, 잊기 전에 말해두자면, 트리니티 공작 부인은 선물과 함께 메시지를 보냈어. 네게 클록 다이아몬드는……."

나는 보지 못했지만, 리베카가 움직였던 모양이다. 리베카가 머틸다에게 달려가 클록 다이아몬드를 낚아챘다. 머틸다는 비명을 질렀다. **자기** 목걸이를 당장 돌려달라고 했다. 하지만 리베카는 듣지 않았다. 발코니로 가는 나선계단으로 달려갔다.

"어쩔 수 없어. 딱 한 번은 걸어봐야 해." 리베카는 떨리는 목소리로 말했다.

"너 대체 왜 그러는 거니, 리베카?" 레이디 어밀리아가 외쳤다.

"돌려줘, 이 미친 녀석!" 머틸다가 소리쳤다.

나는 그때까지도 무슨 일이 일어나고 있는지 잘 몰랐던 것 같다. 퍼즐 조각들은 있었지만, 나는 아직 그걸 맞추지 못하고 있었다.

하지만 레이디 엘리자베스는 깨닫기 시작했다. 그녀는 리베카가 아니라 나를 보았다. "공작 부인의 메시지가 뭐였지, 포켓 양? 네게 무슨 말을 하라고 했어?"

혼란스러움에 나의 머릿속은 새하얘졌다.

"당장 내려와!" 머틸다가 외치며 발을 굴렀다. "그건 **내** 다이아몬드야, 네 거가 아니야!"

"그럴 수는 없어." 리베카가 부드럽게 말했다. 리베카는 은줄을 끌러 양쪽 끝을 목덜미로 가져갔다. "이 방법밖에 없어. 알겠니? 이 기회밖에 없어."

"뭘 하려는 방법인데?" 내가 말했다.

"메시지!" 레이디 엘리자베스가 지팡이로 테이블을 두들겼다. "공작 부인이 무슨 말을 전하라고 했어, 이 녀석아?"

나는 리베카에게서 늙은 호두 머리로 시선을 옮겼다. 부인의 질문에 대한 답이 잘 생각나지 않았다. "클록 다이아몬드를 누가 보내는 거라고 했냐면……." 떠올랐다. "**위니프레드 패리스**. 위니프레드 패리스가 보내는 거라고 했어요."

레이디 엘리자베스는 헉 소리를 냈다. "안 돼…… **패리스**라니, 안 돼. 맙소사!"

나는 리베카를 올려다보았다. 리베카는 나를 보고 있었다. 오직 나만. 리베카가 말했다. "나는 다시 만나야 해. 다시 만나고, 함께 있어야 해. 너처럼. 프로스트 선생님께 미안하다고 전해줘."

리베카는 목걸이의 양쪽 걸쇠를 걸었다. 목걸이가 툭 떨어지다 리베카의 목에 걸렸다. 클록 다이아몬드는 리베카의 가슴에 자리 잡았다. 그리고 어두운 빛을 냈다. 희미하게 웅 소리가 났다. 익숙한 소리였다. 소리가 물결치며 실내에 퍼졌다.

"리베카, **안 돼**! 이건 속임수야. 멈춰!" 레이디 엘리자베스가 외쳤다.

보석의 검은빛이 진홍색 빛에 묻혔다. 고동치는 진홍의 빛이었다. 노란색으로, 다시 빨간색으로 바뀌었다. 리베카가 비틀거리며 난간에 손을 뻗었다.

웅웅거리는 소리가 마치 말벌 같았다.

"대체 무슨 일이지? 리베카, 목걸이 **당장** 내놔." 머틸다가 쏘아붙였다.

"벗어, 리베카! 제발 벗어!" 레이디 엘리자베스가 비명을 질렀다.

빙빙 도는 밝은 안개가 보석 안을 가득 메웠다. 다이아몬드는 서치라이트처럼 아름답게 하얀색으로 빛났다. 끝없는, 완벽한 빛이었다.

리베카는 날카로운 비명을 질렀다.

나는 그때 이미 계단을 달려 올라가고 있었다. 리베카의 이름을 계속해서 불렀다. 내가 발코니에 갔을 때 리베카는 이미 쓰러져 있었다. 서재가 갑자기 조용해졌다. 웅웅거리는 소리가 잦아들었다. 나는 무릎을 꿇고 리베카를 보았다. 리베카의 몸은 생명이 빠져나간 듯 껍데기만 남은 것 같았다. 리베카의 얼굴은 텅 빈 껍질이었다. 피부는 메말랐고 볼은 움푹 들어갔다. 팔에는 거의 살이 붙어 있지 않았다. 눈은 우유처럼 하얬다. 머리카락은 짚처럼 버석거렸다. 입술은 노랗게 변해 웃는 모습으로 말려 있었다.

죽음처럼 고요한 서재의 벽난로 위 선반의 시계 소리가 마음 아플 정도로 잔인하게 들렸다. 리베카 버터필드의 시간이 끝난 뒤 울리는 매초, 매분을 세는 침통한 째깍째깍 소리.

18

버터필드 파크에 복수가 찾아왔다. 그 복수에는 이름이 있었다. 위니프레드 패리스.

시체는 치웠다. 롱펠로 박사는 리베카에게 무슨 일이 일어난 것인지 설명할 수 없었다. 박사는 희귀한 혈액질환이 아닌가 짐작할 뿐이었다. 해가 뜰 때도 우리는 서재에 모여 있었다. 마치 아무도 자리에서 뜰 용기가 없는 것 같았다.

프로스트 양과 올웨이스 양이 어떻게 되었느냐는 질문이 있었다. 나는 올웨이스 양은 어머니 건강이 나빠졌다는 소식을 듣고 서둘러 어머니께 갔다고 대답했다. 프로스트 양에 대해서는 무슨 말을 할 수 있을까? 그녀가 사라진 것을 크게 염려하는 사람은 없는 것 같았다.

죽은 소녀의 목에서 클록 다이아몬드를 벗겼다. 테이블 위에 놓인 클록 다이아몬드는 새벽처럼 핑크색으로 빛나고 있었다. 지금은 질문할 시간이 아니다. 하지만 나는 궁금한 것이 너무나 많았다. 레이디 엘리자베스는 우리 모두에게 등을 돌린 채, 제일 좋아하는 창문 앞 의자에 앉아 있었다. 가장 먼저 입을 연 사람은 레이디 엘리자베스였다. "내가 트리니티 공작 부인의 메시지를 들었을 때, '위니프레드 패리스가 보내는 것'이라고 들었을 때…… 나는 그 목걸이가 화해 제안이 아니라 복수라는 걸 알았다. 그 이름은 공작 부인이 갖고 싶어 했던 이름이었어."

이야기는 간단하면서도 꽤나 슬펐다.

"우리가 어렸을 때, 공작 부인이 늘 이겼어. 뭘 하든 이겼지. 천사의 행운이라고 사람들은 말했어. 그래서 나는 분한 마음을 가졌나 봐. 공작 부인은 이 지역에서 가장 잘생긴 젊은이인 너새니얼 패리스와 약혼했어. 모두 그 둘이 영원히 행복하게 살 거라고 믿었지." 부인은 씁쓸하게 말했다. "하지만 그는 파혼하고 나랑 결혼했어. 그러곤 바보처럼 마음을 바꾸었지. 그는 내가 차갑고 사악하고, 위니프레드가 자기를 갖지 못하게 하려고 결혼한 것뿐이라고 말했어."

"그게 사실이었나요?" 내가 물었다.

부인은 씩씩거렸다. "아마도. 그는 한밤중에 공작 부인의 집으로 달려가 용서를 빌었어. 신은 내게 미소를 지으며 번개를 내렸지. 위니프레드는 침실 창문에서 그 장면을 보았어. 그 뒤로 위니프레드는 제정신이 아니었어. 잉글랜드를 떠나서 다시는 돌아오지 않았지."

"난 조금도 이해가 가지 않아요." 레이디 어밀리아의 얼굴에는 눈물 자국과 슬픔이 가득했다. "불쌍한 리베카는 어떻게 된 거죠?"

"그 끔찍한 목걸이를 걸었지." 레이디 엘리자베스가 차갑게 말했다. 그게 머틸다를 노린 거였다니."

"그래서 죽은 건가요?" 레이디 어밀리아가 물었다.

"그렇지. 저 다이아몬드는 저주받았어. 그게 분명해!" 레이디 엘리자베스가 으르렁댔다.

그건 말이 된다. 리베카는 목걸이를 걸고 죽어버렸다. 하지만…….

"용서하세요, 레이디 엘리자베스. 프랑스에서 오는 배에서 목걸이를 걸어봤어요. 그러지 않겠다고 약속했지만 그랬어요. 그런데, 음, 저는 죽지 않았어요." 내가 말했다.

"그랬다면 좋았을 것을!" 레이디 엘리자베스가 의자에서 일어났다. 생기와 불꽃과 증오로 눈이 빛났다. 부인은 지팡이로 나를 가리켰다. "네가 저지른 일이다! 네가 이 저주를 우리에게 가져왔어. 나는 잊지 않을 거야, 포켓 양. 저 끔찍한 보석을 가져가. 저걸 가지고 사라져!"

머틸다는 클록 다이아몬드에서 눈을 떼지 못하며 일어섰다. "하지만 할머니, 저 다이아몬드는 **하녀**에게 주기엔 너무 귀중해요. 물론 내가 걸진 않을 거지만, 내 소장품이 되면 정말 멋질 것 같은데요."

레이디 엘리자베스는 감탄과 역겨움이 섞인 눈으로 손녀를 보았다. "가끔 나는 네게 감정이란 게 있나 싶을 때가 있단다, 머틸다."

머틸다는 아무 말 없이 어두운 눈빛으로 보석을 보았다.

레이디 엘리자베스는 지팡이로 목걸이를 걸어 테이블에서 들어 올렸다. 클록 다이아몬드가 내 눈앞에서 대롱거렸다. "너와 이 고통의 도구는 서로 어울린다, 포켓 양. 가져가. 짐을 싸고 이 집에서 나가. 넌 여기서 환영받지 못한다."

"물론이죠, 레이디 엘리자베스. 갈게요."

그리고 나는 나왔다.

버터필드 파크에서 나오면서 내려가다가 리베카의 방 앞을 지났다. 방 안은 마치 폭풍이 휩쓸고 간 것 같았다. 온통 널린 시계들은 이제는 동시에 째깍거리지 않았다. 이 방의 심장박동이 사라졌다. 리베카가 없어진 지금 이 시계들을 다 어떻게 할까 싶었다. 묻을까, 버릴까. 그래서 하나를 가져왔다. 작은 은시계였다. 잔뜩 패고 긁힌 시계였다. 뚜껑은 놋쇠였다. 카펫 가방에 넣고 마지막으로 저택에서 걸어 나왔다.

정문을 닫을 때 트리니티 공작 부인의 기괴한 웃음소리를 들은 것도 같다. 아주 기뻐하는 소리 같기도 하다. 하지만 그 소리를 들었다 해도 나는 티 내지 않았다. 내가 복수심에 불타는 유령들과 이야기하던 때는 지났다.

떠오르는 해가 튤립과 장미에 빛을 비추어 꽃잎이 빛났다. 나는 런던으로 가는 기차를 탈 것이다. 새 출발을 할 것이다. 내 주머니에는 천 파운드가 들어 있었다. 하지만 내 천 가지 의문은 어떻게 한담? 궁금증이 통나무 위의 흰개미들처럼 나를 깨물었다. 내가 알고 있는 답들도 있긴 하다. 이제 나는 이 어두운 미스터리에서 공작 부인의 역할을 이해한다. 부인은 처음부터 레이디 엘리자베스에게 복수하기 위해 나를 이용했다. 부인에게 중요한 것은 레이디 엘리자베스가 애지중지하는 머틸다를 죽이는 것뿐이었다. 하지만 리베카가 죽었다.

그리고 내 어머니는 외롭게 죽었다. 어머니는 누구였을까? 우리는 어쩌다 그 끔찍한 집에 있게 되었을까? 프로스트 양이 알면서 내게 말하지 않은 건 무엇일까? 그리고 올웨이스 양, 내가 그녀가 찾던 듀얼이라는 믿음은?

내게 답들이 있긴 하다. 하지만 충분하지 않다. 절대 충분하지 않다.

19

나는 런던행 표를 들고 있었다. 기차 시간이 삼십 분 남았기 때문에 나는 앉아서 기다렸다. 그게 분별 있는 행동 같았다.

"보석은 가지고 있겠죠?"

프로스트 양이 플랫폼 끝에 서 있었다. 허리에 있던 칼은 없어지고 머리는 뒤로 단정하게 묶여 있었다. 역사 정문 옆에서 색이 짙은 말 한 마리가 풀을 뜯고 있었다. 가정교사는 플랫폼을 가로질러 와서 내 옆에 앉았다. "클록 다이아몬드. 포켓 양, 가지고 있나요?"

나는 고개를 끄덕였다. "그게 리베카를 죽였어요. 리베카는 건포도처럼 쪼글쪼글해졌어요."

"클록 다이아몬드는 원래 그래요." 프로스트 양은 거침없이 대답했다. 리베카의 죽음을 알게 되어 유감이었는지는 모르겠지만 티는 내지 않았다. 그러나 그녀는 말했다. "어리석은 것! 걸지 말라고 말했는데."

"나는 클록 다이아몬드를 걸어봤어요, 리베카처럼."

"알아요."

"그럼 왜 나는 살아 있고 리베카는 죽은 거죠?"

프로스트 양은 드레스 단을 들어 올려 왼쪽 부츠에서 작은 칼을 꺼냈다. 내 팔을 잡았다. 내 드레스 소매를 걷어 올리고, 칼을 내 살 위로 들었다. 물론 나는 팔을 빼려 했다. 하지만 프로스트 양은 내 팔을 단단히 잡았다.

"대체 나한테 뭘 하려는 거예요, 미쳤어요?" 내가 쏘아붙였다.

프로스트 양은 날카로운 칼날로 내 팔뚝에 선을 그었다. 상처는 그다지 길지 않았지만 아주 효과적이었다. 나는 상처를 지켜보았지만 소리는 내지 않았다. 피가 나지 않았다. 칼로 그은 자리에서 작은 굴뚝처럼 회색 연기가 피어올랐다. 곧 연기가 안개 속으로 사라졌다. 상처는 애초에 없었던 것처럼 나았다.

나는 이렇게 말했다. "나는 죽은 건가요?"

"클록 다이아몬드는 목에 걸면 치명적이에요." 프로스트 양이 침착하게 말했다. "그걸 걸고 살아남은 사람은 없었어요. 그래서 당신이 흥미로운 거랍니다, 포켓 양."

그럼 나는 죽은 거구나. 아니면 죽은 것과 비슷한 것. 정말 이상한

기분이었다.

"리베카가 당신을 계단에서 민 건 당신이 다칠 수 있다는 걸 증명하기 위해서였어요. 내가 당신에 대해서 한 말이 사실이 아니란 걸 증명하려고." 가정교사가 설명했다.

대답하기 어려운 온갖 질문이 떠올랐다. 내가 죽을 수 있나? 내가 나이가 들까, 아니면 영원히 열두 살(만약 그렇다면 아주 불편할 것이다)일까? 내가 앞으로도 계속 유령을 볼까? 계속 이렇게 배가 고플까? 나도 트리니티 공작 부인처럼 유령 같은 빛을 내게 될까?

프로스트 양은 마치 내 마음을 읽은 것 같았다. "왠지 몰라도 당신은 클록 다이아몬드를 걸고도 살아남았어요. 이유는 나는 몰라요. 어쩌면 우린 영영 모를 수도 있어요."

"리베카가 클록 다이아몬드가 그럴 수 있다는 걸 알았다면 왜 걸었던 거죠?"

"리베카는 클록 다이아몬드가 자기를 가장 중요한 한 사람에게 데려다줄 거라고 믿었어요. 그녀의 어머니죠. 나는 당신이 아주 특이한 경우라는 걸 이해시키려고 노력했어요. 당신이 유령을 볼 수 있는 건 최소한 어느 정도는 당신 자체가 유령이기 때문이라고. 하지만 리베카는 들으려 하지 않았어요."

구름이 태양 앞을 지나며 애절한 그림자를 만들었다. 빛보다 그림자가 더 많았다. "리베카가 이 다이아몬드 안에 있나요? 여기 갇혀 있는 거예요?"

"클록 다이아몬드는 목적지가 아니라 문이에요."

"어디로 가는 문인데요?"

"프로스파. 나의 고향. 그리고 올웨이스 양의 고향이기도 해요. 묻기 전에 미리 대답하자면, 나는 내가 어디서 왔는지는 말하지 않을 거예요. 아는 게 적을수록 당신은 덜 위험하니까."

"무서운 사람!" 내가 말했다.

프로스트 양은 엷게 웃었다.

"만약 이게 문이라면, 왜 사람을 죽이나요? 이유가 있을 것 아니에요."

"그림자."

나는 얼굴을 찌푸렸다. "올웨이스 양이 말했던 그 바보 같은 전염병 말이에요?"

"그림자가 내 고향을 덮쳐서 면역력이 있었던 운 좋은 사람들 몇 명 외에는 다 죽었어요. 한번 병이 퍼지면 손을 쓸 수가 없어요. 치료 방법이 없어요. 아무것도…… 단 한 가지밖에는."

"이 사악한 사람! 그 한 가지가 뭔데요?"

"영혼, 인간의 영혼이에요." 프로스트 양이 힘없이 말했다.

나는 정말 당황했다. 정신을 차릴 수가 없었다. 너무 놀랐다. 대체 무슨 이야기를 하는 거지?

"페고티 스프링 교수라는 아주 위대한 여성이 클록 다이아몬드를 사용해서 내 세계에서 당신의 세계로 건너갔어요. 그녀는 우리를 돕기 위해 약을 가져오겠다고 약속했죠."

"그래서, 약을 가져왔나요?"

"네." 프로스트 양은 눈을 감았다. "하지만 별 효과가 없었어요. 길고 좀 끔찍한 이야기인데, 결국 그 교수는 잉글랜드에 정착하고 실험을 시작했죠…… 사람들에게……. 마침내 자기가 건너올 때 사용했던 도구인 클록 다이아몬드가 자신의 기도에 대한 대답이라는 걸 알게 됐어요. 만약 이 세계의 사람이 클록 다이아몬드를 걸면, 그 사람의 생명력은 다이아몬드를 통해 내 세계에서 강력한 치유력으로 변해요. 아주 복잡하지만, 내용은 간단해요. 내 세계에서 큰 고통을 치유해줄 수 있는 것은 당신 세계에서 큰 고통을 일으킨다는 것."

나는 헉 소리를 내며 껑충 뛰었다. "그럼 리베카는 프로스파에 있는 거네요! 다시 데려올 수 있나요?"

잠깐이지만 프로스트 양은 불편한 기색이었다. "리베카는 죽었어요, 포켓 양. 직접 봤잖아요. 한 영혼이 잡힐 때마다, 그 영혼은 강력한 치유력이 되어 내 세상에 들어와요. 치유의 빛은 프로스파에 있는 선Sun 다이아몬드를 통해 비추죠. 그때마다 운 좋은 몇 명만이 치유돼요. 짐작할 수 있겠지만 그래서 클록 다이아몬드가 굉장히 소중한 거예요."

"영혼을 훔친다니, 아주 몹쓸 일이네요. 정말 사악해요!"

"맞아요." 프로스트 양은 얼굴을 찌푸리며 말했다.

"대체 어쩌다 이 보석이 트리니티 공작 부인 손에 들어간 거죠?"

"트리니티 공작 부인이 여러 해 동안 그걸 찾아다녔다고 들었어요. 레이디 엘리자베스에게 복수하기에 완벽한 도구라고 생각했겠죠. 우린 지난 세기에 클록 다이아몬드를 잃어버렸어요. 다이아몬드는 수십 년간 여러 주인의 손을 거쳤죠. 그들은 목걸이를 걸고 죽었고, 내 세계의 아픈 사람들은 그 덕을 봤어요."

"죽였어요?" 나는 다시 앉으며 물었다. "올웨이스 양요."

"안타깝게도 죽이지 못했어요." 프로스트 양은 먼 곳으로 시선을 돌렸다. "정보에 의하면 버터필드 파크를 떠난 지 몇 시간 뒤에 프로스파로 돌아갔다고 하더군요." 그녀는 다시 얼굴을 찌푸렸다. "평상시였다면 문지기는 **결코** 클록 다이아몬드 없이 잉글랜드를 떠나지 않았을 거예요. 꼭 그래야 할 이유가 없다면."

이제 내가 얼굴을 찌푸릴 차례였다. "당신은 내게 올웨이스 양을 버터필드 파크로 초대하라고 부추겼죠. 누군지 몰랐어요?"

"당연히 알았죠, 포켓 양. 당신이 클록 다이아몬드를 목에 걸고도 살아남았다는 걸 알게 된 후, 나는 올웨이스 양이 당신에 대해 어리석은 생각들을 품을 거라는 걸 알고 있었어요. 나는 생일파티가 있는 날 밤에 프로스파로 당신을 데리고 도망가려 할 거라고 생각했어요. 그래서 나는 내가 닿을 수 있는 곳에 올웨이스 양을 두고 싶었어요."

"올웨이스 양은 내가 듀얼이라고 믿어요." 나는 대수롭지 않다는 듯 말했다. "그건 분명 말도 안 되는 소리겠죠. 하지만 왜 클록 다이아몬드가 나를 죽이지 않았을까 하는 생각은 들어요. 남들은 다 죽는데."

"그게 신기하다는 건 나도 인정해요." 프로스트 양은 왼쪽 눈썹을 치켜세우며 미심쩍은 눈으로 나를 보았다. "당신에겐 재능이 많아요, 포켓 양. 자기기만, 나쁜 매너, 전반적으로 참아주기 힘들다는 점 등. 하지만 한 왕국의 구세주가 될 수 있을까요? 게다가, 전설에 의하면 듀얼은 고귀한 태생이라고 해요. 그렇다면 평범한 하녀는 해당되지 않을 것 같지 않나요?"

나는 씩씩거렸다. "몹쓸 사람 같으니!"

그때 또 하나의 수수께끼 같은 의문이 떠올랐다.

"올웨이스 양이 문지기라면, 당신은 뭐죠?"

"나는 클록의 담당자에요." 가정교사는 드레스의 주름을 펴며 말했다. "내 소명은 클록 다이아몬드의 역사를 기록하고, 그 사용을 관찰하고, 클록 다이아몬드가 살아남도록 하는 거예요."

굉장히 불편해졌다. "만약 클록 다이아몬드가 살아남게 하고 싶다면, 그리고 그게 죄 없는 사람들을 죽인다는 걸 안다면, 당신이 올웨이스 양과 다를 게 뭐죠?"

프로스트 양은 발끈했다. 씩씩대기까지 했을지도 모른다. "나는 클록 다이아몬드를 **윤리적으로** 사용할 수 있는 방법을 찾아요. 이 세상에서의 삶이 끝나가는 사람들의 영혼을 잡으려 하죠. 올웨이스 양은 그 목걸이가 누굴 죽이든 상관하지 않아요. 젊은 사람이든 늙은 사람이든, 건강한 사람이든 아픈 사람이든. 그리고 그걸 손에 넣고 운명을 조종하는 수단으로 사용하려 하죠. 우린 **전혀** 달라요, 포켓 양!"

"너무 화내지 말아요." 나는 우아하게 말했다. "그냥 질문이었는걸요."

프로스트 양은 일어섰다. "클록 다이아몬드를 내게 넘겨요."

나는 저항하고 싶었지만(무척 유혹적이었다) 그러지 않았다.

그녀는 목걸이를 받아 들더니 내 목에다 걸었다. "다치지 않고 이 다이아몬드를 다룰 수 있는 사람은 지금으로선 당신뿐인 것 같아요." 그녀는 다이아몬드를 내 드레스 옷깃 아래에 넣었다. "아무한테도 말하지 말아요. 아무도 보지 못하게 하세요. 알겠어요, 포켓 양?"

나는 고개를 끄덕였다.

프로스트 양은 주머니에서 봉투를 꺼내 내게 건넸다. "런던에 도착하면 바로 이 주소로 가요."

나는 입술을 오므렸다. "여기 가면 뭐가 있는데요?"

"당신이 언제나 원했던 것. 집, 가족."

나는 헉 소리를 냈다. 입이 떡 벌어졌다. "가족? 누군데요? 어떤 사람들이에요?"

"좋은 사람들이에요." 그녀는 내 의아한 얼굴을 보고 한숨을 쉬었다. "늘 아이를 갖고 싶어 했던 사람들이에요. 마침 내게 남는 아이가 하나 있어서."

나는 침을 꿀꺽 삼켰다. 이건 불가능한 일 같았다. "그 사람들에게 내 얘기를 다 했어요?"

프로스트 양은 얼굴을 찡그렸다. "전부 다 하지는 않았어요."

"전혀 예상하지 못했던 일인데요." 나는 소심하게 말했다. "일단 나를 먼저 만나봐야 하는 것 아닐까……. 내 말은, 물론 그 사람들은 나를 **무척** 예뻐하겠지만(어떻게 그러지 않을 수가 있겠어요?) 적어도 나를 한번 보기는 해야……."

"그냥 자연스럽게 행동해요, 포켓 양. 나머지는 저절로 따라올 거예요. 새로운 시작, 새 출발이라고 생각하세요." 그녀의 눈이 부드러워졌다. "행복하게 지내요, 포켓 양."

나는 고개를 끄덕였다. 말을 할 수가 없었다. 정말이지 말이 안 나왔다.

프로스트 양은 고개를 들었다. 눈은 다시 냉정하고 날카로워져 있었다. "올웨이스 양이 돌아오면 그녀는 내가 당신을 멀리 쫓아냈다고 생각할 거예요. 설마 당신이 런던에 있다고는 짐작하지 못하겠죠. 굉장히 존경받는 사업가와 매력적인 부인의 딸이 되어서."

'딸'이라는 단어가 내겐 아주 황홀했다.

"무슨 사업을 하는데요?" 나는 좀 신이 나서 물었다. "철도를 건설하나요, 그런가요? 아니면 혹시 호텔이나 은행, 금광을 가지고 있나요? 아, 굉장히 중요한 일이겠지!"

프로스트 양은 살짝 웃었다. "관을 만들어요, 포켓 양."

기차가 우리 발치에 증기를 잔뜩 뿜으며 역으로 들어왔다. 프로스트 양은 내 가방을 들어 손에 쥐여주었다. "이 기차를 놓치면 안 돼요."

나는 정말 중요한 유일한 질문을 할 때가 되었다고 생각했다.

"프로스트 양, 내 어머니는 누구였어요? 당신이 말했던 것보다는 더 많이 알고 있을 거라고 생각하는데요."

그녀는 주저하지 않았다. "당신 어머니는 돌아가셨어요. 난 더 이상은 도와줄 수 없어요." 그녀는 기차를 가리켰다. "서둘러요. 곧 떠나려 해요."

나는 엄숙하게 일등석으로 걸어갔다. 역장은 내 표를 받았다. 프로스트 양이 내 이름을 부르는 게 들렸을 때 열차 문은 닫히고 있었다.

그녀는 창문에 손을 대고 말했다. "당신은 나를 보지 못하겠지만,

나는 근처에 있을 거예요."

나는 고개를 끄덕였다. "네, 그렇지 않을까 생각했어요."

차문이 닫힌 뒤 경적이 울렸고 기차는 역에서 빠져나갔다. 나는 금세 자리를 찾아 창밖을 보았다. 프로스트 양은 기차가 출발할 때까지 기다리지 않았다. 말에 올라타 어딘지 모를 곳으로 이미 달리고 있었다. 그리고 좀 충격적이긴 하지만, 나는 벌써 그녀가 그리웠다.

EXPRESS
3792

에필로그

기차의 리듬이 나를 달랬고, 내 마음은 내가 잃은 친구들에게로 흘러갔다. 뱅크스 씨. 리베카. 그리고 묘하지만 올웨이스 양도. 그녀도 잃었으니까.

그리고 물론 내 어머니도.

나는 정말 오랫동안 어머니가 찾아와 나를 집으로 데려가줄 거라는 환상을 품었다. 하지만 그런 일은 없을 것이다. 그게 마음 아프지 않은 척하는 건 바보 같은 일이다. 하지만 새로운 슬픔이 아침 안개처럼 내 안에 자리 잡고, 희망을 덮어 행복을 찾기 힘들게 한다 할지라도, 이게 오래가지 않을 거라는 확신은 들었다. 비참함은 내게 어울리지 않는다. 나는 그런 사람이 아니다. 클록 다이아몬드에 대한 의문, 왜 클록 다이아몬드가 나를 죽이지 않았는가 하는 의문은 들었지만, 나는 그로 인해 초조해하지는 않았다. 나는 런던으로 간다. 새 인생. 내 가족. 멋진 파티들도 있겠지. 멋진 드레스들도. 케이크도 잔뜩(날감자는 말할 것도 없고). 앞으로 있을 일들을 생각하며 조금 불안해졌다는 건 인정한다. 하지만 내 두려움과 슬픔에도 불구하고 한 가지만은 명확했다. 나는 런던에서 가장 사랑받는 (약간) 죽은 여자아이가 될 거라는 사실. 어쩌면 잉글랜드 전체에서.

그건 놀랄 일이 아니다. 나는 관 만드는 사람 딸의 본능을 타고났으니까.

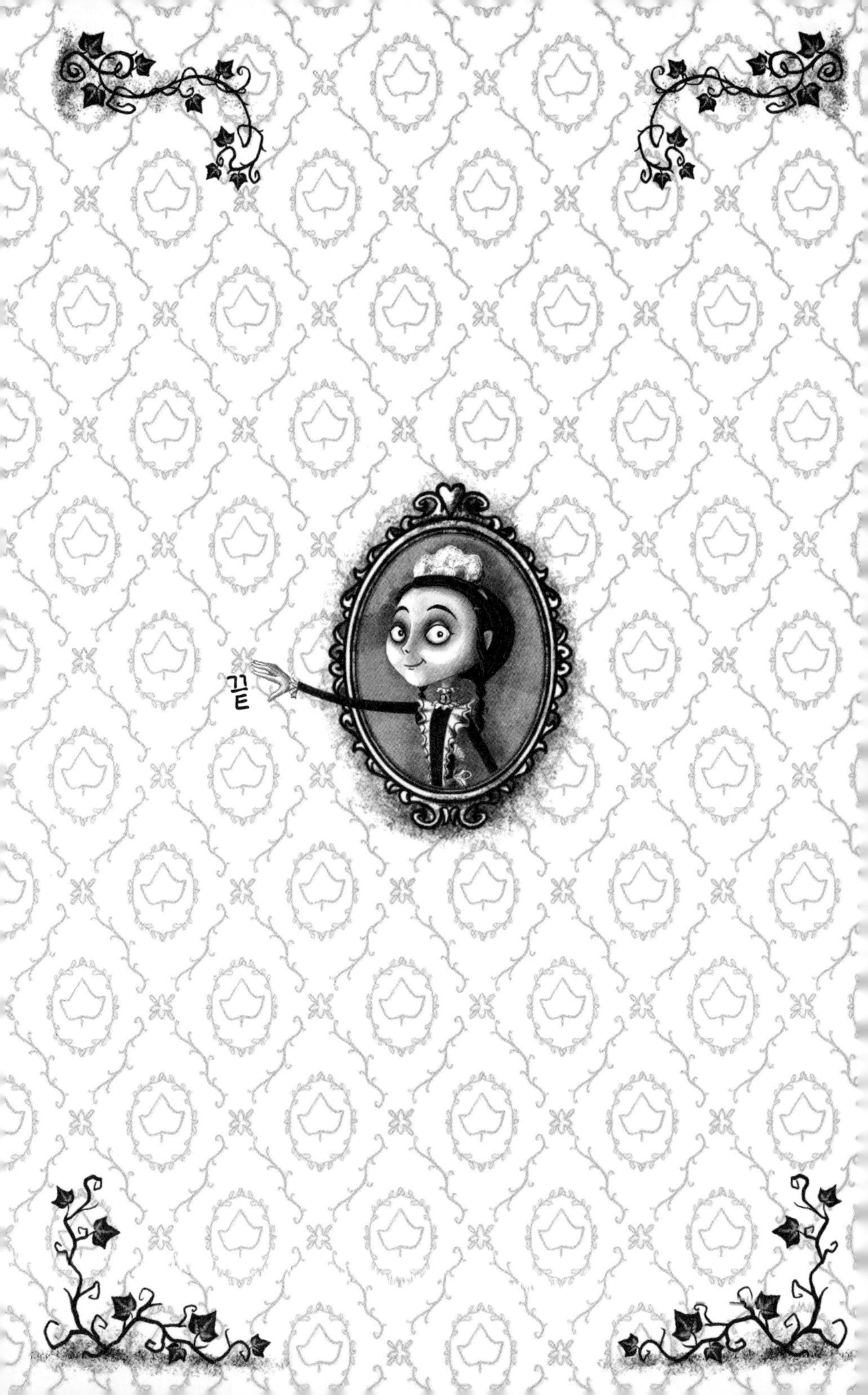
끝

감사의 글

감사란 정말 역겨운 일이다. 고맙다는 말을 마구 쏟아내며 칭찬을 할 거라고들 생각하기 때문이다. 진심으로 고맙다고 선언을 해야 하다니, 정말 너무하다! 다른 사람들의 노력이 이 책이 출간되는 데 중요한 역할을 했다는 이유만으로 왜 감사를 해야 하지? 하지만 애정을 담아 아이비 포켓을 태어나게 해준 사람들에게 영원한 감사를 드리지 않으면 나는 끔찍한 대가를 치러야 할 것이다. 그러니 간단하게 하겠다. 매들린 밀번은 전적으로 헌신했고, 일솜씨가 굉장히 좋았으며, 엄청나게 충실했다. 나는 밀번이 최고의 문학 에이전트 중 하나가 아닐까 생각한다. 밀번의 조수 카라 리 심슨도 훌륭하다. 카라는 영리하고 빈틈이 없으며 굉장히 상냥하다.

출판사 쪽에는 멋지게 아이비의 모습을 다듬어준 버지니아 던컨이 있었다. 실비 르 플록의 아트 디렉션은 정말 환상적이었다. 실비는 큰 애정과 기교를 발휘해 모든 요소를 잘 엮어내어 정말 아름다운 책을 만들었다. 바바라 캔티니는 기발하고 놀라운 일러스트레이터다. 내가 상상하던 아이비 포켓의 모습을 그대로 담아냈다. 나는 그게 대단한 재능 덕분이라고 생각한다. 어쩌면 마법을 부렸는지도 모른다. 그린윌로우/하퍼콜린스 출판사 및 전 세계 여러 출판사들의 여러 팀들은 이 책을 시장에 내놓는 굉장히 중요한 일을 했다. 만약

『아이비 포켓만 아니면 돼』가 베스트셀러가 된다면 나는 그분들 전부에게 진심 어린 감사를 드리고 온갖 좋은 일들이 생기길 빌겠다. 하지만 만약 포켓 양이 6개월 후에 할인 서적 코너에 들어가게 된다면, 나는 그분들 전부가 평생 실망과 후회를 느끼기를 빌겠다. 좀 가혹하지만 어쩔 수 없다.

그리고 부모님이 있다. 내 부모님은 평균 이상이고, 나는 부모님께 감사드린다. 폴은 출력이 필요한 것들을 전부 출력해주었다. 캐롤은 쓸데없는 소리는 그만하고 책을 쓰라고 충고했다. 여러 조카들, 특히 섀넌과 캘린이 가끔 관심이 있는 척해주었다. 다른 조카들은 문학적 실패에 대비하라고 충고했다. 고맙다, 딜런. 이제 이 괴롭고 비굴한 감사의 글도 끝나간다. 만약 당신이 아직도 이 글을 읽고 있다면, 그리고 책이 다른 세상으로 가는 문을 열어주고, 피난처이자 아주 멋진 곳이며, 짜릿함과 위안을 주고, 마음을 아프게 하고 희망을 준다는 것을 알고 있다면, 그렇다면 나는 당신에게도 감사할 필요는 없겠다. 인생은 책이 있을 때 더 낫다는 사실을 당신은 이미 알고 있기 때문이다. 그런 의미에서, 나는 당신에게 지금 당장 나가서 다음 모험이 될 책을 고르길 권한다.

누가 아이비 포켓 좀 말려줘

친애하는 독자 여러분, 내가 여기서 하려는 일은 아주 간단합니다. 우리 여주인공이 떠난 비범한 모험의 다음 단계에서 어떤 일이 일어나는지 감질나게 단서를 흘려 당신을 유혹하는 것이죠. 당신이 『아이비 포켓만 아니면 돼』를 막 다 읽은 참이라고 가정하겠습니다. 또한 아이비에게 푹 빠져버려서, 다음 권이 나올 때까지 기다려야 한다고 생각하면 이루 말할 수 없는 비참함을 느끼고 머리카락을 쥐어뜯고 싶어진다고 가정하겠습니다. 그건 별로 즐거운 일은 아니에요. 다른 사람의 머리카락을 쥐어뜯는 게 훨씬 낫습니다.

그보다도 나은 것은 이 글을 마저 읽는 것이죠.

『누가 아이비 포켓 좀 말려줘』에서 어떤 일들이 일어나는지 아주 많이 알려드리겠습니다. 런던에 가서 스낵스비 가족과 새로운 삶을 시작하는 아이비에게 어떤 일이 일어나는지, 아름답고 매혹적으로 자세하게 설명할게요.

편안히 앉으세요. 레모네이드 한 잔을 손에 드세요. 컵케이크도 좋죠. 팝콘도 괜찮고요. 제일 편안한 슬리퍼도 준비하세요.

이제 이야기가 시작되니까요…….

그런데 어디부터 시작한담? 『누가 아이비 포켓 좀 말려줘』에는 미스터리와 모험이 가득하거든요. 위험과 배반. 아이비가 의족과 비극적인 비밀을 사용해서 고릴라와 친구가 되는 걸 이야기할 수도 있어요. 그 둘이 파도에 떠밀려 온 나무, 침대 시트, 버려진 강아지들을 모아서 불을 뿜는 사악한 우유 짜는 하녀를 물리치는 놀라운 이야기를 할 수도 있죠. 아니면 아이비가 얕은 웅덩이에 빠져서 일곱 챕터 동안 등장하지 않는 무시무시한 순간을 이야기해 당신의 간담을 서늘하게 할 수도 있어요.

문제는, 방금 말한 일들은 실제로 일어나지 않는다는 거예요. 전혀 예상하지 못했던 신나는 일들이 일어나죠. 내가 이 지긋지긋한 책을 쓰느라 너무 바쁘지만 않았다면 당신에게 이 이야기를 다 들려줬을 텐데!

아이비의 새로운 삶은 아이비의 상상과는 달랐다는 건 확실히 말해줄 수 있어요. 과거는 긴 그림자를 드리우죠. 런던은 상당히 위험한 곳입니다. 친구는 찾기 힘들고요.

더 많이 이야기하면 2권을 읽는 재미가 떨어질 것 같지 않나요? 기다리는 보람이 있을 거라고 나는 거의 확신해요. 이 책을 내려놓고, 공원 벤치에 앉아서 아이비의 다음 모험이 준비될 때까지 조용히 기다리세요.

그때까지, 안녕.

케일럽 크리스프

아이비 포켓만 아니면 돼

초판 1쇄 인쇄 2016년 10월 24일
초판 1쇄 발행 2016년 10월 27일

지은이 케일럽 크리스프
옮긴이 이원열
펴낸이 이수철
주 간 하지순
편 집 정사라, 최장욱
마케팅 정범용
관 리 전수연

펴낸곳 나무옆의자
출판등록 제396-2013-000037호
주소 (03970)서울시 마포구 성미산로1길 67 다산빌딩 301호
전화 02) 790-6630 팩스 02) 718-5752

페이스북 www.facebook.com/namubench9
인쇄 제본 현문자현 종이 월드페이퍼

ISBN 979-11-86748-78-7 04840
979-11-86748-79-4 04840(세트)

* 나무옆의자는 출판인쇄그룹 현문의 자회사입니다.
* 책값은 뒤표지에 표시되어 있습니다.

* 이 도서의 국립중앙도서관 출판예정도서목록(CIP)은 서지정보유통지원시스템
홈페이지(http://seoji.nl.go.kr)와 국가자료공동목록시스템(http://www.nl.go.kr/kolisnet)에서
이용하실 수 있습니다. (CIP제어번호 : CIP2016024045)

싸구려 통속소설 작가

프리마 발레리나

관 만드는 사람의 딸

의사

비밀 요원

증권 중개인

갱도에 갇힌 광부

우체국장의 딸

탑 속의 공주

애벌레

귀한 종마

셜록 홈스 2세

프리마 발레리나

불교 승려

"나는 이런 본능들을
타고났거든……."

싸구려 통속소설
작가

탑 속의 공주

증권 중개인

관 만드는 사람의 딸

보조 사서

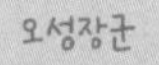

오성장군

의사
진정제를 먹은 소
우체국장의 딸
애벌레
산속의 은둔자
놀란 토끼
비밀 요원
사자
갱도에 갇힌 광부
치즈 만드는 사람의 조카